「昭和」に挑んだ文学

横光利一　江藤淳　火野葦平

松山愼介

不知火書房

はじめに

私はいつも机の上に、平野謙の『昭和文学史』（筑摩書房　一九六三）を置くようにしている。昭和文学に関する疑問点があれば、すぐに確認してみるためである。

平野謙は戦前、左翼運動に関わるが、あやうく検挙をまぬがれ、戦中はやむなく情報局嘱託となって身を過ごした。有名な中野重治の日本文学報国会への入会を懇請する菊池寛宛の手紙を密かに持ち出したのもこのころのことである。戦後は埴谷雄高らと「近代文学」を創刊し同人となった。彼が一貫して追求したのは「政治と文学」の問題である。「ハウスキーパー」をめぐって敬愛する中野重治と論争したこともあった。

昭和文学の問題は「政治と文学」に収斂されると考えられる。一九六〇年代に我々、「団塊の世代」に大きな影響を与えた吉本隆明も、多かれ少なかれ平野謙の影響を受けていたのではないかと私は考えている。吉本隆明は武井昭夫《てるお》との共著『文学者の戦争責任』（淡路書房　一九五六）で、文壇に颯爽とデビューした。吉本は戦前のプロレタリア文学運動の反省なしに、戦後に民主主義文学を標榜しようとした壺井繁治、窪川鶴次郎らを徹底的に批判し、「政治と文学」の問題にこだわった。後にそれを言語の問題として捉え返し『言語にとって美とはなにか』に結実させた。

横光利一、江藤淳、火野葦平を取り上げたこの本は、私なりの昭和文学史の試みである。

横光利一は大正後期から執筆活動を始め、昭和三（一九二八）年に上海へ、昭和十一（一九三六）年にはヨーロッパへ向かった。このヨーロッパ体験をもとに長編『旅愁』を書き続けたが、作品は彼の死によって未完に終わった。

初期の横光は、「新感覚派の驍将《ぎょうしょう》」と言われ、川端康成らと「文藝時代」を創刊した。またマルクス主義文学にも眼を配っていた。この本では戦前、戦中の昭和文学を横光利一に代表させて論じた。

江藤淳は一九六〇年の新安保条約の強行採決に反対して行動するなどしたが、昭和三十七（一九六二）年にロックフェラー財団の研究員としてプリンストン大学に留学し、帰国後は保守化の傾向を強めた。昭和五十三（一九七八）年には論壇を賑わした本多秋五との無条件降伏論争を展開し、その後、占領軍の検閲に無自覚であった戦後派文学への批判の姿勢を強めていく。昭和五十四年に再度渡米し、スートランドの国立公文書館分室およびメリーランド大学附属マッケルディン図書館プランゲ文庫において戦後のアメリカ占領軍による検閲の具体例を調査した。以後『占領史録』を編纂し、自死するまで『漱石とその時代』を書き継いだ。

火野葦平は昭和十二年、召集を受けて中国戦線で戦い、その最中に「糞尿譚」で芥川賞を受賞した。以後、陸軍報道班員として、遠くはインパールまで戦場を駆け巡った。戦後、戦犯指名にはならなかったものの公職追放処分を受けた。しかし、文学を通じて自らが体験した戦争を作品に定着させ続けた。

戦後、アメリカ軍の占領政策によって、日本人の価値観は一変した。戦争中軍事力を背景にして権勢を振るった軍上層部が批判されたのはまだしも、帰還兵まで敗戦国の兵士ということで白い眼で見られることになった。そのような状況下で、火野葦平は戦争を否定しつつも兵士の立場を擁護し続けた。戦場を駆け巡り、多くの死者を見た火野は、さらにBC級戦犯として処刑された兵士についても事実を調べて作品化している。

加藤典洋の『敗戦後論』（講談社　一九九七）は、この火野葦平の立場を一歩進めている。加藤は「悪い戦争にかりだされて死んだ死者を、無意味のまま、深く哀悼するとはどういうことか。そしてその自国の死者への深い哀悼が、たとえば私達を二千万のアジアの死者の前に立たせる。そのようなあり方がはたして可能なのか」と、我々に問いかけた。私はこの加藤の問いを念頭に置いて火野葦平を論じた。

加藤は同書のなかで、江藤淳の『昭和の文人』（新潮社　一九八九）を参考にしながら、荒正人、平野謙と中野重治との政治と文学論争にもふれている。加藤は「従来この論争は、『近代文学』派の批評家、荒正人と平野謙が、政治にたいする文学の優位あるいは独立という至極まっとうなヒューマニスティックな主張を述べたのにたいして、戦前のプロレタリア文学につながる『新日本文学』派の中野重治が、先輩風を吹かせ、高飛車にこれに反駁した、『近代文学』派の主張に理のある論争として受けとめられてきた」とまとめ、江藤が『昭和の文人』でこの評価を逆転し、中野の優位性を認めたと書いている。

しかし、第二章の江藤淳のところで述べるように、江藤は平野謙、中野重治のどちらかに優位性を認めているわけではない。むしろ二人の戦争中の行跡をからめて論難しているのである。平野謙に対しては、戦中、情報局に勤務して戦争に迎合した文章を書きながら、それを隠蔽していた、と。中野重治に対しては、偽装転向から「実はいつの間にか完全に転向し、日本と日本の天皇への忠誠を、抑制することのできない人間に戻っていたのではないか」と。江藤は、自分にとって都合のいい中野重治の『甲乙丙丁』などを部分的に評価していたにすぎない。

加藤の言いたいことは、平野謙はヒューマニスティックにまっとうな意見を述べているのに対して、中野重治は連合国軍最高司令官総司令部（ＧＨＱ／ＳＣＡＰ）の検閲と、それが押しつけたとされる日本国憲法のねじれに自覚的であったということである。しかし私は、この中野重治のねじれはゆれではないかと考えている。

中野は、戦前には政治に対する文学の優位性を主張しながらも蔵原理論に屈服し、戦後は新日本文学会や共産党内において自己の主張を貫徹することなく、「非転向」の宮本顕治には頭があがらなかった。中野は文学の優位性を主張しながらも、政治の前にその主張を自ら抑え込んでいた。これが私のいう中野のゆれである。

ただ、私が中野重治を評価するのは、このような自らの政治的な弱さを、「村の家」や『甲乙丙丁』で文学的に抵抗し、克服しようとしたことにある。

また、平野謙も「至極まっとうなヒューマニスティックな主張を述べた」だけではない。小林多喜二、中野重治を尊敬しながらも、その主張をただ受け入れたりはしなかった。小林、中野と同時代を生き、政治と文学の間でゆれながらも、政治に対する文学の優位性を、苦渋を甘受しつつ主張したのである。

翻って、私は現在のグローバル化された世界において、状況に拮抗できるのは文学だと考えている。「グローバル化された」とは、そこにもはや「外部」が存在しないということである。資本の論理が地球を覆いつくしている。

一九五〇〜六〇年代には、旧植民地諸国の独立運動、南ベトナム解放民族戦線や先進諸国の新左翼運動のように、暴力的な資本の論理に対抗する「外部」や、運動が存在していた。一九九〇年前後の「社会主義」圏の崩壊は、世界のグローバル化への第一歩であった。

日本でも二〇〇九年に民主党政権が成立したが、三年三カ月で崩壊した。このことはこの国に政治的な対抗勢力が存在していないことを鮮明に示すものであった。いわば体制内勢力の間で政権交代が繰り返される時代の到来である。

このような状況下では、文学の中に、状況と拮抗できる世界、「外部」を構築するしかない。そのような作品世界を構築しえた作家に村上春樹がいる。しかし、村上も『ねじまき鳥クロニクル』（一九九二〜九五）を頂点に、以後は下降線をたどっているように私にはみえる。

文学によって世界と対抗していくためには、過去の文学者の闘いから学ばねばならない。私は前著『「現在」に挑む文学』（響文社　二〇一七）で、村上春樹、大江健三郎、井上光晴を取り上げた。これは私にとっては自分が生きた時代の時間と空間を振り返ってみる旅でもあった。村上春樹論では一九六八年の東京を、大江健三郎論では一九六〇年の砂川（立川）および東京を、井上光晴論では一九六八年の佐世保をあつかった。

今回、取り上げた三人が生きた時代は、「昭和」という時代である。戦前〜戦中を横光利一を通して、戦中〜戦後を火野葦平を通して、戦後を江藤淳に代表させてえがいてみた。

火野葦平を最後に置いたのは、彼の文学が、加藤典洋が『敗戦後論』で提起した問題とつながると考えたからである。その中では、日本がなぜ日中戦争へ突き進んだのかについての私なりの考えも述べた。

作品からの引用にあたっては、できるだけ常用漢字、現代仮名遣いに改めた。人名、雑誌名などの固有名詞に関しては、旧漢字を残したものもある。「満州」という語については使われた当時の「滿洲」と表記した。

#「昭和」に挑んだ文学　目次

「昭和」に挑んだ文学　横光利一　江藤淳　火野葦平

第１章　横光利一
渡欧と日本回帰

横光利一が昭和12年４月から書き始めた長編小説『旅愁』は、22年12月、その死で未完に終った。写真は、25年11月に改造社から刊行された『旅愁』（全）。

1　横光利一と川端康成

横光利一は昭和十一年二月二十一日、持病の胃痛をかかえたまま、神戸から日本郵船「箱根丸」で欧州旅行に出発した。この船には高浜虚子とその末娘も同船していて、横光も船中で開かれた句会に参加している。約一カ月の航海の後、三月二十七日にマルセイユに到着した。欧州滞在中は意外と胃の調子もよく過ごし、これを横光は欧州での食物、パン食とビールがよかったのだと考えた。しかし帰国後、胃痛がまたぶりかえした。米の飯を多く食べたのが原因かも知れなかった。胃痛の原因には欧州を舞台とする小説『旅愁』を書かなければならないという精神的圧迫もあったのかもしれない。この胃痛、胃潰瘍が後に横光を死に追いやることになる。

「戦争責任者」

戦後、「新日本文学」一九四六年六月号は、小田切秀雄による「文学における戦争責任の追求」を掲載した。そこでは主要な戦争責任を負う文学者として二十五人の名があげられた。菊池寛、高村光太郎、西条八十、斎藤茂吉、火野葦平、小林秀雄、亀井勝一郎、保田與重郎、林房雄、中河與一、尾崎士郎、佐藤春夫、武者小路実篤、吉川英治、それに横光利一らであった。彼らは戦争を讃美し、人々に深刻、強力な影響を及ぼしたとされた。

横光は戦争責任者と名指しされたことに対して「たいした苦痛ではない」と周辺にもらしていたという。

戦争末期、横光は山形県に疎開し、そこで、敗戦をむかえた日々を題材にして『夜の靴』（鎌倉文庫　昭和二十二年十一月）を書いた。そこに収録された「雨過日記」（「人間」昭和二十二年五月号）を書き上げた翌月、昭和二十二年六月、胃潰瘍を悪化させ吐血した。昭和十一年の欧州旅行の前から胃痛に悩んでいた横光だったが、戦中から戦後にかけての疎開先での慣れない暮らしや、食糧事情が悪く十分な栄養をとれなかったことも胃の状態を悪化させたのかもしれない。

「雨過日記」の昭和二十年十一月の項に、米価はこの夏に一升五円だったのが、二十円になり、四十円になった。東京では六十円から七十円になっているという噂がとんでいる、と書かれている。川端康成から『紋章』（鎌倉文庫　昭和二十一年三月）の前金として三千円が送られてきたが、村人たちの売り惜しみで米を買うことはほとんどできなかった。たまりかねた妻は「もうこんなになっちゃ、東京に帰って隣組の人達と一緒に、餓え死にする方がよござんすわ。帰りましょうよ」と言ったという。

川端康成の弔辞

横光は昭和二十二年十二月十五日、胃の激痛で意識不明におちいり、十二月三十日、腹膜炎を併発して死去した。四十九歳九カ月の生涯であった。葬儀で川端康成が悲しみにみちた弔辞を読んだ。

君の名に傍《そ》えて僕の名の呼ばれる習わしも、かえりみすればすでに二十五年を越えた。君の作家生涯のほとんど最初から最後まで続いた。その年月、君は常に僕の心の無二の友人であったばかりでなく、菊池さんと共に僕の二人の恩人であった。恩人としての顔を君は見せたためしはなかったが、喜びにつけ悲しみにつけ、君の徳が僕を霑《うるお》すのをひそかに僕は感じた。その恩顧は君の死によって絶えるものではない。僕は君を愛載する人々の心にとまり、後の人々も君の文学につれて僕を伝えてくれることは最早疑いなく、僕は君と生きた縁《えにし》を幸とする。生きている僕は所詮君の死をまことには知りがたいが、君の文学は永く生き、それに随って僕の亡びぬ時もやがて来るであろうか。

川端康成は横光利一と並び称せられていたが、若い頃は横光の方が高く評価されていた。長谷川泉は「川端康成入門」（『日本現代文学全集』29　講談社　一九七七）で「横光が文学の神様の俗称にまつりあげられていたのに対し、川端の文学はどちらかというと孤高であった。川端文学に心酔する限られた世界にのみ、享受の扉を開いていたのである。その意味において、横光の名にそえて川端の名の呼ばれる習わしは、ほぼ横光の死にいたるまで続いたのである」と横光と川端の関係を記している。

戦争中、西洋文明と対決するという困難な課題を『旅愁』を書き継ぐことによって引き受けた横光に対して、川端は昭和二十年四月から約一カ月の間、海軍報道班員として徴用されたが、その他の日々は『湖月抄本源氏物語』を読んで過ごしたというのは有名な話である。川端康成の「哀愁」（「社會」昭和二十二年十月号）によると、その本は仮名書きの木版本で、読み進んで半ばの二十二、三帖のところで敗戦になったという。

東京から鎌倉の往復の車中で川端は「戦災者や疎開者が荷物を持ち込むようになっており、空襲に怯えながら焦げ臭い焼跡を不規則に動いている、そんな電車との不調和だけでも驚くに価いしたが、千年前の文学と自分との調和により多く驚」きながらも、『源氏物語』の世界に陶酔していたのだった。また異郷にある軍人から、偶然、川端の作品を読み感動したという手紙を少なからず受け取ったという。川端が『源氏物語』に心酔し、異郷にある戦場の軍人が川端の作品に郷愁を覚えていたのである。

また、川端康成の「敗戦のころ」(「新潮」昭和三十年八月号)には、戦時中の生活について「鎌倉にいたので、戦争の被害は全く受けず、防空演習にも、勤労動員にも、一度も出なかった。降伏近くには、鎌倉の文士たちも鎌倉山へ穴掘りに行ったのだが、私は行かなかった」と書いている。

鹿児島の海軍鹿屋基地(1)では「飛行場は連日爆撃されて、ほとんど無抵抗だったが防空壕にいれば安全だった。沖縄戦も見こみがなく、日本の敗戦も見えるようで、私は憂鬱で帰った」。その間、「特攻隊についても一行も報道は書かなかった」ということだ。危うい空路で鎌倉に帰ると、鎌倉の文士たちが協力して貸本屋の鎌倉文庫を開店しており、それを手伝うことになる。

こうして見てくると、後に書くように戦争の渦中に巻き込まれ、文芸銃後運動に走り回った横光と、『湖月抄本源氏物語』を読んで過ごした川端は戦争中、対照的な生き方をしていたのだ。

(1)川端康成が鹿屋基地に徴用された同じ時期に、偶然であるが筆者の父も海軍鹿屋基地にいた。

父は大岡昇平と同じ明治四十二年生まれで、大岡は三月生まれ、父は十月生まれであった。大岡は陸軍に教育召集された後、フィリピンに送られた。父がなぜ海軍に召集されたのかは不明だが、これが幸いして鹿屋基地にいたのかも知れない。

横光利一の死後、一九四九年に改造社によって横光利一賞が設けられ、大岡昇平の『俘虜記』が第一回目の受賞となった。選者は川端康成、小林秀雄らであった。

忘れられた「新感覚派の驍将」

戦争中から戦後にかけて横光は『旅愁』と格闘したが、川端は「続雪国」を書いて『雪国』を完成させ、『山の音』、『千羽鶴』と確実に自己の文学の世界を深化させていった。横光死後、二十五年を生き抜いた川端はさらに「みずうみ」、「眠れる美女」、「片腕」、「たんぽぽ」などの独自の作品を書き継ぎ、『古都』などの作品によって日本人初のノーベル文学賞を受賞することになった。

「君の名に傍えて僕の名の呼ばれる習わし」と弔辞で語った川端康成だが、現在ではその言葉は謙遜の辞と受け取られるほど、川端康成と横光利一の文学史的地位は逆転している。川端康成は死後も、その名声が現在まで語り継がれているのに対して、横光利一は不当にその存在が忘れられているのではないだろうか。文学者としての出発点においては、あきらかに横光利一の方が高く評価されていたはずである。昭和初年に全盛をきわめたプロレタリア文学を相対化する意味でも、プロレタリア文学陣営と対立し、「新感覚派の驍将《ぎようしよう》」と呼ばれた横光利一をとらえ直すことは重要である。

2　新感覚派の登場

第一次世界大戦と関東大震災

横光利一の時代を考える場合、関東大震災の影響を考えないわけにはいかない。第一次世界大戦がヨーロッパにおいて、文学、芸術に大きな影響を与えたように、日本では大正十二（一九二三）年の関東大震災が文化全般に大きな影響を与えている。

第一次世界大戦は、ヨーロッパにおけるそれまでの戦争の質を全く変化させた。大砲と機関銃という大量殺戮兵器の一般化である。一回の戦闘で何万という戦死者が出たのである。この戦争はロシア革命を誘発し、アメリカはヨーロッパへ三百万余という兵士を派遣し、約十万人の死者をだした。また、この大戦の戦場には、ド・ゴール、モントゴメリー、パットンという後の第二次世界大戦で連合軍側で活躍した面々がいたし、ヒトラーもドイツ軍の一兵士（伍長）であった。

この第一次世界大戦が戦後のヨーロッパに新しい文学の流れを生み出したように、日本では関東大震災後、プロレタリア文学や新感覚派といった新しい文学の潮流が出現したといっていい。

大震災の被害は死者・行方不明者十四万人、家屋焼失四十五万戸、全壊十三万戸にのぼり、損害は四十五億円で、当時の国家予算の三倍にも達した。このような被害にもかかわらず、経済復興は順調に進み、その後のモダンガール、モダンボーイの出現、電気冷蔵庫や扇風機、アイロンが売り出され、家庭でも電球が一般化した。建物も同潤会アパート（関東大震災復興のために建てられた鉄筋コンクリート造りの集合住宅）が建設され、アメリカ映画も輸入され、昭和初期の消費社会ブームへとつながっていく（井上寿一『戦前昭和の社会』講談社現代新書　二〇一一）。

震災後の出版ジャーナリズム

大正から昭和にかけて出版ジャーナリズムも再編成され、「毎日新聞」、「朝日新聞」が、それぞれ発行部数百万部となったと発表された。講談社の雑誌「キング」は創刊号が七十四万部といわれ、その後、百万部となった。このような中で改造社の『現代日本文学全集』が一冊一円で売り出され、空前の円本ブームが起きている。改造社には三十数万円という予約金が入る。続いて、春陽堂が『明治大正文学全集』、新潮社が『世界文学全集』を企画、いずれも何十万部単位で出た。これに並行して「自然主義、白樺派らの「既成リアリズム文学」とそれを表現技法的に革新しようとする「新感覚派」、そして既成文学をイデオロギー的に批判する「プロレタリア文学」もあらわれてくる」(小森陽一『座談会昭和文学史』第一巻　集英社　二〇〇三)。当然、文士の懐も潤うことになった。

「週刊朝日」、「サンデー毎日」が創刊され、「改造」、「中央公論」に対抗して菊池寛が「文藝春秋」を創刊したのも、この頃のことである。また同時期に男子普通選挙法と治安維持法が成立している。

大正十三年六月には「文藝戦線」が創刊された。これは初のプロレタリア芸術運動の雑誌「種蒔く人」の後継誌ともいえるものであった。中河與一によれば、この当時はプロレタリア文学とはいわず労働文学という呼称を使っていたという。「文藝戦線」はこの後、アナキズム系の文学者を排除し、鹿地亘、中野重治らのマルクス主義芸術研究会のメンバーが中心となっていく。

この四カ月後(大正十三年十月)「文藝時代」も創刊された。この「文藝時代」の同人は川端康成、横光利一、片岡鉄兵、中河與一らである。彼らは菊池寛の「文藝春秋」につながりを持つ新進作家たちであった。

千葉亀雄「新感覚派の誕生」

「文藝時代」創刊の翌月、千葉亀雄は「世紀」第二号に文芸時評「新感覚派の誕生」を書いた。当時、千葉は「東京日日新聞」の学芸部長であり、文芸評論家でもあった。

千葉は、既成の文壇に行き詰まりが感じられる中で、「とにかく、現代の無名作家が、芸術に強い信念を持ち、文壇を一歩なりとも廻転させようとして、真面目に突撃して居るだけは明らかな事実である」とした。そのうえで、彼らが強い感受性を持ち、内部生命を持っていることを評価し「いわゆる「文藝時代」派の人々の持つ感覚が、今日まで現われたところの、どんなわが感覚芸術家よりも、ずっと新らしい、語彙と詩とリズムの感覚に生きて居るものであることはもう議論がない」と書いて、彼らを新感覚派と名づけた。

しかし、まだこの段階では新感覚派という命名は仮りのものであった。また千葉は感覚に頼りきって遊戯になってしまい、面白くはあるが芸術性の欠如したものとなる危険性も指摘した上で、「文藝時代」に「興感」を寄せることを禁じ得ないとした。

横光利一「頭ならびに腹」

続いて片岡鉄兵が「若き読者に訴う」（「文藝時代」三号、大正十三年十二月）で、横光の名をあげず「或る新進作家」の作品として、「頭ならびに腹」を取り上げた。片岡は「真昼である。特別急行列車は満員のまま全速力で馳けていた。沿線の小駅は石のように黙殺された」という冒頭の一文、中でも「沿線の小駅は石のように黙殺された」という表現に注目した。この作品自体は原稿用紙十三枚くらいの短編である。

全速力で馳けていた列車が小さな駅で急停車する。この先の線路に故障が起こり進めなくなったというのである。この事態にあわてふためく乗客の様子が面白おかしく語られる。駅員は戻りの列車に乗り換え迂回することを勧める。迷っていた乗客たちは、腹が「巨万の富と一世の自信とを抱藏しているかのごとく素晴らしく大きく前に突き出ていて、一條の金の鎖が腹の下から祭壇の幢幡《どうばん》のように光っていた」「肥大な一人の紳士」が迂回の切符を求めると、一斉に彼に続き、間もなくやってきた迂回線へもどる列車に乗り込んだ。ただ一人鉢巻をして鼻歌を歌っていた小僧が一人列車に残されたのだが、間もなく線路は開通したという連絡があって、小僧一人を乗せたまま「列車は目的地に向かって全速力で馳け出した」というユーモラスな短編である。

大正期の資本主義の発展を急行列車にたとえ、資本家を肥大な一人の紳士に象徴させ、当時の世相を批判したものであったといえる。この作品を書いた時、横光利一は二十六歳で、その三年前「時事新報」の懸賞小説で選外二位（一位は宇野千代、二位は尾崎士郎）となり、その後、同人誌を中心に作品を発表していた。

横光は早稲田の高等予科二年目の大正八年、菊池寛の知遇を得、大正十年十一月、菊池の家で川端康成と運命的な出会いをしている。菊池は川端に「あれはえらい男だから友達になれ」と言ったという。その翌月、長期欠席と学費未納で早稲田を除籍になる。翌年、父が京城で、五十五歳で亡くなったため、横光は小説で身を立てる決意をしたようである。この頃、「御身」を書き、「日輪」に取りかかっていた。その後、「文藝春秋」に「蠅」を、「新小説」に「日輪」を発表するという新進気鋭の小説家であった。千葉亀雄の時評は主に、このような横光を意識したものであった。

片岡鉄兵の新感覚派論

千葉の時評「新感覚派の誕生」を受けて、翌月の「文藝時代」（大正十三年十二月号）に片岡鉄兵が「若き読者に訴う」を書いた。これは「沿線の小駅は石のように黙殺された」という文章を批判した既成作家××氏の、「徒らに奇を衒う表現であって、そういう奇抜な表現法を以て新時代と称し感覚的なりと主張するのは不可《いけ》ない」という主張に反論したものである（この

××氏は瀬沼茂樹によれば宇野浩二とのこと)。片岡はいう。この急行列車が驀進する表現は「小駅に停らずに驀進して行く」、「小駅に停車せずに、激しい速力で走って行く」という平凡な表現が可能である。「然しながら、彼は、単なる事実の報告ばかりで満足することは出來なかった。彼は、急行列車と、小駅と、作者自身の感覚との関係を、十数字のうちに、効果強く、潑溂と描写せんと意思したのであった」。

新しく出発した新進作家は、常識的表現では満足しない。彼は彼自身の感じ方、感覚を潑溂と効果強く表現する必要があった。そうすれば読者の感覚をも揺さぶることができ、新しい小説世界が展開できることになる。このような意味で「沿線の小駅は石のように黙殺された」は画期的表現であった。

川端康成の新感覚派論

川端康成も「文藝時代」の四号、大正十四年一月号に「新進作家の新傾向解説」を書いた。川端はまず、「文藝戦線」による感覚主義を批判する。彼らはブルジョア階級の感覚とプロレタリア階級の感覚を分けることで満足している。新進作家はいわば「人間の生活に於いて感覚が占めている位置に対して、従来とは違った考え方をしようというのである」。極端な例をあげれば、「私の眼は赤い薔薇を見た」というところを「私の眼が赤い薔薇だ」と書くのだと述べ、横光を擁護した。

川端はドイツ表現主義、ダダイズム的発想法、精神分析学の自由連想法も援用しながら、新感覚派の表現法、新主観主義を説明している。川端は野に咲いている百合の描写を例にあげ、今までの自然主義リアリズムでは咲いている百合と私は別々のものとして描かれたとする。ところが、新感覚派は「百合の内に私がある。私の内に百合がある」と、主客一如主義で物を書き表そうとするのである。この横光の方法は一種の擬人法的描写である。「万物を直観して全てを生命化している。対象に個性的な、また、捉えた瞬間の特殊な状態に適当な、生命を与えている。そして作者の主観は、無数に分散して、あらゆる対象に躍り込み、対象を躍らせている。横光氏が白百合を描写したとする。と、白百合は横光氏の主観の内に咲き、横光氏の主観は白百合の内に咲いている」。

昭和十年頃から書きはじめられた川端の『雪国』の冒頭部分「国境の長いトンネルを抜けると雪国であった。夜の底が白くなった」の「夜の底が白くなった」という表現も新感覚派的表現だろう。

横光利一も「文藝時代」の五号、大正十四年二月号に「感覚活動」を書き「新感覚派の感覚的特徴とは、一言で云うと自然の外相を剥奪し物自体へ躍り込む主観の直感的触発物を云う」とし、感覚は精神の爆発した形容であるとした。しかし、ここで早くも横光が「感覚のない文学は必然的に滅びるにちがいない。恰も感覚的生活がより速《すみやか》に滅びるように。だが感覚のみにその重心を傾けた文学は今に滅びるに違いない。認識活動の本態は感覚ではないからだ」と、感覚は所詮、感覚に過ぎないと感覚の限界に触れているのは注目に値する。

さまざまな新感覚派論

その後も「文藝時代」誌上で、伊藤永之介「昨日の実感と明日の予感」、赤木健介「新象徴主義の基調に就いて」が書かれ、新感覚派の方法論、限界について論争された。ここでは実作よりもむしろ、方法的論議が先行している感がある。また、片岡鉄兵は「新感覚派は斯く主張す」を書いている。これらを読むと新感覚派に対する既成文壇からの攻撃も多くあったことがわかる。

片岡は新感覚派の登場が、これまでの文壇の主流であった自然主義リアリズムの民衆迎合的で、固定した人生を眺めるだけという通俗さに対する反逆であったことを認めつつ、「新感覚派は決して奇抜な感覚的表現で終始するものではない。あたりまえな感覚を如何に表現せんとするか苦心する時もある、と云うにすぎない」と書いて、自由な感覚的表現の新しさを弁護した。

片岡は「新感覚派の表」(「新小説」大正十五年四月号)においても、丸の内付近の建造物の描写を「石造りの建物が空に聳えて居た」という表現ではなく「建物の石線は空で斬結んで居た」を使えば「一層複雑に動く人間の生活との関係に於る石造建築物」を表現できると訴えた。しかし、この論文の最後を「現代に於て、新感覚派は最も新しい文学では決してあり得ないかも知れぬ。だが、最も穏健なる文学ではあると信ずる」と新感覚派の主張を控えめに締めくくったとき、片岡鉄兵のプロレタリア文学への転換は準備されていたのかも知れない。

3　新感覚派からプロレタリア文学へ

大正モダンと昭和恐慌

明治維新によって近代化への道を歩み始めた日本は、西南戦争による混乱をのりきり、曲がりなりにも資本主義化していった。その中でも大正時代は比較的、経済的にも文化的にも穏やかに発展した時代であった。ところが昭和二年になると金融恐慌が勃発し、資本主義の歪みが露呈し始めた。大震災後、日銀特融によって手形の支払いを猶予したが、この震災手形が金融を不安定にしていたところに、当時の大蔵大臣が国会答弁中に東京渡辺銀行が破綻と失言し、市中で取り付け騒ぎが起こった。
第一次世界大戦をきっかけに急成長した鈴木商店が破綻したのもこの時である。鈴木商店は防虫、防臭、防腐剤からセルロイドの原料や火薬原料として幅広い用途のあった樟脳の取引をきっかけに台湾銀行から多額の融資を受けていた。第一次世界大戦中はスエズ運河を通る船の一割は鈴木商店のものといわれたほどであったが、大戦後の不況下、台湾銀行も融資する余裕がなくなっていた。

片岡鉄兵の「左傾」

片岡鉄兵は昭和恐慌の前年に『モダンガアルの研究』（金星堂）を刊行している。そこで平塚らいてう達の青鞜社の運動を、女性生活の創造ではなく、男性の模倣であったと批判したうえで、モダンガアルは女性自身の新しい文化、生活の向上をめざしているとした。同じ頃、市川房枝も女性参政権運動を展開していた。この大正末期から昭和初期にかけては、新興宗教も勢力を拡大していた。「ひとのみち教団」、「大本教」などである。日蓮宗の在家団体「国柱会」も勢力を広げ、後に血盟団事件を起こす井上日召もこの頃、日蓮宗の寺院の住職となっている。大正十二（一九二三）年に北一輝は『国家改造法案大綱』をあらわし、まだ表面化していなかったが、青年将校に影響を与えていた。

このような大正モダンに代表される消費生活の浸透の一方で、拡大する貧富の差による社会不安の広がり、新興宗教、右翼勢力の台頭という時代背景のもとに、新感覚派の運動もプロレタリア文学の運動もあったのである。

ちょうどこの頃、一九二二年に日本にも共産党が結成され、一時解党していたが一九二五年には再建され、急進的な福本和夫の運動方針が採択された。この福本和夫の理論は、福本イズムとして、昭和初期にはマルキシズム陣営を席捲することになる。一九二七年にはコミンテルンによって「日本に関するテーゼ」（二七テーゼ）が発表され革命運動のきざしも芽生えていた。

片岡鉄兵はこのような社会の動きに敏感に反応した。プロレタリア文学運動は分裂を繰り返しながらも発展しており、彼は昭和三（一九二八）年三月にその一つの前衛芸術家同盟に加入し、労農党にも加入した。宮澤賢治が花巻で労農党を支援したのも有名な話である。

一九二四年に「文藝戦線」、「文藝時代」が相次いで創刊され、片岡は「文藝時代」の同人であった。前者はプロレタリア文学の興隆を反映し、後者は既成リアリズム文学に対する芸術派の抵抗であった。

このような中で片岡鉄兵の「左傾に就いて」が「文藝春秋」昭和三年五月号に発表された。それによると、この前年から片岡鉄兵の左傾は始まり、ここで「突然、不意に、諸君の前にマルキストとして現れたおぼえはない」と書き、自らの左傾が必然であったことを説明した。

片岡は、まず人間としての自分が左傾したのが始めであって、それから作家としての自分が左傾した。この過程は作品の上でも十分示している。自分の左傾を非難する人々は「他人の左傾により自己の階級的立場の崩壊を一層切実に感じる臆病者」だと自己の立場を闡明《せんめい》した。自分が左傾したことによって自分を生かすことが出来なかったら自分は終わりだという覚悟は決めているとして、左傾したものは他の左傾した者、同志からの批判によって反省するのみであると宣言した。

プロレタリア文学の台頭

蔵原惟人《これひと》は「最近のプロレタリア文学界」（「東京朝日新聞」昭和三年五月）で、分離から統一という流れにあったプロレタリア文学が前衛芸術家同盟と日本プロレタリア芸術連盟の合併によって全日本無産者芸術連盟（ナップ）となり、機関誌「戦旗」が創刊されたことをあきらかにし、蔵原はこれを芸術の大衆化と、ブルジョア芸術との闘争の成果だとした。そして「最近、片岡鉄兵氏の前衛芸術家同盟への加入、今東光氏の労農党への入党、横光利一、鈴木彦次郎、石浜金作氏等の動揺等々を中心として、今までブルジョア作家乃至は小ブルジョア作家と認められていた作家たちのいわゆる「左翼化」ということが問題とされている」と書き、我々はこれらの作家の転換をむやみによろこびとするものでないが、彼らの転換はプロレタリア文学運動の成果を暗示しているとし、その上で、彼らのこれからの実践に注目したいとした。

川端康成は、片岡鉄兵のマルクス主義文学への転換において「生ける人形」を除いてはほとんどことごとくが失敗の作であるとして、片岡の左傾を歓迎しなかった。

こうした中で新感覚派の牙城となっていた「文藝時代」は昭和二年五月、廃刊となった。方法的な新しさを追求した「文藝時代」は、時代の様相もあってナップを中心とするプロレタリア文学に押されてしまった感があったが、マルクス主義陣営の優勢で「文藝時代」が終刊となったわけではなかった。

「文藝時代」の解散と片岡鉄兵の死

「文藝」昭和十年七月号の「「文藝時代」座談会」によると、マルクス主義の台頭はあったものの「文藝時代」を解散させるほどのものではなく、一番の要因は同人の原稿が一本立ちで売れるようになって、みんなが「文藝時代」に原稿を書かなくなったことが大きかったようだ。それに編集も同人の手を離れ、書店（金星堂）の手に移ったことも影響したらしい。

この座談会で一番発言しているのは片岡鉄兵である。震災以後、新しいビルディングが建てられ、若者の生活様式も近代資本主義的文化に影響されていく。その生活表現に沿った文学が新感覚派だったのだという。片岡は「象徴派の感覚交錯の理論など、ああいう世紀末的な物の感じ方から更らに対象を動く姿に於て捉えるというようなことを小説の中へ意識的に採りいれたのは新感覚派だね。さっきから云ったテンポとか、リズムとかいうようなものを表現上に重大な要素としてとりいれたのも亦新感覚派が初めてだろうと思う」と、改めて新感覚派の要素を説明している。

続けて自分の左傾についても発言している。「文藝時代」が生まれた時、日本の資本主義が発展し、インターナショナリズムと階級闘争の高まる波を横目に見ていた。その中で片岡は人道主義的な素朴な苦悶をかかえていたという。「貧乏人と金持とが居るということの矛盾」、それを「不断の歯痛」のように感じながら「文藝戦線のプロレタリア文学やロシア的現実の働きかけ」に対抗していたのだという。新感覚派は方法の問題であり、プロレタリア文学はイデオロギーの問題であった。この二つは片岡鉄兵において、そう矛盾なく両立していたようである。しかし、プロレタリア文学は弾圧を受け、片岡鉄兵もその波をかぶらざるを得なかった。

こうした経緯の後、片岡は「文藝時代」の終刊から間もなく前衛芸術家同盟に加入することになる。この後、片岡は昭和五年、関西共産党事件により大阪で検挙され、懲役二年の判決を受けた。控訴棄却となって昭和七年春に下獄、獄中で転向し、昭和八年秋、刑期を半年残して出獄した。昭和十三年秋には、林芙美子らと共にペン部隊の一員として武漢方面へ向かった。

昭和十九年十二月二十五日、片岡鉄兵は疎開先の和歌山県田辺市で肝硬変により五十年の生涯を閉じた（関川夏央『東と西　横光利一の旅愁』講談社　二〇一二）。

こういうなかで横光利一は「春は馬車に乗って」、「花園の思想」を書き、新感覚派的な方法を維持しつつ、プロレタリア文学に対する対抗軸を模索していた。

4　プロレタリア文学運動の隆盛

「時代は触覚を持っている」

初期プロレタリア文学の指導機関誌としては大正十年の「種蒔く人」がある。これは文化啓蒙誌の色彩が強く、推進の中心となったのは平林初之輔であった。「当時の労働者運動そのものが、アナキズムもボルシェヴィズムもサンジカリズムも雑居同居した一種の創成期にあったのと同じく、「種蒔く人」もひろい意味で反資本主義的な一切の傾向を含むインテリゲンツィアの共同戦線体にほかならなかった」（平野謙『昭和文学覚え書』三一書房　一九七〇）。

このようなプロレタリア文学運動に対して実際の運動家とブルジョア文壇の両方から、これの否定論が起こった。とりわけ菊池寛は「革命運動と藝術は両立するものではない」と主張した。菊池寛の影響下にあった横光利一はプロレタリア文学運動を意識して「文藝春秋」創刊号（大正十二年一月）に「時代は放蕩する（階級文学者諸卿《しょけい》へ）」を書いている。

横光利一の評論はその副題のとおり、階級文学者＝プロレタリア文学者に向けて書かれている。「かつて何者も定義し得なかった文学の定義を文学とは階級打破の武器であると定義したのは卿《けい》らである」とプロレタリア文学者をきめつけた上で、彼らは自らの独断の新しさにまどい、興奮している、あたかも錆びた剣をもったドン・キホーテのように、と批判した。

そのうえで横光の考える文学像を提起する。「時代は触覚を持っている」。時代はその触覚において、文学と名づけられた供物を探っている。進化した時代によって探りあてられた供物こそ文学にほかならない。しかし時代は進化するだけでなく放蕩することもある。そのため放蕩した時代もまた供物を探りあてる。文学は進化した時代によって選ばれた新しい供物でなければならない。そのためには文学者は新しき時代感覚を持って目標に進まなければならないとした。

横光は、新しき時代感覚とは「新しき時代に生活する民族の、刻々に新たなる社会組織と、宗教と科学と芸術と、風俗と習慣と道徳と自然とを背景にして立った人々の、叡智に整頓されたる新しき感覚を意味している」と説明する。そのうえで、新しき時代感覚を持った文学が進化した時代に選ばれ、放蕩した時代に選ばれた文学は時代の供物になりえないとした。

ここには早くも横光の新感覚派的文学観の萌芽が認められるだろう。階級文学は「放蕩した時代」に選ばれた失楽したものであるというのである。

「マルクスの審判」

このように横光利一は階級文学、プロレタリア文学を批判したが、一方でその侮れない波を肌身に感じていた。その感覚を小説化したものに「マルクスの審判」（「新潮」大正十二年八月号）がある。「マルクスの審判」は、予審判事と被告の踏切の番人の物語である。

ある日、番人が鎖で踏切を遮断していたが、酔漢が鎖を腹で押して無理やり渡ろうとした。踏切番と酔漢が争っているところに貨物列車がやってきて、酔漢は跳ね飛ばされて死亡した。この事故が、踏切番による故殺か事故死かが取り調べで争点となった。

予審判事は、番人たちが労働時間短縮を鉄道局へ迫ったとき、この踏切番も連署していたことを知る。踏切番はただ単に、紙が廻ってきたので署名捺印しただけだというが、予審判事は階級的な観点から連署したのではないかと疑っている。酔漢は踏切番から金持ちと思われて事故死に見せかけて殺されたのではないか。

よく考えると、予審判事は十数万円の家産を持っていた。彼は仕事がら『マルクスの思想と評伝』という書物を読んでいた。この本には世界は資産家階級と無産階級の争いであると書かれてあった。この考え方を彼の理智は肯定した。

予審判事は無産階級に恐怖を感じざるを得なかった。そのため無意識のうちに踏切番を無産階級の人間として有罪にしようとしている自分に気がついた。彼は寝床の中で審問について思いをめぐらし「無罪にしよう。無罪だ」と一人決定し、恐怖がどこかへ過ぎ去り安らかに眠りに落ちた。あたかも「マルクスに無罪を宣告された罪人であるかのように」。

この作品を読むと、横光自身もマルクス主義運動の胎動を肌身に感じていたことが理解できよう。ただし、前記の「「文藝時代」座談会」によると、横光は「マルクスの審判」を発表した時、「マルクスってそれや何だいという質問を随分受けた」と語っているので、まだこの時にはマルキシズムも一般化していなかったのであろう。

この後、大正十二年九月一日に起こった関東大震災によって、プロレタリア文学運動はその芽生えを摘み取られてしまった。労働運動全体も大杉栄夫妻、平沢計七らの虐殺、多くの朝鮮人殺害によって大打撃を受けた。このため「種蒔く人」は廃刊となり、プロレタリア文学運動の機関誌としては「文藝戦線」の創刊を待たねばならなかった。

横光利一らは「文藝時代」によって、新感覚派としての運動を展開しつつ、このプロレタリア文学運動の機関誌「文藝戦線」に対抗した。しかし横光自身は無暗に対抗するだけでなく、ある種の共感を持っていたものと思われる。それを示しているのが「新感覚派とコンミニズム文学」（「新潮」昭和三年一月号）である。

「新感覚派とコンミニズム文学」

横光利一は「新感覚派とコンミニズム文学」を「コンミニズム文学の主張によれば、文壇の総てのものは、マルキストにならねばならぬ、と云うのである」という書き出しから始めている。蔵原惟人が「ナップ藝術家の新しい任務」を書いて、暗黙裡に共産主義芸術の確立、すなわちプロレタリア文学者の共産党入党ということを示唆したのは「戦旗」昭和五年四月号だが、それ以前にも彼は「文藝戦線」に論文を発表していた。このことから、横光は昭和二年九月号の「文藝戦線」に発表された蔵原惟人の「マルクス主義文藝批評の基準」などを意識していたのかもしれない。

そこで蔵原は時代認識として、全無産階級的政治闘争の段階、急激なる変革の時代であり「人間による人間の搾取の廃止、必然の王国より自由の王国への飛躍の第一歩をなすところの、全無産者階級の政治的解放の問題」を眼前にしていると書いた。文芸批評の課題も、その作品がどのような階級のイデオロギーを代表しているかを問題にすべきである。ヨーロッパから移入された表現派の作品も、大ブルジョアジーに対する小ブルジョアジーの個人的反逆にすぎないと切って捨てた。そして文芸批評は「常に、その作品が全無産者階級の解放運動の実践においていかなる役割を演じうるかという、実践的観点からして、その価値を決定してゆかねばならない」と主張した。

横光利一は「新感覚派とコンミニズム文学」で、文学をマルクスさえも一個の素材にし、宇宙の廻転さえも包摂することができるものと前提した上で、資本主義も社会主義も認め、世界の見方においては唯物論的立場に立つという。そして唯物論的文学にコンミニズム文学と新感覚派文学があり、その上で新感覚派文学がコンミニズム文学よりも、弁証法的発展段階の上に立っているという。最後に「新感覚派文学は、いかなる文学の圏内からも、もし彼らが文学を問題としている限り、共通の問題とせらるべき、一つの確乎とした正統文学形式である」として新感覚派文学の優位性を強調している。

*

これらを読むと、横光は一概にマルキシズムを否定していたのではないことが分かる。共感を示している部分さえある。だがマルキシズムという理論と運動の窮屈さに嫌悪感を持っていたのではないだろうか。

「愛嬌とマルキシズムについて」（「創作月刊」昭和三年四月号）で横光は「人間をマルキシズムで縛れたら、最早や縛られたものは人間ではない。人間的機械である。人間でない所に良質の文学は有り得ない」と論じている。他にも、芸術家は芸術を作成している間はマルキストから遊離していなければならぬとか、マルキストは階級を見て、人を見ないと書き、マルキストより芸術家の方が大きいのだとしている。時代の流れから横光はマルキシズム運動に共感を示しながらも、その狭隘さを批判している。いわば芸術は芸術であって、芸術がマルキシズム運動の下に置かれることはあってはならないと考えている。最後に横光はこの文章を「芸術家はマルキストであってはならぬ。それは仮令《たとい》いかに良き思想であろうとも」と結んでいる。

5　プロレタリア文学の功罪

円地文子と片岡鉄兵

昭和の初めはプロレタリア文学の全盛期であった。左傾した片岡鉄兵も川端康成が唯一評価した「生ける人形」の他に、「打倒六郷会」、「通信工手」等の作品を「戦旗」や「改造」に発表した。この時期、多くの文学者が左傾した。円地文子も左傾しかかった一人であった。

円地文子の『朱《あけ》を奪うもの』（河出新書　一九五六）には、昭和四、五年頃の話として主人公・

滋子がプロレタリア演劇『吼えろ支那』を見に行く場面がある。この上演後、滋子は劇場の喫茶部で学生達と座談会をしているところを、私服に踏み込まれ検束される。この集会はモップル（赤色救援会）をカモフラージュしたものだった。滋子もいくらかのカンパに応じていたのである。ところが滋子が枢密顧問官の養女であることがわかって、彼女は説諭だけで釈放される。円地は「滋子がマルキシズムに惹かれるのも、経済理論に根を置いているのではなくて、多数の無産階級が少数の有産階級の犠牲になる不合理を匡《ただ》すために一身の利害を度外視して行動する勇ましさに魅力を感じるのである」と、滋子の心理を説明している。

円地文子自身も小山内薫の影響下に戯曲を書き始め左翼思想に近づいたが、東京帝大教授、國学院大学学長を務めた父、上田萬年《かずとし》の立場を考えると運動には入れなかった。この円地文子と片岡鉄兵が恋愛関係に陥ったのである（野口裕子『円地文子』勉誠出版　二〇一〇）。まだ上田文子であった彼女は長谷川時雨によって昭和三年七月に創刊された「女人芸術」に参加した。この「女人芸術」の関係で平林たい子、佐多稲子と知り合う。『朱を奪うもの』に急に亀戸の労働者街に引っ越す磯子が登場するが、モデルは後に蔵原惟人と結婚することになる中本たか子である。彼女も横光利一に師事し、新感覚派から左傾した一人であった。また、この作品に登場する一柳燦は片岡鉄兵がモデルになっている。

昭和四年、「文藝春秋」の座談会で円地文子は片岡鉄兵と知り合い、付き合うことになる。

片岡は十一歳年上であった。円地は遊びとしりつつ片岡に「結婚してくださるのですか」と問いかけると、片岡は「結婚はできない」と即座に答えた。二、三カ月後、片岡は運動のために関西方面に出かけ円地文子の恋愛は終わった。

小林多喜二「一九二八年三月十五日」

このようなプロレタリア文学全盛期の昭和三年二月に、初めて男子による普通選挙が実施された。共産党も党員を労農党から立候補させ、山本宣治ら二名の当選者を出した。無産政党全体では四十八万票、八名の当選者だった。政府がこのような共産党、労農党の影響力を野放しにするわけがなく、三月十五日の大弾圧となった。この事件を題材にしたのが「戦旗」に二回にわたって発表された小林多喜二「一九二八年三月十五日」(2)である。

「一九二八年三月十五日」は小林多喜二が、実際に小樽で逮捕、拷問された人々から綿密に取材して作品化したものである。ところがこの作品で小林があまりにも克明に拷問シーンを書いたために、警察の怒りを買い、後の小林自身の虐殺の引き金になったとも言われている。その上、この作品を読んだ読者にマルキシズムの運動に対する恐怖心を与えてしまったとも。

この作品の拷問シーンでは、殴られたり投げ飛ばされるのは序の口で、吊るされたり太い畳針を身体に打ち込まれたりしている。たとえば次のような文章がある。

渡は、だが、今度のには×××《こたえ》た。それは（以下二十四文字削除）【畳屋の使う太い針を身体に刺す。一刺しされる度に、】彼は強烈な電気に触れたように、（以下六十六文字削除）【自分の身体が句読点位にギュンと瞬間締まる、と思った。彼は吊るされている身体をくねらし、くねらし、口をギュッとくいしばり】、大声で叫んだ。
「××《殺せ》、××《殺せ》——え、××《殺せ》——え!!」
それは竹刀、平手、鉄棒、細引でなぐられるよりひどく堪《こた》えた。

××は伏字で、【 】内は削除された部分を『全集』によって復元したものである（削除された文字数に多少の違いがある）。伏字、削除があっても拷問の生々しさは伝わってくる。これは小樽の逮捕者に警察が加えた仕打ちに対する小林多喜二の怒りを込めた表現である。しかし、鉄棒で殴られるよりもひどく堪える拷問とはどんなにひどいものだろうという恐怖を読者に与えた可能性もある。

この作品が発表された半年後、小林多喜二は「「一九二八年三月十五日」の経験」で「とくに後悔されるのは検束と拷問に集中するあまりに、大衆に恐怖を覚えさせる結果となってしまったこと」を自己批判的に書いている（ノーマ・フィールド『小林多喜二』岩波新書　二〇〇九）。

平野謙が読んで戦慄を覚えたという木村良夫の「嵐に抗して」(「ナップ」昭和五年十月号、『全集・現代文学の発見』第三巻「革命と転向」所収、學藝書林　一九六八)も、特高刑事に追いかけられ、飯も食えず、満足な寝場所さえ確保できず、寒さに震えながら逃げまわる話である。「ゴウ問も嵐も強い、死を決して戦ってくれ」というセリフもあるし、スパイに赤色テロルをあびせる場面もある。マルキシズム運動の文化部門として、大衆を運動に引き入れる役割を果たすべきプロレタリア文学が逆に、大衆を運動から引き離すという皮肉な結果をもまねいたのである。

(2) 小林多喜二「一九二八年三月十五日」について。
『小林多喜二全集』第二巻(新日本出版社　一九八二)の解説によると、小林多喜二の原稿ではタイトルは「一九二八・三・一五」となっていたが、「戦旗」掲載にあたり蔵原惟人によって「一九二八年三月十五日」と改められたということである。

福本イズム

昭和初期を席捲した福本イズムは、わが資本主義は急速に没落の過程を辿りつつあって、すでに革命の機運は近きにありという情勢認識であった。平野謙は『昭和文学史』に「この昭和三年ごろから昭和五年ごろにいたる総合雑誌や文芸雑誌の目次だけを眺めていると、明日にも日本にプロレタリア革命が勃発しても不思議ではないような気さえしてくるのである」と書いた。

林淑美は「文学と社会運動」(『岩波講座　日本文学史』第十三巻　一九九六)で「福本の理論は、若いインテリゲンチャに、自己意識の変革から変革主体の確立へという課題を与えた」と書いている。

林は、福本の理論は「理論と実践の統一」、「認識対象と認識主体との実践を媒介する相互依存性の主張」であったとした。しかし、「そこにあるのは理論による意識の変革だけであって、客体との相互作用性が捨象されてい」た。つまり日本の現実を認識することなく、実践運動の活動家の主体の変革を第一義とするものであった。結果、福本イズムは「現実の運動にあっては理論絶対の政治的急進主義を生み出すことになった」とした。林は中野重治をも福本イストと規定している。

ちなみに平野謙も福本イズムを浪漫的極左主義の書生論と書いているが、それゆえ逆に若者を惹きつけたのである。

このような書生論は私の若かりし頃にも時代を席捲し、若者を惹きつけた。一九六八年を中心とする学生の政治運動である。それまでは数十人規模のデモだったのが、最盛期には数千人のデモ隊が一つの大学から出たのである。一部の政治党派も、デモ隊が警察機動隊の壁を突破することで、革命情勢をたぐり寄せられると思い込んだ。まさに福本イズムの再来であった。しかし大学立法の成立もあって、一九六九年秋以後は大学闘争も街頭闘争も機動隊に完全に押さえ込まれた。書生論を生きた若者たちであるが、昭和初期であれ一九六八年であれ、彼らはその時代を懸命に生きたのである。

　ともあれ横光利一は福本イストの書生論を横目に見つつ、自己の文学的営為を押し進めていった。

6　プロレタリア文学を意識した「上海」

　横光は新感覚派としての表現を追求しながらも、プロレタリア文学運動にも目配りを怠らなかった。その傾向を表した作品に「上海」と「機械」がある。

「上海」と苦力

　横光は昭和三年四月に上海へ行き、約一カ月間滞在したが、横光の上海行きには芥川龍之介の勧めがあったといわれている。「上海」は三年前に起きた五・三〇事件がテーマとなっている。

一九二五年五月十五日、日本資本の内外綿紡績工場（小説中では「東洋紡績」）で争議中に、暴徒とみなした中国人労働者にインド人巡査と日本人監督官が発砲し、一人を死亡させ十数人を傷つけた。この事件は上海の労働者、市民、学生を憤激させ、五月三十日、二千余人が抗議デモを行った。このデモに租界の警察は百人以上を逮捕して対抗、このために万を超える群衆が共同租界の南京路巡捕房の入口に集まり、逮捕者の釈放を要求した。これに対して共同租界の治安の任に当っていたイギリスの警官が発砲し、十数人の死者と数十人の負傷者をだすという惨事となった。その後、運動は上海から全国規模の反帝国主義闘争に拡大していった。

「上海」が植民地大衆の労働運動をテーマにしていることからわかるように、横光は単に新感覚派的な表現を追求しただけでなく、労働運動、プロレタリア文学にも深い関心を抱いていた。

「上海」の書き出しはこうなっている

満潮になると河は膨れて逆流した。測候所のシグナルが平和な風速を示して塔の上へ昇っていった。海関(3)の尖塔が夜霧の中で煙り始めた。突堤に積み上げられた樽の上で、苦力《クーリー》たちが湿って来た。

新感覚派的な見事な表現である。「苦力たちが湿って来た」の湿るには、夜霧、汗、涙などを含ませている。また、中国の下層労働者たる苦力に対する同情も感じられる。
「上海」の第一篇は昭和三年十一月号の「改造」に掲載され、以後、昭和六年まで断続的に掲載されていった。「上海」は、横光の新感覚派的方法で書かれた、既存のプロレタリア文学に対抗する唯物論的文学だったのである。

この作品には銀行員の参木、材木会社の営業マンの甲谷などにくわえて、中国共産党の女闘士芳秋蘭、男の囲い者になっている亡命ロシア人の女、「トルコ風呂」を追い出されたお杉などが登場する。連載のはじめのとこ

1930年代の上海・外灘（バンド）風景。中央に税関がある。横光利一『上海』では「海関」として描かれている。苦力たちはこの埠頭で荷揚げをしていた。

ろでは五・三〇事件を取り上げて自分ならこのようにプロレタリア文学を書くという横光の気構えが感じられるが、終盤に至っては官憲の圧力も考えねばならず、中国の労働運動に肩入れもできず、売春婦に落ちぶれたお杉と参木の恋愛話で終わっているのは残念である。

（3）海関とは中国では「旧江海関」とよばれた上海税関のことである。

宮崎滔天『三十三年の夢』

時代は異なるが宮崎滔天に明治三十五（一九〇二）年から執筆を始めた『三十三年の夢』[4]（岩波文庫　一九九三）という、生まれてから三十三歳になるまでの自伝的作品がある。宮崎滔天は日本人でありながら、中国、朝鮮、日本が一体となって西洋と対抗すべきという考えのもとに孫文の手足となって活動したことで知られている。また、息子の龍介は東大新人会の創設者の一人であり、大正天皇の従妹にあたる柳原白蓮との恋愛事件でも有名である。

『三十三年の夢』に、滔天二十七歳のときにシャムに行く途中、広東省汕頭《スワトウ》で船に千人余の苦力が乗り込んで来る場面があるが、この描写には凄まじいものがある。自らの座る場所を確保するために、打ち合い、殴り合うはまだしも、小便は座ったまま、大便は用意した竹筒にするのだが、船が揺れて竹筒が倒れてもそのままである。大小便、嘔吐物が床を洗い、放屁、アヘンの臭気が充満するといった具合である。この光景をみて滔天は「豚群の露天」と形容するほどであった。このように苦力は人間扱いされていなかったのである。その苦力を横光は「上海」で同情的にえがいたのであった。

（４）初版は一九〇二年國松書房刊。一九二六年、明治文化研究会復刊。岩波の底本は同研究会版。

7　「機械」と四人称表現

「機械」への道程

横光は昭和五年九月号の「改造」に「機械」を発表する。ちょうど「上海」連載中であった。この作品は原稿用紙五十五枚程度の短編であるが、改行もほとんどなく、ページには字がびっしりつまっている。会話も「　」（カギカッコ）で示されず、文中に埋め込まれている。伊藤整はこれを現れたばかりの『ユリシーズ』の翻訳や、「文學」に載ったプルウストの影響だとし、「詩と詩論」が二年前から紹介していたフランス、イギリスの新文学の影響を受けているとした。

「詩と詩論」は昭和三年九月に創刊され、第一次世界大戦後の未来派、ダダイズム、表現派、シュール・レアリスムや新心理主義の紹介につとめ、またブルトンの「超現実主義宣言」なども掲載した。横光利一もこの「詩と詩論」に参加していた。「機械」はこのような背景のもとに書かれた作品である。

横光利一は「上海」と「機械」の関係について、「横光利一氏と大学生の座談会」(「文藝」昭和九年七月号)で次のように発言している。

僕は上海へ行って、「上海」を書きましたが、それには精神とか意識とかいうものよりも、出来る限り物質を書こうと思うたですね。物質を極度に力をこめて書いて、もう物質はいやだと思うまでやって、それから「機械」を書いたのですが、それが自然にいったんじゃないかと、いまから考えますとそう思われます。物質ばかり書くと、妙に反対の精神とか意識とかがよく分かって来るものです。

小林秀雄は「横光さんのこと」(「改造文藝」昭和二十三年三月号)という、横光利一への追悼文で、初期の横光は新感覚派の驍将にまつりあげられたが、やがてそのような審美的世界に不安を覚え、「機械」という強引な試作を発表し、以後、十分に客観化された才能のオートマティズムと不安な自意識の苦しい分裂を生きた、と述べた。

「機械」は、このような不安な自意識を四人称表現で描こうとした作品である。

「機械」の世界

「機械」とは、次のような話である。

九州の造船所をやめて職探しのために上京中の「私」は、汽車の中で知り合った婦人から親戚の工場を紹介される。そこでは真鍮の地金を薬品で加工してネームプレートを造っていた。工場の主人は赤色プレートの製造法を会得しており、今は黒色プレートの製造法を考案中だった。赤色プレートの特許権には五万円で売ってくれという話もきているのだという。つまり、ここの主人はネームプレートに関しての秘密の製造法をいろいろ会得している。

この工場には軽部という先輩職人がいた。軽部はやがて独立して自分でネームプレート製造所を起こそうと考えているらしく、それで「私」がネームプレートの製造法を盗みに来たのではないかと警戒している。

ここでの仕事はいろいろな薬品を使うために衣類がすぐだめになり、皮膚もやられる。「私」は喉を痛めて視力も落ちてきて、このままだと労働力まで奪われかねない。「私」は自分の身体がだめになる前に仕事の勘どころを覚えて自立することも考えているが、それを主人は仕事熱心と受け取って、一緒に黒色プレートの研究をやらないかと言ってきたりする。軽部はそのことをこころよく思わず、いろんな妨害を「私」に仕掛けてくる。

そんな時にある市役所から、その管内全戸のネームプレート（表札）五万枚を十日のうちに造れという大量注文が舞い込んできた。そこで主人は同業の友人の製作所から屋敷という職人を応援にまわしてもらった。軽部が「私」にしたように今度は「私」が注意していると、どうも屋敷もこの工場の秘密の製造法を盗もうとしているらしいのである。軽部も当然、屋敷を警戒しており、連日の徹夜の作業で疲れきった三人はささいなことで喧嘩になったりする。そんな経緯をたどってやがて五万枚のネームプレートが出来上がるのだが、工場の主人が製品の納品と引き換えにもらった代金を何と帰り道で落としてしまう。

そんなこんなでその夜、三人でやけ酒を飲むことになったのだが、朝、目が醒めてみると屋

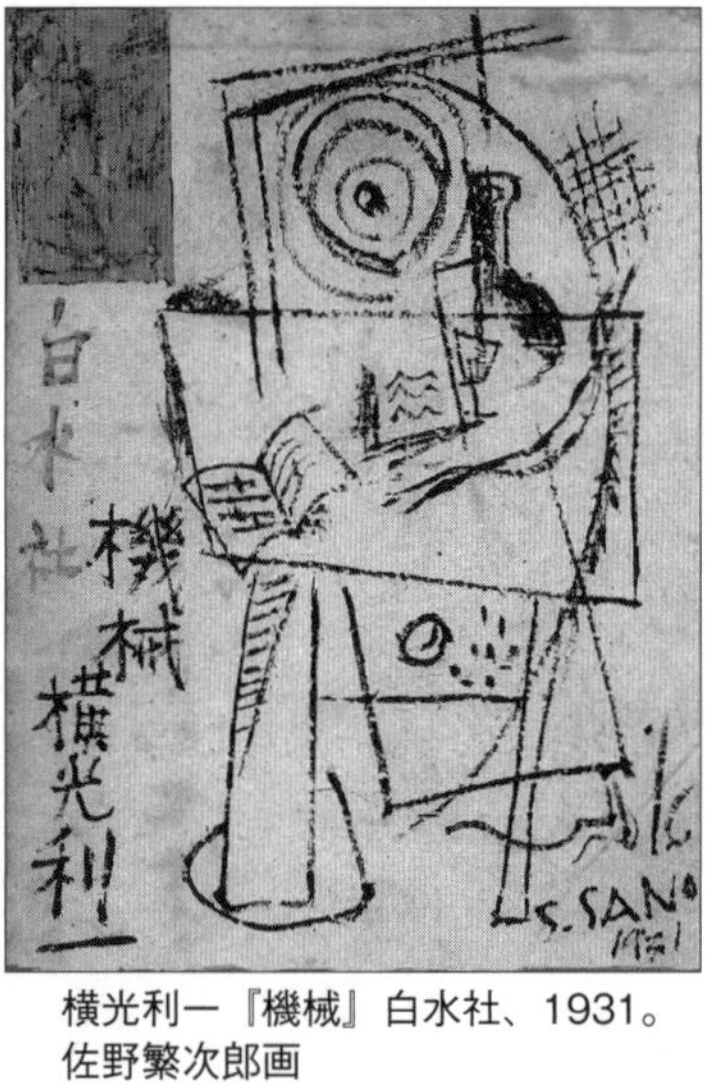

横光利一『機械』白水社、1931。
佐野繁次郎画

敷が重クロム酸アンモニアの入った溶液を飲み、死んでいた。屋敷が水と間違えて自分で飲んだのか、軽部がやったのか、それとも「私」が殺してしまったのか、「私」はわけがわからなくなってしまう。最後に、「誰かもう私にかわって私を審《さば》いてくれ」という「私」の叫びで作品は終わる。

伊藤整「存在の不安定性の定着に成功」

平野謙『昭和文学史』によると、この横光の作品を伊藤整、小林秀雄、川端康成が絶讃した。伊藤整は、横光は新感覚派流の印象を跳ね飛びながら追う「上海」までの手法を突然やめ、「機械」では柔軟な、唐草模様的な連想的方法を使っていると書いた。さらに内容については、これまでの自然主義系統の文学では、人間性の中にある悪徳や社会を固定したものとして扱い、その失敗や、自己の欲望の抑制による心境安定などを描いていた。つまり、個人主義思想による安定感の追求が明治大正期文学の実態であった。これは封建時代からの解放には役立ったが、新しい資本主義社会では通用しない。ある事件が人によって影響が異なり、努力が人間をだめにしたり、逆に失敗が益をもたらすことがあるからで、人間同士の組み合わせや、人と仕事の関係によって人間は浮沈し、幸不幸があり、そこに人間の実体がある。横光は「機械」によって、彼が初期から持っていた、日常生活的な存在の不安定性を定着することに成功したと、伊藤整は書いた。

これを平野謙は、「『機械』にいたってはじめて、先験的な人間性というようなものが先行するのではなく、人間と人間の組み合わせや人間と事件の力関係によって変化する人間関係のなかにだけ、人間の実体はあるのだという思考法を具体的な一作品のなかに成熟させることができた」とした。

小林秀雄「世人の語彙にはない言葉で書かれた倫理書」

小林秀雄は「横光利一」(「文藝春秋」昭和五年十一月号)で「『機械』は世人の語彙にはない言葉で書かれた倫理書だ」と書いた。「武器として主人は底抜けの善良をもち、軽部は暴力をもち、屋敷は理論をもつ、これらの武器を「私」は観察しつついじめられ、如何なる反抗も示すまいと覚悟した人物だ」と分析してみせた。

小林は次のように書く。「私」は無垢である。一般の無垢は、世の約束を学び、生きていくすべを獲得して成長する。ところがこの「私」の無垢は違っていて、「私」の無垢にとって、世の約束は機械なのである。人間ではなく機械が主になっているのだ。「私」の無垢は機械に誠実に対応する。機械も様々な薬品も「私」が使い方を誤れば、その通りの結果を「私」に与える。だから「私」にとって機械が現実であって、現実の中に機械があるのではない。軽部は感情の男である。だから「私」にとって軽部の法則はわからない。軽部には理論がない。「私」にとって軽部の約束は世の約束ではなく感情であって意味をなさない。

それでも「私」は機械に誠実に対応する。軽部は「私」の無垢と屋敷の理論に暴力でもって答える。それでも「私」の無垢は生きていかなければならない。そのためには「「私」は周囲の人々に己の無垢の鏡を捜す」。この工場では「この鏡だけが人間の真実」なのだ。「私」は他人に己の鏡を捜さなければならない。「他人に己の鏡を発見しない時間はただ邪神を守っているに過ぎないのだ」。この邪神を祓うことは無意味であり、己の無垢への反逆となる。そのため「私」は己の鏡を持たない軽部の暴力に黙々と耐える。

小林は「「機械」は信仰の歌ではないとしても、誠実の歌である。其処には人間の誠実の正体が痛烈に描かれている。作者は誠実を極限まで引張って来てみせた」と書いたうえで、横光は「私」の無垢と機械を対応させることによって、機械や、軽部に振り回される「私」の誠実と倫理を引き出してみせたと評価した。なお、横光が「純粋小説論」で四人称を提唱するのはもう少し後のことだが、小林秀雄は四人称につながる己の鏡を「機械」のなかにすでに見出している。

川端康成「新心理的手法で文壇に衝撃」

川端康成は『新潮日本文学小辞典』（新潮社　一九六八）の横光利一の項で「機械」について、次のように書いている

横光が新心理的手法に転回し、その開拓が文壇に衝撃を与えた作で、全然新しい方法論による、小説形式の実現であった。文体も意識の流れをたどる、長いセンテンスに変わり、外面の感覚的描写から内面の心理描写に移った。また、「四人称の設定」による「私」が、初めてここに用いられて、作者の主観か倫理かのような役をした。

川端は、横光利一が「機械」によって四人称の設定による「私」を初めてもちい、それが「作者の主観か倫理かのような役をした」と書いているが、はたして「機械」は四人称表現だったのであろうか。それを考える前に、横光利一のいう「純粋小説」について検討しておかねばならない。

8 「純粋小説論」と小林秀雄

純文学にして通俗小説

横光利一「純粋小説論」は昭和十年四月号の「改造」に発表された。

横光は「もし文芸復興というべきことがあるものなら、純文学にして通俗小説、このこと以外に、文芸復興は絶対に有り得ない、と今も私は思っている」と書いた。その前提には純文学の衰弱という事態があった。

まず横光は純文学を説明する。それは偶然を排することと、通俗小説のような感傷性のないものである。例としてドストエフスキーの『罪と罰』をあげる。この小説は通俗小説の二大要素である偶然と感傷性とを多分に含んでいるにもかかわらず、純文学以上の純粋小説というべき作品なのである。『罪と罰』が「純文学にして、しかも純粋小説であるという定評のある原因は、それらの作品に一般妥当とされる理智の批判に耐え得て来た思想性と、それに適当したリアリティがあるからだ」という。

それまでの純文学は偶然という要素を捨て、自己身辺の日常経験を書くことが真実の表現だという素朴実在論的な考えを実践してきた。しかし、通俗小説はそのときに最も好都合な事件を、何らの必然性もなくくっつけ、変化と色彩で読者の感傷に訴える。そこには安手ではあるが創造と生活の感動がある。横光の文学観によると、近代文学では物語を書く創造的な精神が通俗小説となり、日記を書く随筆趣味が純文学になったという。これは浪漫主義とリアリズムに対応している。横光は、自分は浪漫主義の立場をとって純粋小説をめざすというのである。

「自分を見るもう一人の自分」という人称の確立

次に横光は四人称を提唱する。四人称とは純粋小説の方法論である。

小説中には幾人もの人物が登場する。そして彼らは彼らなりに物事を思う。その彼らを作者は自身の思想と均衡させせつつ真実に向かわねばならない。これらの人物の内面を支配している強力な自意識を表現しなければならない。自分を見る自分という人称の確立である。それが横光が提唱する四人称ということになる。「人としての眼」、「個人としての眼」。「その個人を見る眼」があり、それをさらに「作者としての眼」が見るという形式になる。自分を見るもう一人の自分が四人称である。だから一人称に付く一人称が四人称ということになる。

この「〇人称」についていえば、吉本隆明が太宰治を論じて六人称という言葉を使ったことがあった（吉本隆明『「太宰治」を語る』大和書房　一九八八）。吉本は太宰治の「猿面冠者」という作品を対象にして六人称を論じた。

「猿面冠者」は「鶴」という小説を書いた男の物語である。この中に「男は奇妙な決心をした。彼の部屋の押入をかきまわしたのである」という記述がある。この場合、「男」は三人称であり、普通の作家なら、次の「彼」は「男」という人称を受け、「男」と「彼」は同じである。だがこの作品においては「男」は三人称の「彼」を三人称の視点で見ていることになる。これを吉本は六人称と名づけて、「「彼」というのは、客観描写であるとともに「男」から見た自分の内面描写の含みが入ってくる」と説明していた。つまり、固定した三人称で客観的に書かずに、三人称の内面も描いているということになろう。吉本の六人称は三人称を客観化する三人称で、横光の四人称は一人称に付く一人称であるといえよう。

横光「純粋小説論」の時代背景

平野謙『昭和文学史』によれば、横光が〝純粋小説〟という概念を考えたのは次のような時代背景があった。

大正中期ころになると、総合雑誌や文芸雑誌に掲載される作品は純文学、新聞紙上に発表される作品は通俗小説とはっきり分かれてしまった。新聞、婦人雑誌、娯楽雑誌はほとんど通俗小説の作家が占領することになった。その代表的作家は、菊池寛、久米正雄、吉川英治、大佛次郎、直木三十五らであって、菊池、久米らは純文学出身であるにもかかわらず、純文学の狭い封鎖性を避け、昭和期にはいるとすっかり通俗小説へ移行してしまった。「実をすてて名をとる孤高な純文学作家」と、「名をすてて実をひろう大衆的な読物作家」に分かれてしまったのだった。円本時代以後、急激に膨張してきた大出版資本に純文学作家はいかに対処すべきかが問題とされ、広津和郎は長編小説待望論とからめて、純文学作家の新聞小説への進出という具体的な提起を行うほどであった。こういう背景において、横光利一の「純文学にして通俗小説」という純粋小説論が提起されたのである。

平野謙『昭和文学史』筑摩書房、1963。この本の中で平野が追求したのは「政治と文学」の問題だった。

小林秀雄のジイド『贋金造り』論

このような中で小林秀雄が「私小説論」を書き、第三節で横光利一の純粋小説論を取り上げた。

小林秀雄は「純粋小説の思想は言うまでもなくアンドレ・ジイドに発した」としたうえで、ジイドは「自意識というものがどれほどの懐疑に、複雑、混乱に、豊富に堪《た》えられるものかを試みる実験室を、自分の資質のうちに設けようと決心した」と書き、『贋金造り』がジイドの純粋小説の思想を実現していると考えた。

『贋金造り』のエドゥアルは「一人の小説家を拉《らっ》しきたってそれを作の中心人物に置く。本の主題は、現実がこの主人公に提供するところのもの、それと彼みずからその現実から創り出そうとするところのものとの争闘というあたりにあるのだ」という。小説にはいろんな人物が登場する。実際の人間は、無数の像をもち、無数の切り口がある。これを従来のリアリズム小説は無視し、作者の都合の良い性格をもたされ動かされる。ジイドはこのような無数の切り口を作品中に実現しようとした。このためにジイドは「めいめいが異なった色合いの鏡を持って、相手を映しているように描かれねばならぬ」とした。では作者自身の鏡はどうなるのか。「作中の諸人物がめいめいの鏡をもって相手を映しているように描くとは、諸人物を作者一人の鏡に映るようには描くまいということだ」。作中の諸人物を、様々な角度からとらえがくということである。

ジイドはある装置を発明した。『贋金造り』という小説を書いているエドゥアルという小説家を、中心人物として登場させ、これに本人の鏡を持たせる。彼の鏡にはジイドという作者を映すことができる。ジイドも「贋金造りの日記」というものを書き、そこに自分の鏡を置いて、エドゥアルの鏡に対するのである。一人称を見る一人称、一人称に付く一人称である。

これはまさに横光利一の四人称ではないだろうか。「機械」は「純粋小説論」が発表される前の作品だが、横光が試み、小林秀雄が定式化した四人称を駆使した〝純粋小説〟に近づいているといえるだろう。

横光「純粋小説論」の核心は偶然と感傷性

四人称は成功したとはいえなかったらしいが、横光の「純粋小説論」の核心は偶然と感傷性であった。純文学はその二つを排除した。しかし通俗小説はその二つを自在に作品中に持ち込み読者を獲得している。ドストエフスキーはこの二つを作品に持ち込みながらも純文学の輝きを保っている。横光が「純文学にして通俗小説、このこと以外に、文芸復興は

横光利一「純粋小説論」「マルクスの審判」「頭ならびに腹」などを収録した講談社文芸文庫、1993

絶対に有り得ない」としたのは、決して戦後の中間小説的なものを目指したものではなかったことは確認しておく必要がある。目指したものはあくまでドストエフスキー的な文学であり、かつ昭和初期の出版環境のなかで、売れる、面白い作品の創作だったのである。

＊

新感覚派的表現とは、人間を物質の方から書くものである。横光は初期の短編でそのような表現を確立し、長編「上海」を書く。その延長線上に「機械」を書き、純文学にして通俗小説をめざし、四人称の方法的模索をしながら「紋章」、「家族会議」というような作品を書いていた。そのころに横光に洋行の話がきたのだった。

9　『欧州紀行』と『旅愁』

作家たちの洋行

大久保喬樹『洋行の時代』（中公新書　二〇〇八）によれば、明治期に洋行した文学者としては、有島武郎、永井荷風、高村光太郎、与謝野鉄幹、晶子がおり、島崎藤村は姪との不始末から謹慎のために大正二年から約三年、パリで過ごした。昭和期には正宗白鳥が五十歳を前にして洋行している。長谷川海太郎（筆名、谷譲次、林不忘、牧逸馬）も「中央公論」の特派員として夫妻で洋行し、その印象を「躍る地平線」として発表した。

横光利一に影響を与えたのは林芙美子かも知れない。彼女は『放浪記』が五十万部を超える大ベストセラーとなり、その思わぬ収入で昭和六年から七年にかけて半年ほどパリを中心にヨーロッパを廻った。その後、「下駄で歩いた巴里」を発表している。

「東京日日新聞」と「大阪毎日新聞」に連載された「家族会議」が好評だったことに気をよくした毎日新聞社は、昭和十一（一九三六）年八月に開催されるベルリンオリンピックの特派員という形で横光に渡欧を要請した。はじめ横光は洋行をためらっていたが、結局、友人らの後押しもあって欧州旅行に行くことを決めた（『夜の靴　微笑』講談社文芸文庫　一九九五、梶木剛「作家案内」）。

横光利一の渡欧

横光利一は昭和十一年二月十八日、東京を出発し、二十日に神戸で乗船した。スエズに三月二十一日に着き、カイロに出かけてピラミッド、スフィンクスを見た。二十七日にマルセイユに着き、パリには二十八日夕刻に着いた。

パリ滞在中に左翼人民戦線派のレオン・ブルム内閣が成立する。人民戦線の綱領の実行を要求するストライキは食堂にも波及し、旅行者は日々の食事も不便となり、横光はドイツ、オーストリア（チロル、インスブルック、ウィーン）、ハンガリー、イタリア、スイスに旅行した。約二週間後、パリに戻るとストライキは収まっていた。

ベルリンオリンピック取材後、横光は八月十一日、モスクワ経由の国際列車で帰国の途についた。「大阪毎日新聞」からマラソンを中心とするオリンピック競技のフィルムを託され、モスクワをへてシベリア鉄道で帰国する。この車中の食堂で偶然、アンドレ・ジイドを見かける。二十日、ソ連、満洲国境の満洲里に到着し、ハイラルから飛行機でやってきた大阪毎日の記者にフィルムを手渡した。その後、支那服の特高刑事がやってきて、身分を明らかにしたうえで、次の汽車の時間まで休憩するよう親切に旅館まで案内してくれた。

鉄道でハルビン、新京を経て、大連から飛行機に乗ったが、平壌で天候不良のため飛行中止となり、列車で釜山に。釜山から連絡船で下関に着いたのは八月二十五日のことであった。

横光は神戸で休養した後、三十一日午後九時に東京駅へ着いた。半年ぶりの東京で、文藝春秋の幹部となっていた佐佐木茂索らの歓迎を受け銀座の寿司屋に向った。九月一日午後六時から、東京日日新聞社主催の「「横光利一氏観戦（オリンピック）」談とオリンピック・トーキー上映会」が日比谷公園大音楽堂で行われた。そこで横光がベルリンから満洲里まで運んだフィルムが上映され、横光は「ベルリン大会を観て」という講演をおこなった。

横光はその後、十月中旬まで妻の実家のある山形県庄内に行き、温海温泉で鋭気を養った（井上謙『横光利一　評伝と研究』おうふう　一九九四）。そこへ行く途中の景色のことを、のちに戦中、戦後の疎開生活を日録風に綴った「夜の靴」に次のように書いている。

　外国から帰ってき来たとき、下関から上陸して、ずっと本州を汽車で縦断し、東京から上越線で新潟県を通過して、山形県の庄内平野へ這入って来たが、初めて私は、ああここが一番日本らしい風景だと思ったことがある。見渡して一望、稲ばかり植わったところは、ここ以外にどこにもなかったからだった。その他の土地の田畑には、稲田は広くつづいても中に種種雑多なものが眼についたが、穂波を揃えた稲ばかりというところはここだけだった。この平野の、羽前水沢駅という札の立った最初の寒駅に汽車が停車したとき、私は涙が流れんばかりに稲の穂波の美しさに感激して深呼吸をしたのを覚えている。

半年ぶりに日本に帰った横光の感激が伝わってくるようである。

『旅愁』の連載開始

欧州旅行中、横光は妻千代への手紙をはじめ、あちこちの新聞、雑誌に通信を送っていて、これらは旅行記『欧州紀行』（創元社　昭和十二年）としてまとめられた。欧州旅行の後、横光は「大阪毎日新聞」、「東京日日新聞」に小説を連載することになっていた。それが『旅愁』である。この『欧州紀行』と『旅愁』を読み比べると、横光の創作の過程をたどることができる。しかし、『旅愁』はなかなか構想がまとまらず、連載が開始されたのは翌昭和十二年四月のことであった。

『旅愁』の主な登場人物は、「歴史の実習かたがた近代文化の様相を視察にきた」矢代耕一郎、「社会学の勉強という名目のかたわら美術の研究」を主とする久慈、ロンドンにいる商社員の兄を訪ねていく宇佐美千鶴子、ウィーンの夫のもとへいく早坂真紀子の四人である。

矢代は叔父の建築会社の整理部に勤めており、休養中も給与は支払われていた。また帰国後は知人から大学の講義を受け持つことをすすめられたりしていた。母校の教授には「遣唐使と日本に於ける近代精神の交渉」という論文も提出していた。矢代と久慈はいわば高等遊民である。矢代はヨーロッパの文化に触れれば触れるほど、日本の精神文化を意識し、逆に久慈はヨーロッパの物質文化を称讃する。久慈は「僕は毎日、この矢代と喧嘩ばかりしているんですよ。この人はひどい日本主義者でしてね。僕はどうしてもヨーロッパ主義より仕方がないと思うんですが」と語る。千鶴子は東京の大きな鉄問屋の娘で、帰国後、母のすすめる結婚をするという前提で欧州旅行を許されていた。真紀子はマルセイユまで夫が迎えに来ていたが、ウイーンに行くと夫にはハンガリー人の愛人がおり、愛想をつかして一人でパリに戻ることになる。

横光利一はパリに住んでいたこともあるドストエフスキーを意識して、この『旅愁』で四人称を駆使した純粋小説を企図していたと思われる。関川夏央は「当初は、新聞連載分の終わりに「矢代の巻　終」とあったように、主人公の主観を「第一篇」後半からは久慈に移す予定だったのだろう。さらにのちには、再び矢代の主観からの記述に戻して反復する。そこに東野や塩野の主観からの記述を挿入しながら進行させるつもりだったと思われる。それが「純粋小説論」に書いた「第四人称」の実体化だったはずだが、成功していない」と書いた。ことほどさように、四人称の実体化は困難なものなのであろう。

それでも横光は十年にわたってこの作品を書き続けた。四人称の実体化には失敗したかもしれないが、日本と西洋の文化の対比を、矢代と千鶴子の恋愛に重ねて展開している。

マルセイユのノートルダム

約四十日間の船旅を終えてマルセイユに着くと、矢代たちは標高百五十メートルほどの小高い丘の上にあるノートルダム大聖堂を訪れる。ノートルダムはパリが有名だが、マルセイユのノートルダムは正確にはノートルダム・ド・ラ・ガルドという。大聖堂の頂きには金色の聖母子像があって港を見守っており、地元では「良き母」と呼ばれている。ちなみにノートルダムとは聖母マリアのことである。

このノートルダムを見に行った頃から矢代の足は少しずつ硬直しはじめる。夕食をすませてすっかり夜になると、矢代の片足は硬直したまま動かなくなってしまう。男たちは婦人の千鶴子と矢代を除いてマルセイユの街に繰り出して行った。矢代は船に戻ることにして自動車を拾って波止場まで行った。埠頭の中には自動車は入れなかったので、矢代は千鶴子の肩をかりて船に戻ることになる。

マルセイユの港から見たノートルダム大聖堂。「ノートルダムの頂上へ上がる。私の足は硬直して片方が動かない」（欧州紀行）

『欧州紀行』の三月二十七日の項に「マルセイユの街を廻る。街路樹も皆揃いも揃った大木ばかりだ。家は古びて灰白色。ノートルダムの頂上へ上がる。私の足は硬直して片方が動かない」という記述がある。長い船旅での運動不足、栄養の偏りなどが、横光の足の硬直の直接の原因であろう。またヨーロッパに対する戸惑いの暗喩ともとれる。このように『欧州紀行』は

『旅愁』を読むときの参考になる。
関川夏央は、この足の硬直を作家の職業病としている。これは推測だが、昔の作家は座り机で原稿を書いていたから、それが一日十数時間と続くと足の血流が悪くなり、だんだんと足が弱っていったのではないだろうか。吉本隆明も座り机で原稿を書いていた。晩年、足が相当弱っていたのは、このせいかもしれない。糖尿病による末梢血管の血流障害があった可能性もある。
ともあれ足の硬直のおかげで矢代と千鶴子は親しくなる。『旅愁』には高浜虚子をモデルとする東野やその他の登場人物、パリやチロルなど旅先の情景や感想も書かれているが、ここでは矢代と千鶴子という二人の男女の恋愛に限って考えてみたい。そこには恋愛をこえて東洋と西洋という文明、西洋におけるキリスト教の拡大と物質文明の伸長、さらには近代日本の家の問題まで含まれているのだから。

関川夏夫「日本人旅行者たちが日本語でかわす文明批評」

この長編小説の中で、二人は肉体関係にまでは進まない。プラトニックのままである。これは横光が『欧州紀行』に「私は外国での旅行中、異国の婦人との間で、陥りやすい事にも出逢わず、無事行くときのままで帰ってきた」と書いていることと関係しているかもしれない。関川夏央は次のように書いている。

パリはよかった、と帰国後しきりにパリを懐かしむ日本人旅行者は、たいていそこで性的な自由を味わったのである。だが、ヨーロッパ各国からの出稼ぎ女性たちの代価と引き換えのサービスの記憶を横光は持たなかった。ゲイの店などで法外な料金を請求されたことはあっても、それ以上に踏みこまなかったのは、事情通にめぐりあわなかったためと愛妻に義理立てしたための両方であった。

となると、恐れと違和感をともに抱かざるを得ない文明のなかに投げ出された日本人男女が、日本語で恋愛する物語に帰着するのはやや自然である。その隙間を埋めるのが、当初はこちらが主題とされていた文明批評の会話で、これも日本人旅行者たちが日本語でかわすのである。

『旅愁』では西洋と日本の文化の相違が問題にされ、それはカソリックを信仰する千鶴子と、法華宗を信仰する矢代の母の関係性となって現出する。横光が異国の婦人との間で関係を持たなかったというのは象徴的である。横光は、結局、西洋の中に入り込めず、『旅愁』は関川のいうように日本人男女の恋愛物語に帰結せざるを得なかったのである。

血を流しているキリストの彫像

矢代が最初に西洋と出合ったのは、マルセイユのノートルダムでキリストの彫像を見た時である。そこを詳しくみてみよう。大聖堂に着いた矢代は「中は暗く鞭のような細長い蠟燭の立ち連《なら》んだ間を通り、花に埋った一室へ足を踏み入れた」。

その途端、矢代はどきりと胸を打たれた。全身蒼白に瘦せ衰えた裸体の男が口から血を吐き流したまま足もとに横たわっていた。

外の明るさから急に踏み這入った暗さに、矢代の眼は狼狽していたとは云うものの、いきなり度肝を抜くこの仕掛には矢代も不快にならざるをえなかった。それもよく注意して見るとその死体はキリストの彫像である。皮膚の色から形の大きさ、筋に溜《たま》った血の垂れ流れているどろりとした色まで実物そのままの感覚で、人人を驚かさねば承知をしない、この国の文化にも矢張り一度はこんな野蛮なときもあったのかと矢代は思った。しかも、この野蛮さが事物をここまで克明に徹せしめなければ感覚を承服することが出来なかったという人間の気持ちである。このリアリズムの心理からこの文明が生まれ育って来たのにちがいない。それなら瞞《だま》されたのはこっちなんだ。

このキリストの影像との出合いが、矢代にとってヨーロッパとの最初の出合いであった。矢代は、リアリズムがキリストを殺したのだと内心でつぶやく。そして、瞞されていたのはこっちのほうなのだとも感じる。日本では死というものは、身体を浄化する。死者の像に血は似合わない。しかし、このマルセイユでのキリストの影像は実際の死体のようにあまりにもリアルなものであった。キリストの死というもの、十字架、磔刑による死を、これでもかというリアリズムで民衆の前にあらわにさせることによって成立する宗教、それがキリスト教、カソリックなのであった。

このキリストの死さえ、とことん物質的に表現せずにおかないところに、矢代はヨーロッパ文明の姿を見る。リアリズムは科学であり、物質文明そのものである。物質文明がヨーロッパ精神の源であることを、矢代はキリストの影像によって突きつけられたのである。

＊

横光利一は、ヨーロッパで物質文明の残酷さをキリストの影像に見た。キリストのリアルな

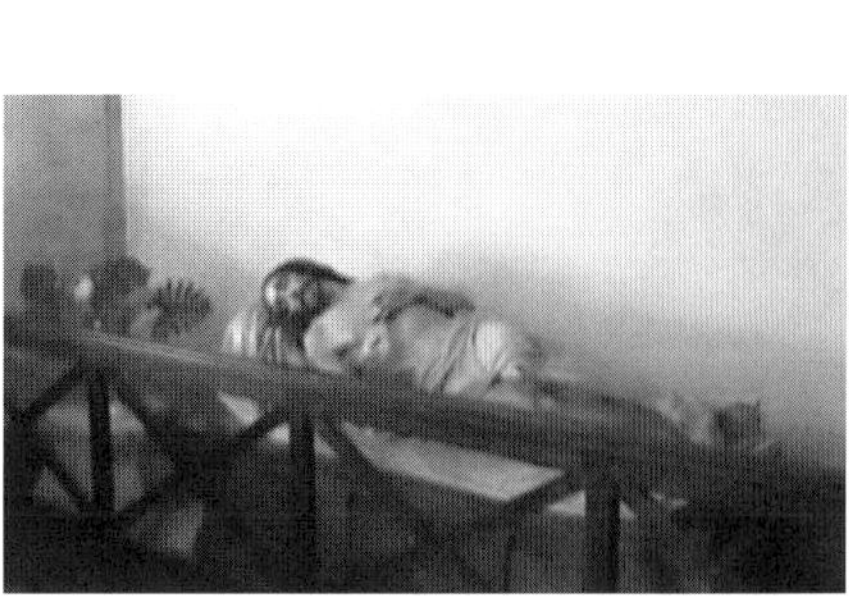

ノートルダム大聖堂の中のキリストの影像。
「矢代が見た」とされるものかもしれない。

死体は西洋の科学そのものであった。そこでは、神の子キリストも一個のボディ、死体でしかないのだった。

私も、フランスやイタリアの教会で胸から少し血を流している死んだキリストの像を見たことがある。十字架から降ろされて聖母マリアに抱かれているキリストの像は「ピエタ」といい、各地で見ることができる。横光が行ったマルセイユのノートルダムでは、死んだキリストだけが横たわっていたようである。死んだキリスト像には右胸の少し下に槍で刺された跡がある。これはイエスの死を確認するために、ある兵士が刺したといわれている。刺されたところが心臓でなかったのでイエスが復活したのだという説もある。

「明治維新」は日本の伝統がヨーロッパの科学文明に打ち負かされるところから始まった。欧米諸国の開国要求に、日本の伝統を対置しようとしたのが「尊王攘夷」だった。夷狄を打ち負かさねば日本の伝統は守れない。しかしこの攘夷の実践は、ヨーロッパの物質文明、黒船の大砲の前に無力だった。その時以後、日本は西洋の物質文明を受け入れて「文明国家」への道を歩んでいく。「尊王」という伝統を引きずったままで。

矢代の西洋リアリズム批判

矢代はマルセイユで、西洋のリアリズムがキリストを殺したと感じる。ユダの裏切りによって、キリストが殺された結果が西洋の物質文明だったのだと。西洋のリアリズムにおいては神の子キリストは血を流す死体でしかなかったが、その血を流すキリストの像を民衆に突きつけることによって、キリスト教は拡大していったのである。

荘厳なキリスト教をイメージしていた矢代は、そこで自分が「瞞されていた」と感じるのであるが、恐らく矢代はノートルダムに日本の寺社のイメージを持って入ったはずである。少なくとも日本の寺社の仏像、神体には血は流れていない。矢代は「瞞され」ていたのではなく、矢代のキリスト教についてのイメージ、認識、理解が間違っていたのである。

ここまでみてくると、『欧州紀行』に書かれていた横光利一の足の硬直の原因が、医学的なものだけではないことがわかる。その上で、小説『旅愁』の矢代の足の硬直が、キリスト教、ヨーロッパ文明に接した矢代の肉体の拒否反応のあらわれとして描かれているのだといえよう。

矢代は千鶴子と「サンジェルマンのお寺」の壁画を見てから、リュクサンブール公園のベンチに座って話しかける。

「日本のお寺の壁画は、まア、地獄極楽の絵が多いですが、こちらのお寺の壁画は、ヨーロッパ人が野蛮人を征服して、十字架を捧げている絵ばっかりですね。僕らはあんな絵を見せられると、聖壇もいやらしくなって、すぐ出て来たくなって困るが、あのころは、誰も東洋人にあんな絵が見られようとは思わなかったんだな」

矢代は、ヨーロッパ人が征服された側の眼を意識してないと考えた。ヨーロッパのリアリズムがキリストを殺し、そのキリストのかけられた十字架を前面に出すことによって異民族を征服、教化してきたことに嫌悪を感じている。千鶴子はフランスの伝統を認めながらも、日本にもフランスに対抗できる歴史と文化の伝統があると話して矢代を安心させる。

矢代は現実の横光と同じく、シベリア鉄道で帰国する。一方、千鶴子は飛行機で兄のいるロンドンに寄ってからアメリカ経由でと、二人は東と西に別れて帰国の途につくことになる。このとき、横光の視点は地球の大気圏の外にある。

10 『旅愁』における家と宗教

欧州から帰国した矢代は、東京から十時間あまりかかる東北地方の日本海寄りにある母の郷里の温泉で休養することになる。母が「あんな所より箱根の方が良さそうなものだけれどもね。

何が面白いの。あんなところ」と問いかけると、矢代は「そりゃ面白いですよ。西洋らしい所を見るのはもう倦き倦きして、疲れるばかしだからなア」と答える。そこで矢代は芭蕉の「われ山民の心をうしなわず」という言葉を思い出す。矢代の心は西洋を離れて、日本の山河に同化したがっていた。

矢代の父母の系譜

矢代は父母の結婚の経緯を母から聞いたことがあった。そこでは「家」が問題になっていた。矢代の母は滝川家の出であった。最初、滝川の父は矢代家が平民だという理由で結婚に反対した。滝川家の先祖は徳川の譜代大名に仕えていたのではなく、それ以前の最上義光《よしあき》の家臣であった。最上氏は上杉謙信の枝城の村上氏に滅ぼされ、滝川家が野に隠れている時に徳川の世となった。そして土地を鎮める手段として滝川家は新しい譜代大名に召し抱えられ、それ以後、徳川の譜代大名と最上時代の旧士族が並立した。明治になると旧最上氏の勢力が勢いを盛り返し文明開化の先頭に立った。

一方、「矢代の家も最上義光と同時代に、彼の九州の城はカソリックの大友宗麟によって、日本で最初に用いられた国崩しと呼ばれた大砲のために滅ぼされたのである」。しかし城主であった矢代家は、滝川家の如く新しい城主の臣となることなく、徳川時代を野に隠れ過ごしてきたのであった。つまり、矢代家は滝川家にとっての最上家と同格の地位にあったのだ。矢代家はいわば隠れ士族ということで、明治になって偶然出会った両家の娘と息子が結婚することになったのである。

矢代耕一郎は欧州旅行で宇佐美千鶴子と運命的な出会いをしたが、「金銭の不足な自分の勉学が千鶴子を養いつづける労苦に打ち負かされるのは、火を見るより明らか」だった。それで千鶴子との交際に本格的に踏み切れないままチロルの旅に出かけたのだったが、思いがけず千鶴子が矢代の後を追ってきた。二人でチロルの氷河を危険をおかして歩いた夜、矢代は「氷河の見える暗い丘の端で、じっとお祈りをしている膝ついた」千鶴子の姿を見つけて、矢代はあらためて千鶴子がカソリックであることを意識するのだった。

矢代と古神道

矢代の家は、父は先祖代々の真宗で、母は法華だった。このことで矢代の父と母の間には今でも何かごたごたしているものがあるのだった。この話を聞いて千鶴子が「じゃ、あなたはどちらですの」とたずねると、矢代はすかさず「僕は古神道です」と答える。矢代は古神道を「一切のものの対立ということを認めない、日本人本来の非常に平和な希いだと僕は思うんです。ですから、たとえばキリスト教や仏教のように、他の宗教を排斥するという風な偏見は少しもないのですよ。千鶴子さんなんかの中にもこの古神道は、無論流れているものです」と説明する。「じゃ、古神道って、カソリックも赦してくださるものなのね」と千鶴子は安心する。

ここで唐突に「古神道」が出てくる。それまでにも、矢代が帰国してすぐに行った銀座裏の寿司屋で、店の内外の打ち水に感動する場面がある。「山から谷から流れ出る、豊かな水の拭き潔めてゆくその隅隅の清らかさを想像して、自然にそこから生まれでて来た肉体や、建物や食物の好みが、およそ他の国のものとは違う、緻密な感覚で清められて来たことなど、瞬間のうちに彼には頷けた」と、伊勢神宮で行われたみそぎに参加したことを思い出して感慨にふけるのである。

しかし、次に行ったおでん屋の盛り塩に感動するのは日本回帰すぎて行き過ぎだろう。盛り塩が「闇の中から、不意に合掌した祈りの姿で迎えてくれていたのだ。物いわないその清楚な慰めには、初めて彼も長途の旅を終えた感動を覚えた。彼は襟を正して黙礼しつつ敷居を跨いだ。跨ぐズボンの股間から純白のいぶきが胸に吹き上がり、粛然とした慎みで、矢代は鼻孔が頭のいただきまで澄み透るように感じた。彼は思いがけないこの清めに体中のねばりが溶け流れた」。店の中に入り、杉の板壁に背を寄せかけると「杉の柾目が神殿の木目に顕れた歳月の厳しさや、和らぎに見えるのだった」。

いくら半年以上の欧州旅行から帰ったばかりにしても、打ち水や杉の柾目にいちいち感動し、盛り塩にまで黙礼するのはあまり感心しない。古神道については、次のような場面もある。千鶴子は五人兄弟の末っ子で、一つ年上の槙三という兄がいる。彼は帝大生で数学を専攻している。槙三に「日本に昔、幾何学はあったのですか」と訊ねられると、矢代は長々と次のように説明する。

ありましたとも、日本の古い祠の本体は幣帛《へいはく》ですからね。幣帛という一枚の白紙は、幾ら切っていっても無限に切れて下へ下へと降りてゆく幾何学ですよ。同時にまたあれは日本人の平和な祈りですね。つまり、僕らの国の中心の思想は、そういう宇宙の美しさを信じ示しているんだと思うのです。今の僕らが何も知らずに国家国家と云っていたのは、先祖の考えた宇宙を国家などと小さく翻訳語で云っているので、おかしなものだ。

祈りと赦し

矢代は、古神道の祈りは「イ」「ウ」「エ」を一口に縮めて「エッ」と声に出すのだという。「イ」は過去の大神、「ウ」は現神、「エ」は未来の神を表す言霊《ことだま》をさす。

一方、千鶴子のカソリックの祈りは彼女の矢代宛の手紙によれば「……異端者の悪しき思いやあまたの人の心なき業、また、そそっかしき心もて受けさせ給う侮辱《あなどり》をもそそぎまつらんことを希う」というものであった。

矢代は全てを赦す古神道の立場にたつことによって、千鶴子のカソリックも許容できると考えたのであるが、千鶴子の祈りの中の異端者という言葉は堪《こた》えた。その矢代の心を救ったのは、どこからか聞こえてきた鼓の「ぽん、ぽん、――ぽぽぽんぽん」という音だった。この打音は矢代に勇気を起こさせ澄み透って来た。「それは積み重った無数の死の中を透って来て蘇らせる音であった。キリストさえも蘇らせる音に聞こえた」。

帰国してから、打ち水に感動し、盛り塩に黙礼してきた矢代であったが、今度は鼓の音であった。矢代は古神道によりどころを求め、千鶴子と結婚するならみそぎをしてから日本中を歩きたいと思うようになる。

矢代が千鶴子との結婚を宗教上のことで悩んでいる間に、父が脳溢血で急死する。その後、矢代の母は、矢代が千鶴子と結婚したいというのを聞いて、「あなたの好きな人なら、それで良いでしょう」と承諾する。千鶴子の母も、千鶴子が矢代を家に連れて行き、打ち解けて話がすすみ、結婚を承諾する。仲人は東野に頼むことになった。

東野は「俳句というのは、硯と墨とがぴたりと吸いつき合った触感の、あの柔らかい微妙な細みから、自然に滴り落ちた一滴の雫でなくては駄目なんだよ。ぽたりッという音がして、墨の匂いがぷんとしてね」と、男女の恋愛を、硯と墨に例えた話をする。結婚祝には取り寄せてある五十鈴川の水で擦った墨でしたためた書を贈るという。また東野は、キリストが洗礼を授けられたヨルダン河の水も二人に披露した。その上で、この水で書かれた書を二人に見せた。それにはイスラエル語で「インマヌエル」と書いてあった。「神なんじと伴にあり」という意味で、この神は日本の神でもあり、西洋の神でもあるとつけたすのだった。

こうして二人は、宗教上の対立を克服して結婚の準備を整えてゆく。ちょうどその時、北京郊外で一発の銃声がこだまして支那事変が勃発（昭和十二年七月七日）したのであった。『旅愁』ではこの後、久慈の帰国歓迎会が開かれ、主人公が矢代から久慈へ移りそうな様子を見せるが、横光の死で終止符がうたれることになった。

11 戦後における『旅愁』批判

横光利一の死と『旅愁』の中断

十年の歳月を費して四巻にわたって書き継がれた約二千枚に及ぶ長編恋愛小説『旅愁』は、横光利一の死によって一応終りを迎えた。この作品では章を重ねるごとに、横光の思想が日本主義へ傾き、古神道の思想が語られていく。

このことについては『旅愁』が書かれた時代背景を考えておかねばならない。フランスではレオン・ブルムの人民戦線内閣が一九三六年六月に成立し、日本ではこの年に二・二六事件が起っている。作品『旅愁』内の時間は一九三六年二月から一九三七年七月で、約一年半である。このあと、日本は支那事変といわれた日中戦争から米英との太平洋戦争（大東亜戦争）に突き進み、やがて敗戦を迎えるという激動の時代であった。当然にも『旅愁』はこの時代の波をかぶりながら書き継がれたのである。

年譜（『定本横光利一全集』第十六巻　河出書房新社　一九八七）によれば、横光は昭和十五年夏には文芸銃後運動講演会に参加、日本文学者会の発起人になっている。昭和十六年八月、神奈川県湯本町の日本精神道場でのみそぎに参加し、昭和十七年八月、海軍報道班員として戦時徴用を受ける。十一月、大東亜文学者大会に出席して宣言文を読む。日本文学報国会の小説部会評議員となる。昭和十九年、日本文学報国会小説部会幹事長となる。戦後、この経歴によって横光利一は戦争協力者として論難されることになる。

横光利一が死去したのは昭和二十二年十二月三十日だが、そのすぐ後に、岩上順一が「家系から祖霊へ」（「文學」昭和二十三年三月号）という『旅愁』論を書いている。

岩上順一の『旅愁』批判

岩上順一は新日本文学会成立時（一九四五年十二月）は中央委員であったが、共産党の五〇年分裂では所感派に属し、「新日本文学」から脱退して「人民文学」に移った。宮本百合子死後、国際派の宮本顕治を批判する代わりに、百合子の文学を小ブルジョア的と先頭にたって批判した文学者である。

岩上順一は「家系から祖霊へ」で、『旅愁』の要点をまず家系の問題として捉えた。矢代の頭をしめている観念は家系のことである。母、滝川家の家系、矢代の家の家系、千鶴子のカソリックの家系である。それで、ここでの主題は、矢代の家系という観念、東洋の倫理的精神と、千鶴子のカソリックという西洋の合理的精神との対立をどう克服するかとなる。岩上によれば、横光利一はこの二つの精神の矛盾対立を、日本精神によって克服できるものと考えていた。

次に、岩上は『旅愁』の終盤に近い章から「彼を瞶《みつ》めている遠方のその眼の在りかは、矢代の家の城の滅んだ年ごろの遠さからではないように思われた。それはなおはるかに遠くからで、彼の記憶に溜った歴史の外遠くから射《さ》し透って来ている霊に似た、光か波か分かりがたい、時そのもののような澄み徹《とお》った静寂な眼であった」を引用する。そのうえで岩上は、この横光の「歴史の外遠くから射し透って来ている霊」を、「天照大御神の霊のごときもの」と決めつけた。天照大御神の精霊は、あらゆる家系の源泉で、神道も仏教もカソリックもすべて包含融合されてしまう。この神々の霊からくる光が、横光のいう日本精神であると岩上は考えた。

しかし、この岩上の論理には飛躍がある。はじめの「天照大御神の霊のごときもの」が「天照大御神の精霊」となり、横光の「日本精神」を「神々の霊から来る光」と決めつけたうえで、横光の「日本精神」は皇祖皇宗の霊の讃美であり、絶対主義的国家主義の観念的中心としての皇道主義にまで達しているものとする。

横光の「日本精神」は「天照大御神の精霊」と限定されるものでなく、さらに時間を遡って「歴史の外遠くから」と考えられているものである。岩上の批判は、横光の「日本精神」を戦争につながった「皇道主義」と曲解したうえでのイデオロギー色の強い批判であった。

杉浦明平の『旅愁』批判

『旅愁』をより徹底的に批判したのは杉浦明平《みんぺい》である。彼は「横光利一論――「旅愁」をめぐって――」(「文藝」昭和二十二年十一月号)で、矢代と千鶴子が帰国してからの展開、『旅愁』三篇(昭和十八年)、四篇(昭和二十一年)を「これは正に痴呆の書というべきだ」と攻撃している。

杉浦明平の共産党入党は野間宏推薦によるもので、昭和二十四年のことである。この「横光利一論」は入党以前のものであるが、新日本文学会には所属していたと思われる。

「新日本文学」で小田切秀雄が文学者の戦争責任者のリストを発表したのは昭和二十一年六月号であるが、それ以前に小田切秀雄、大井廣介《ひろすけ》、杉浦明平らが「文学時標」という隔週刊の小新聞で文学者の戦争責任論を展開していた。杉浦は「文学時標」昭和二十一年三月十五日号で、すでに保田與重郎を槍玉にあげていた。この「横光利一論」はその延長線上にあるものと考えていいだろう。「文学時標」では、保田と並んで横光、小林秀雄も批判の対象となっている。

杉浦明平はまず登場人物たち、矢代、久慈、千鶴子、真紀子らが社会生活とのつながりを持っていないと批判する。パリにおけるフロン・ポピュレール（人民戦線）の叫びや、デモ隊の流れ、罷業（ストライキ）の波も、旅行者にとって「一盃のコーヒーが飲めない故障としてとらえられるだけ」とする。たしかに、この後、矢代は罷業を避けて、ドイツ、オーストリア方面に出かけている。杉浦の横光利一批判は「横光はもっぱら心理乃至性格のモンタージュを以てプロレタリア文学の鋭いリアリズムに対抗し、あの妖しい華やかな仮象の交錯によって現実社会に向けようとする民衆の目に霞をかけようとした」というものである。「矢代は、横光の指図に従って、東洋への還帰を説く」。また「天皇に帰一し奉る東洋的無の発見は主として京洛の哲学者だましによってなされたが、横光もその毒をひそかに小説に盛り込んで、読者を害《そこな》おうと努めた」と、横光が意識的に民衆を日本精神へ誘ったかのように書く。

小林秀雄については「歴史的理法をばランボオ或いはラディゲの天才に対する陶酔的饒舌と

すりかえることによってマルクス主義文学論の反対者として立上った」と規定し、亀井勝一郎を「日本国民から近代的智慧理性、自由独立の精神、平等観念を完全に抜き去って犬馬の労のみを尽す奴隷下僕にしようとひたすら悲願していたことは明瞭であろう」とし、保田與重郎を「知識殲滅戦における最大の英雄」とみなし、「彼が「米英恐るるに足らず」と吠える片一方で米英恐怖症のため夜も眠れなかった陸軍情報部お抱えの勇士であった」と揶揄している。そして杉浦は、横光の「旅が悪魔に魂を売り渡すためであった、自己の文学的墓穴に向っての出立だった」と決めつけたうえで、「横光は戦後あの虚妄と侵略讃美の書『旅愁』を再刊」していると非難しつつ、次のように結論する。

もちろんわれわれが以上の如く長々と彼とその「旅愁」を取りあげた所以は、ここに扱われた諸問題が単に横光という異常児童独りに孤立的におこった現象ではなく、戦争を通じてわが国の中間階級に生じた一般的なあらわれであって、いわば他の健康な部分にまで毒を及ぼす不安と動揺の気分の病巣だったから、しかも彼らがその責任の大きな部分を負うべき敗戦後もいささかも恥じ悔い改めたあとを見ないからである。

この杉浦明平の横光利一論は、一部に矢代と千鶴子の「両家の社会的階層の差によって恋愛の阻害される、もしくはそれを打越えてゆくものとして二人を描いて行ったら、恐らくこの「旅愁」は今あるものとは全く異質の美しいロマンたり得たかも知れぬ」という文学的可能性を認める部分はあるものの、横光を、自分の文学の魂を悪魔に売り渡し、日本人民を戦争に狩り立てたとする、徹頭徹尾、政治的な批判であった。杉浦の横光論は、文学論として読むよりも、むしろ戦争中に辛酸を舐めさせられていた左翼陣営が、敗戦により政治的に解放された凱歌として読む方が正しいのかも知れない。

このような文学者の戦争責任追及についての議論は、その後、責任追及者の資格の再吟味という論も出て、十年後の新たな視点からの吉本隆明、武井昭夫の『文学者の戦争責任』を待たなければならなかった。

12　戦時下の横光利一

吉本隆明と『旅愁』

吉本隆明は四十歳頃に書いた「過去についての自注」(『初期ノート』試行出版部　一九六四)

で、米沢高等工業学校時代の思い出を書いている。東京育ちの吉本が山形県米沢市に向ったのは昭和十七年四月である。彼を東北に誘ったのは、その自然であり、それを詩作に定着させた宮澤賢治であった。

この頃の吉本は「皇国少年」であり、他に影響を受けた文学者として、詩人高村光太郎、批評家小林秀雄、保田與重郎、作家太宰治、横光利一をあげている。横光については長編『旅愁』（途中）までの諸作品としている。吉本が横光利一をあげているのは意外であった。戦争中、「皇国少年」吉本は『旅愁』を西欧文化に対抗する日本文化という図式で読んでいたのだろう。

時勢に流される文学者

『座談会昭和文学史』第一巻（集英社　二〇〇三）の小田切秀雄の発言によると、太宰治は第一創作集『晩年』（砂子屋《まなごや》書房　一九三六）を刊行する前は共産党の党家屋資金部に所属していたという。

筑摩書房版『日本文学全集54　太宰治集』（一九七〇）の年譜によれば、昭和五年、東京帝大仏文科に入学して間もなく、太宰は共産党の非合法運動に関係する。昭和六年、反帝国主義学生同盟に加わり、非合法運動を続けた。昭和七年春、北海道生れの落合一雄と自称して淀橋、柏木、日本橋八丁堀と転々とし、七月、青森警察署に自首して出て、非合法運動から離れたとある。

前出の小田切によると、「新感覚派の横光利一も川端康成も当時の共産党に対してはひそかに支援していたんですよ。川端は資金、横光は自分の家を会合場所に提供していた」のだという。

昭和初期には普通の文学者たちも多かれ少なかれマルクス主義運動に協力していた。しかし、特高警察による弾圧と、軍による戦時体制が強化されてくると、それらの運動とは一線を画さざるを得なくなった。文学者たちも戦争に巻き込まれていくのである。

昭和十二年七月七日に支那事変が始まった後、「昭和十三年八月に内閣情報部は文学者と懇談会をひらいて、漢口攻略戦に文学者の従軍を要請した。その結果、九月中旬に陸海二班にわかれて、二十数名の文学者の現地出発が決定したのである」(平野謙『昭和文学史』)。久米正雄、片岡鉄兵、菊池寛、吉川英治らのほか、林芙美子、吉屋信子の女性作家も動員された、世にいう「ペン部隊」の始まりである。

「文芸銃後運動」への協力

横光利一は昭和十二年十二月に千代夫人とともに伊勢神宮に参拝している。これについては井上謙が、ドイツから日本に亡命してきたブルーノ・タウトの『ニッポン』（明治書房　昭和八年）の影響を指摘している。カソリックに対抗する日本の精神を模索していた横光は、これをきっかけに作品『旅愁』に伊勢神宮と古神道を導入したと思われる。

昭和十五年には「文芸銃後運動」が起こった。これは菊池寛が、国民に精神的勇気を与えねばならない、「我々文筆の士も、国民大衆の元気を鼓舞するため、出来るだけのことをしたいと思う。之は、まだ、僕だけの私案だが、文壇の有志を糾合して、全国を遊説して歩きたいと思う。枝葉末節などにこだわらない、主義や主張などのない真の愛国運動を、やって見たいと思っている」（「話の屑籠」「文藝春秋」昭和十五年一月号）と提唱したのがきっかけだった。この運動の実務はすべて文藝春秋が取り仕切った。

横光は菊池寛とのつながりで、この運動に積極的に参加した。「私はこれに加わったことが人間の平和に役立つことと思っている。人間は絶えず恐らく永久に戦争をするだろう。そして、いつも勝ったものが世界を平和にするという実権を握るということもなかろう。負けたものはいつも戦争を起してゆくのである。してみれば、勝つことに努力すべきが常識だと思う」（「文學界」昭和十五年七月号）と書いている。

「みそぎ祭」

横光はその後、昭和十六年八月に神奈川県足柄の日本精神道場でおこなわれた「みそぎ」に参加している。これは「文芸銃後運動」で樺太に行く、菊池寛の代わりであったという。瀧井孝作、中村武羅夫らも参加している。川端康成も参加かと噂されたが、川端は参加しなかった。このみそぎに参加した後、横光は「東京日日新聞」(八月十三日、十四日)に「みそぎ祭」を書いている。

厳格の極を肉体と精神に与えてみて後、たちのぼって来る平安と歓喜がある。それも、その厳格さを他人から強いられず、自分で自分に与えてみる祭である。忍耐の出来る苦痛などというものは、不幸の何ものでもないと思わせる意識の訓練を、朝から晩まで繰り返しているうちに夜が来、朝が来、いつの間にか時間を忘れてしまい、やがて思いがけない爽やかな勇気が湧いて来る。

みそぎにおいて、自分で自分に「厳格の極」を与える。それを続けると「爽やかな勇気」が湧いて来ると横光はいう。「忍耐の出来る苦痛」、精神的肉体的に限度のある苦痛では、この境地に達しえず、かえって不幸だというのだ。みそぎを体験した者ならではの文章である。

「みそぎ祭」では、さらにみそぎの歴史についてつぎのように説明する。

みそぎは神代の時代から、鎌倉上期まで続き、そこで断ち切れたということである。私はみそぎをしながら、神代から鎌倉上期までのわれわれの先祖は、このような精神の訓練を絶えずしていたのかと思った。天大御中主神《あめのおおみなかぬしのかみ》の御意志を継ぎ、世界の平安を祈り、またその御意志を受け継ぎ給うた天照大神の御名を称え、絶えず心身の訓練を怠らなかった人たちの爽やかさや、強烈さ、その剛健な意志と健康無類な、しかも、この上ない高級な精神の雄《を》健《たけ》と、その秩序の純粋さとを私は思い、現代というものを考えざるを得なかった。

ここまではみそぎの説明であるが、みそぎをした結果、「みそぎを終えてみて、よく今までこのような義務を忘れて筆を持っていられたものだと思った」、「外国人というものには、この私らの先祖の中心の願いと、その行いを知らさぬかぎりは、どんなにしても日本人の精神を知らしめる法はない」とまで書く。みそぎというものをすっかり信じ込んでいるようである。

昭和十六年十月二十六日の日記（『定本横光利一全集』第十三巻　河出書房新社）には、菊池寛、吉川英治のみそぎ参加の新聞報道を読んで、「全く自分の身体はあの五日間ほど謙虚になりつづけたことは、いままでに一度もなかったと云って良い」と八月の自身のみそぎを思い出して感慨にひたっている。前記のみそぎについての考えは新聞に載ったものであるから、いくらか割り引いて考えなければならないが、こちらは日記であるから本心であろう。この時点で横光は本心からみそぎを信じていたのではないか。

日本精神道場でのみそぎ体験は横光によほど強烈な印象を与えたようで、以後の日記にはみそぎについての記述が多い。同じ十月二十六日の日記には「みそぎはその期間だけ人に自分を神だと思わせる行であり、そう思うことを主宰者から命ぜられる祭である」とも書いている。これは猿と人間の先祖が同じであるというダーウィンの進化論への疑問でもある。

横光の考えでは、みそぎは人間の先祖を神だと思う風習が原型となって残ったもので、ここに人類の平安を祈る日本人の精神の表現の在り処《あか》がある。このような健康な精神は日本人の中に伏在しているのだが、これを明瞭にするのがみそぎということになる。

筧克彦『国家の研究』と『神ながらの道』

昭和十六年十月の日記でさらに注目すべきは、筧克彦博士に言及していることである。三十日には「――顔を洗うということはみそぎをするということだとは、筧克彦博士の著「神ながらの実修」の第一章に書いてある」と、みそぎと顔を洗うということが同列視されている。翌三十一日には「筧克彦博士の「国家の研究」を読む。この書物は非常に優れた著作だ」とある。

また、この本から「皇国の国法は随神道《かんながらのみち》、即ち、古神道の顕現に外ならぬ。各人は即ち八百萬の神の顕現であり、国法は神道の現れである」という個所を書き写している。

筧克彦は天皇機関説で知られる美濃部達吉と帝大の同期である。卒業後、明治三十一年から六年間ドイツに留学し、帰国後、東京帝大法科教授となる。ドイツでは行政法を学ぶかたわら、教会へも通いドイツ精神に触れた。日本に帰ってからは独自に日本の思想と宗教を研究し、両者を包摂しうるものとして古神道にいきつく。その成果を『国家の研究』として、大正二年に刊行していた。

筧克彦『国家の研究』筧博士著作物研究会、1931

この筧克彦と大正天皇の后、貞明皇后の関係について、原武史『昭和天皇』(岩波新書　二〇〇八)が詳しい。貞明皇后は当初、皇太子(昭和天皇)の久邇宮良子《くにのみやながこ》との結婚に反対し、皇太子の天皇としての資質にも疑問を抱いていた。そこに大正天皇の病状悪化、大正十二年九月一日の関東大震災、十二月二十七日の難波大助による摂政・皇太子狙撃事件(虎ノ門事件)が連続して生起し、貞明皇后の危機感は募っていった。

そういうなかで貞明皇后は筧克彦が説いていた「神ながらの道」を追求しようと誓った。皇后は大正十三年二月二十八日から五月六日まで、沼津御用邸で筧の講義を八回にわたって受けている。その後、皇后は信仰を旨とする道に入ることを闡明した。この時、皇后のモデルになったのは神功皇后であった。「天照大御神の和魂《にぎみたま》を根本と仰ぎ給い、和魂の温かき優しき御心情を以て有らゆる物事を大切に」するようになったという。貞明皇后は昭和天皇との確執をはらみながらも（皇后は弟の秩父宮の方に肩入れしていた）、天皇家の祭祀に精進していくことになる。

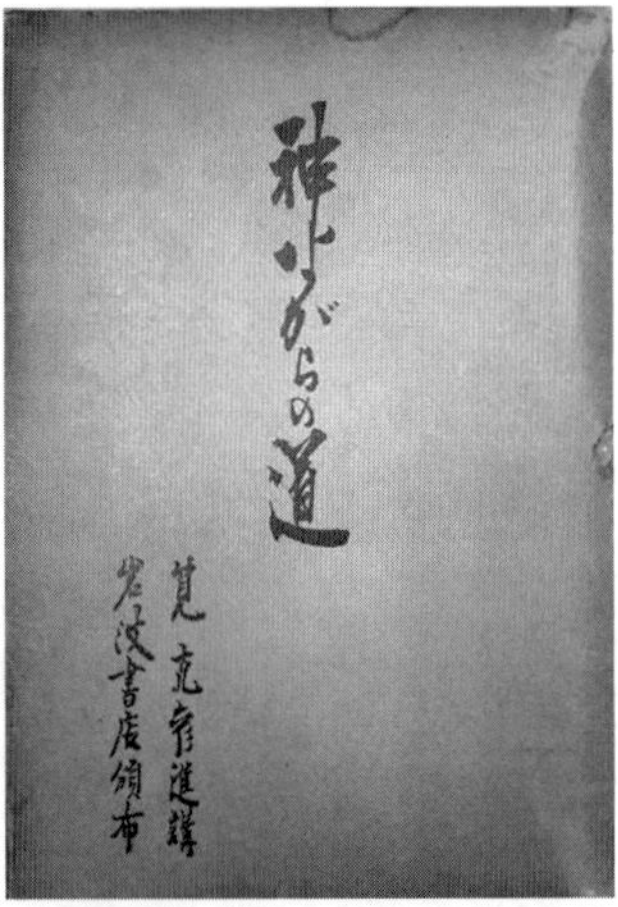

筧克彦進講『神ながらの道』岩波書店頒布、1931

原武史『皇后考』（講談社学術文庫　二〇一七）によれば、筧の講義録は「近来徒らに外来思想にまどわせる国民に対し我が神道の尊く重んずべき事を示すべく」（「読売新聞」一九二五年二月六日）、皇后自身により編纂が命じられ、『神ながらの道』と題し出版されることになった。一九二五（大正十四）年六月に皇后宮職から、翌年一月に内務省神社局から刊行され、さらに一九三四（昭和九）年には岩波書店が頒布元となって順調に版を重ねていった。

横光は、このような皇室にも受け入れられるような筧克彦の理論を、民衆のものとして『旅愁』に古神道という形で取り入れようとした。『旅愁』で、千鶴子のカソリックと矢代の母の法華宗の相剋の問題を抱えていた横光に、この筧克彦の古神道が行く手を照らす明かりとして見えたであろうことは想像に難くない。

「皇国少年」吉本隆明は、昭和十九年五月に発行した私家版詩集『草莽』に収めた「草ふかき祈り」の中に「われら瞬時の短き生きのまに／ここの国土の丘の辺に立ち／アルタイの原野も／アルプの山やその東西又南北の国も／おおらかな光もてつつまんとす／われら　みづからの小さき影をうちすてて／神ながらのゆめ　行かんとす」（傍点―筆者）という詩句を入れている。これは横光の『旅愁』の中の古神道からの影響とも考えられる。

十二月八日に梅瓶を買った横光利一

『定本横光利一全集』第十三巻には、横光の十二月八日の日記も収載されている。

> 戦はついに始まった。そして大勝した。先祖を神だと信じた民族が勝ったのだ。自分は不思議以上のものを感じた。出るものが出たのだ。それはもっとも自然なことだ。自分がパリにいるとき、毎夜念じて伊勢の大廟を拝したことが、ついに顕れてしまったのである。夜になって約束の大宮へ銃後文芸講演に出かけて行く。帰途、自分はこの日の記念のため、

欲しかった宋の梅瓶を買った。

戦後、執筆された『旅愁』の最終篇が「梅瓶《めいびん》」と題されていたことは覚えておくべきであろう。

横光はその後もハワイ真珠湾攻撃において潜航艇で出撃し海底に沈んだ九人の兵士を追悼する「軍神の賦」（「文藝」昭和十七年四月号）で「神明のごとき寒嶮たる意志ここに永へに人心の石柱となつて世を支へんとする人あらばこの情熱をほまれと称へずして世人また何をか称ふべきであらう」と書き、「大いなる一瞬　山本提督の英霊を迎へて」（「東京日日新聞」昭和十八年五月二十四日）、「アッツ島を憶ふ」（「改造」昭和十八年七月号）、「不急の願望を貫く　大東亜文学者大会に望む」（「毎日新聞」昭和十九年九月十六日）等、時局便乗的な文章を書き綴った。「特攻隊」（「文藝」昭和二十年三月号）では「一国の力がよく数千年の長きにわたつて続き得たということは、も早人力ではない。祖先の集約し給ふ力である。この精神の伝統を信じることは、現今いかなることよりも困難なことであるが、困難を見事に成し遂げた人々が、特別攻撃隊の、特別な所以であらう」と書いている。

横光はこのような文章だけでなく、戦時体制下で「文芸銃後運動」の講演や、その他の講演、座談会に出席した。昭和十八年三月には海軍報道班員としてニューギニアへ派遣されるところであったが、健康状態が悪く中止となった。

横光利一に講演を頼んだ加藤周一

加藤周一の『羊の歌―わが回想―』（岩波新書　一九七九）に、この頃の横光利一が登場する。加藤は一九三〇年代末、第一高等学校で横光利一の講演があったとしているが、横光の年譜の昭和十四（一九三九）年六月の項に東京大学で「転換期の文学」と題して講演とあるので、この時のことかもしれない。この講演会を頼みに行ったのは加藤周一自身である。

前掲の『座談会昭和文学史』第一巻で井上ひさしは「三〇年代にもっともよく読まれた小説家は横光だ」という加藤周一の発言を紹介した後、ドナルド・キーンの証言として、日本人捕虜のなかで知識人将校の多くは「日本文学の代表として「横光」の名をあげた」とも語っている。横光の講演会が駒場で企画されたのは、このような文脈で理解したらいいだろう。

加藤周一はまず、その頃の時代状況を次のように書いている。

しかし駒場の外の世界では、そのとき、マルクス主義の弾圧に、自由主義的な学者の教職追放がつづき、流行の論客たちが、賑かに、わかりにくいことばで「戴冠詩人の御一人者」とか、「殉国精神」とか、「信仰の無償性」とかいうことを叫びたてていたのである。

京都の哲学者と雑誌「文学界」と文学者たちは、もう少し静かな言葉で、もう少しもっともらしく、大日本帝国が中国を征伐するのには崇高な目的があるはずといい、西洋の近代文化は行きづまっているから、日本人である我々が「近代」を超えた文化を建設したいものだといっていた。

加藤周一は一九一九年生れであるから、「皇国少年」と自称する吉本隆明らと比べると、五、六歳年長で、駒場にはまだ戦争に批判的な自由主義的な空気もあったのであろう。学内には民主主義が残っており、一部の学生の間では『雪国』や『濹東綺譚』が読まれていたという。追放された学者とは東京帝大教授矢内原忠雄であろう。加藤が批判的にふれている論客、哲学者、文学者は、時代は少し下るが昭和十七年（一九四二）十月号の「文學界」の座談会「近代の超克」に出席した面々を意識しているのかもしれない。「戴冠詩人の御一人者」の作者は保田與重郎（座談会に出席予定だったが欠席）で、京都の哲学者は西谷啓治、鈴木成高で、文学者は司会を担当した河上徹太郎と小林秀雄、亀井勝一郎、林房雄らである。

《みそぎ》の意味

横光の講演会は、集まった学生で立錐の余地もない大教室で定刻に行われた。この時の横光の姿を、加藤は「思いついたことを立て板に水の如くまくしたてるのでもなく、言葉の綾で効果をねらおうとするのでもない。その場で記憶をよびさましながら、考えをまとめようとして言葉を探す横光氏は、苦吟する詩人のようにみえた」と書いている。講演の後は、学生達十五名くらいと横光の懇談会となった。

この懇談会では横光の『旅愁』のテーマとされた西洋の物質文明と日本の精神文明の対立が問題とされ、科学も人間の精神活動ならば、なぜ科学と精神文明は対立するのかということに議論が集中した。横光は「近代の物質偏重のことを、ぼくはいっているのだ。日本もこの《近代の毒》におかされてきたのです。だからこの厳しい時代を生きぬくために、われわれ文学者が召されていると思っている。その毒から日本を清める。――これが《みそぎ》ということのほんとうの意味ですよ。《みそぎ》の精神は、民族の心だ。今のこの時代ほど、偉大な時代はない。今こそわれわれは日本文学の伝統に還る……」と答えたという。学生の一人が「一体みそぎということは本気ですか」と問うと、横光は「本気ですかとは何だ」と怒りだし、「君たちはぼくの言葉尻を捉えてばかりいる、けしからんよ、そんなことは」というのが精一杯だった。

しかし加藤周一もこの時のことを、後から思い出して、自分たちも、荷風、金枝篇、講座派の理論に頼っていただけであり、横光氏も「ほんとうに信じていることと、信じていると信じようとしていることはちがう」ということを自覚していたに違いにないと同情している。最後に横光氏の死について中島健蔵から聞いた話として、「原因は胃潰瘍の大量出血で、医者にはかからず、おれの病気は科学ではなく精神でなおすといっていた」そうだと書きとめている。

ともあれ、横光はこの戦時体制下、文筆ばかりでなく、講演に、座談にと大活躍をした。それらは主として伊勢神宮、皇祖皇宗につながる日本精神の強調であったが、案外、横光はこのことを、加藤がいうように、本心から信じてはいなかったのかもしれない。しかし、その日本精神主義は確実に『旅愁』の世界に入り込んでいたのである。

このような横光利一の『旅愁』を「皇国少年」吉本隆明は日本精神の高揚として読み、加藤周一らの世代は、この日本精神を批判的に見ていたことがわかる。

太宰治「十二月八日」

太宰治に「十二月八日」（「婦人公論」昭和十七年二月号）という作品がある。この小説は貧しい家庭の主婦が語り手である。

まず、十二月八日の早朝、ラジオの「大本営陸海軍部発表。帝国陸海軍は今八日未明西太平洋において米英軍と戦闘状態に入れり」という放送を聞いた彼女の感想である。

しめ切った雨戸のすきまから、まっくらな私の部屋に、光のさし込むように強くあざやかに聞こえた。二度、朗々と繰り返した。それを、じっと聞いているうちに、私の人間は変わってしまった。強い光線を受けて、からだが透明になるような感じ。あるいは、精霊の息吹を受けて、つめたい花びらをいちまい胸の中に宿したような気持ち。日本も、けさから、ちがう日本になったのだ。

次は、同じ主婦がこの日の朝ごはんをすませ、台所でいろいろ考えたことである。

目色、毛色が違うという事が、之程までに敵愾心を起させるものか。滅茶苦茶に、ぶん殴りたい。支那を相手の時とは、まるで気持がちがうのだ。本当に、此の親しい日本の土を、けだものみたいに無神経なアメリカの兵隊どもが、のそのそ歩き廻るなど、考えただけでも、たまらない。此の神聖な土を、一歩でも踏んだら、お前たちの足が腐るでしょう。お前たちには、その資格が無いのです。日本の綺麗な兵隊さん、どうか、彼等を滅っちゃくちゃに、やっつけて下さい。

このピックアップした二カ所とも、ここだけを取れば、戦争讃美の国粋的な表現である。ところが、全体が呑気な主人（夫のこと—筆者注）との会話という調子に設定してあるので、全体として切迫感がない。しかも太宰治は諧謔的な作品が多いので、このような部分を本気で書いているのか、という疑問を抱かせる。太宰治には歴史を斜めから見ているところがある。そのため、読者に一元的な解釈を許さず、いろんな読み方が出来ることになる。戦争讃美の文章を書きながら、あるいはこれは逆説ではないかと思わせる。その点、横光利一の『旅愁』にはこのような解釈の余地はないといえるだろう。

13　横光利一の戦後

八木義徳「師弟」

八木義徳に「師弟」（「文學界」昭和五十八年三月号）という作品がある。これは、師の横光利一没後三十五年を記念して開催された横光利一展をきっかけにして、師の思い出を語ったエッセイ風の作品で、登場人物は実名である。そこでは戦後、『旅愁』を書き続けることに苦悩する横光がえがかれている。

登場人物の一人、松村泰太郎が敗戦後間もないある日、一人で横光家を訪れたときのことである。横光から「改造社で『旅愁』の続きを書けといってきているのだが、きみはどう思うか?」とたずねられると、松村は即座に「反対です」と答えた。そして「すでに答えの出たテーマをいまさら追いかけるのは、泥沼に足を踏み入れるようなものです」と言ってしまう。横光は激怒して、「きみは何年ぼくのところへ来ているんだ。ぼくのことをなんにも分かっていない。ぼくはこれを書かなければ死に切れんのだ」と叫び、松村を睨みつけた。

八木自身にも同じような思い出があった。昭和二十一年の暮れに近い寒い日であった。八木は多田裕計と二人で横光家を訪ねた。横光はひどく憔悴し、顔色が普段以上に青白く、話す言葉にも力がなかった。横光は和服の帯のあいだにときどき片手を差し込んで顔をしかめながら「『梅瓶』のあとのことを考えると、すぐこのへんがしくしく痛んでくるんだよ」と話した。「梅瓶」は結果的に『旅愁』最終篇になったものである。このときおそらく横光は胃病が悪化していたのだろう。

多田が「先生、『旅愁』はもうお止《や》めになったらいかがです」とはっきりした口調で言うと、横光は人差し指を多田の額に突きつけながら大喝した。「きみ、これから真剣勝負をしよう。きみが死ぬか、ぼくが死ぬか、どっちかだ!」

その後、横光は静かな声で次のように語ったという。

「きみたちが『旅愁』をもう止めろという気持は、ぼくにはよく分る。しかし、ぼくは『旅愁』という小説をともかくも書きだしたのだ。いったん書き出した以上、たとえどんな悪評をうけようと、最後まで書き切ることが、作家というものの責任じゃないか。それをきみたちは止めろという、ぼくに死ねというのとおなじことだよ」

十数年も師事してきた八木を含む三人の若い弟子が、師のライフワークというべき大作の前途に否定的だったのだ。しかしそれは師の健康状態を慮ってのことでもあった。

また八木は、別の事件を思い出す。それは横山政男の思い出話であった。横山が戦後、間もない夜、横光家を訪ねると、「きみはN・Kという作家を知っているか?」と聞かれた。左翼の作家でしょうと答えると、そのN・Kから「お前は戦犯だから、以後、筆を折れ!」という手紙がきたというのだ。小田切秀雄による「新日本文学」誌上での戦争責任を負うべき文学者としての名指しには「大した苦痛ではない」と言い切った横光だったが、N・Kからの手紙にはショックを受けたらしい。N・Kは若いころ、暮らしが苦しくて一時、横光家に住まわせてもらってやっかいになっていた人物だった。

このN・Kが『定本横光利一全集』第六巻の月報に文章を寄せていたのだった。N・Kが横光に会ったのが十八歳で、月報に寄稿したのは七十八歳の時である。

最後に八木は、この月報に文章を寄せているN・Kを憎まないが、人の世の寂しさだけは残るという、やるせない気持ちを抱く。八木義徳の「師弟」は、晩年の横光の像をよく浮かびあがらせている作品である。

那珂孝平による横光批判

『定本横光利一全集』第六巻（一九八二）の月報にあたってみると、N・Kとは那珂孝平であることがわかる。月報には「横光さんの思い出」として文章を寄せている。

那珂孝平は明治三十七年生まれ。大正十二年、文藝春秋に入る。武田麟太郎らの「人民文庫」に加わる。昭和十九年、横浜事件で逮捕される。戦後、新日本文学会会員、一時、共産党に入党、平成元年に八十五歳で亡くなっている。

那珂孝平が横光利一と初めて出会ったのは関東大震災直後の九月末で、横光は震災のため餌差町の洋服屋の二階に間借りしていた。那珂は菊池家の書生をしていて、菊池寛からの震災見舞いの手紙と原稿料を横光に手渡した。横光は二十六歳、那珂は十九歳だった。

その後、横光は「菊池寛に捧ぐ」と献辞した第一創作集『御身』を出し、作家としての地位を確立していく。中野の一戸建てに引っ越した後、キミ夫人の療養のために葉山、そして逗子に移った。生活に窮していた那珂は中野の横光の家に住まわせてもらうことになる。那珂は一時郷里に帰るが再び昭和二年に上京し、横光の世話になる。その後、横光が日向千代との結婚のために阿佐ヶ谷方面に大きな家を借りると、那珂は新婚の横光家に二、三カ月、居候することになる。横光が武田麟太郎を紹介すると、那珂は彼らの下宿していた長栄館に移り、左傾していく。そして、戦後、新日本文学会に入り、前記の「お前は戦犯だから、以後、筆を折れ！」という手紙を、かつて生活の面倒までみてもらった横光に出すことになったのだ。敗戦後すぐの左翼の高揚期であったとはいえ、後味の悪いエピソードではある。

那珂に月報の文章を依頼したのは『定本横光利一全集』の編集者の一人、保昌正夫である。保昌の書いた『横光利一　菊池寛・川端康成の周辺』（笠間書院　一九九九）によると、那珂孝平は「文壇実話集――横光利一の恋」（「文學時代」昭和五年七月号）で横光利一の前夫人との「苦闘的恋愛」を暴いた、遠慮のない迷惑をかえりみない文章を書いているという。彼が七十五歳のときに書いた「冬の蜂」（「星霜」二十号）には、書いているときは私怨はないのだが、筆がすべって、後で罰を受けたという、やや反省した文章をのこしているということだ。

＊

八木義徳はこの「師弟」の最後の方で、横光の言葉を再現している。

「西洋の論理は、日本では義理になり、西洋の愛は、日本では人情になってしまう。ぼくは何とかしてこの〝義理人情〟という奴をやっつけてやりたいと思うんだが、しかし、これはきみ、日本の土から生まれたものだからね。やっつけるとすれば、結局、このぼく自身をやっつけるよりしょうがないんだ」

これは『旅愁』に行きづまり、西洋と日本の論理の間で苦悩する横光の心情をよくあらわした言葉となっている。

横光利一のパリ

横光利一は昭和三（一九二八）年に上海へ行った。上海までは神戸から船で二日ほどの旅程である。東亜同文書院というような日本人を対象とした学校もあった。今鷹瓊太郎という土地に明るい友人もいて、横光は上海滞在中、今鷹の宿舎に泊った。人種的差別もなかった。しかし、パリを中心とした欧州は違った。日本語は通じない。横光が欧州旅行で女性関係がなかったというのも、実は言葉の壁があったからかもしれない。『旅愁』の矢代には、久慈が雇ったフランス語教師、アンリエットとまんざらでもないような場面もあった。

「パリは登りつめた都であるが上海は下りつめた都である」と、横光は「静安寺の碑文」（一九三七）に書いている。上海では「難しいことは何一つとしてここにはなく、贋金の鑑別法と金銀の落差の注意と、路地へ這入らぬ用心とにあるだけだ」。つまり、お金を持ち、不用意に悪所に入らなければ、日本人も普通に過ごすことができた。このような中で横光は帰国後、作品「上海」を完成させた。そこでは日本人の登場人物たちは自由に動きまわり、恋愛もあり、また中国人労働者に同情的な視点もあった。

ところがパリでは万事うまくいかなかった。まずパリの建物が横光を圧迫した。「私の一番困ったことは建物が高くて空が見えず、頭から押しつけて来る石の壁が、どこへ行っても打ちつづいている事である」（『欧州紀行』）。日本ではどこを歩いても空が見える。土の匂いがする。草花がある。それは日本人の心を落ち着かせる。「何の目的もなく海外を渡るものは、見たいものを見てしまうと、後にはやり場のない退屈だけが残って来る」。

横光が感じた、このパリの建物による圧迫感はわかるような気がする。横光が行った時のパリの実際の様子はわからないが、おそらく一戸建てはなく石の建物ばかりだったのだろう。パリにはノートルダムをはじめ多くの大聖堂、教会がある。それらは荘厳な石造りで中には数百年かけて建築されたものもある。その建物の権威で庶民にキリスト教の信仰を押しつけているように横光には感じられたのだろう。

横光はパリで、どんな日本人の旅行者も感じる憂鬱におちいっていた。レオン・ブルムの人民戦線内閣の誕生と店舗の罷業は、旅行者である横光には不便なだけでしかなかった。

横光にとって救いは、昭和五年からパリに住んでいた岡本太郎の存在であった。十重田裕一は岩波文庫『旅愁』解説で、改造社版『横光利一全集』月報に「巴里時代の横光氏」と題して寄せられた岡本太郎の文章を紹介している。それによると、横光は岡本に「全く無邪気で幼児のような明けっ放しな親しみを持って接した」という。また「旅行者にみられない優しい汚れない心情を、ともすれば荒んでしまう旅のさ中にあって持ちつづけ」ていたともいう。フランス語が堪能でなかった横光がパリで数カ月も過ごせたのは岡本がいたからこそだったということだ。

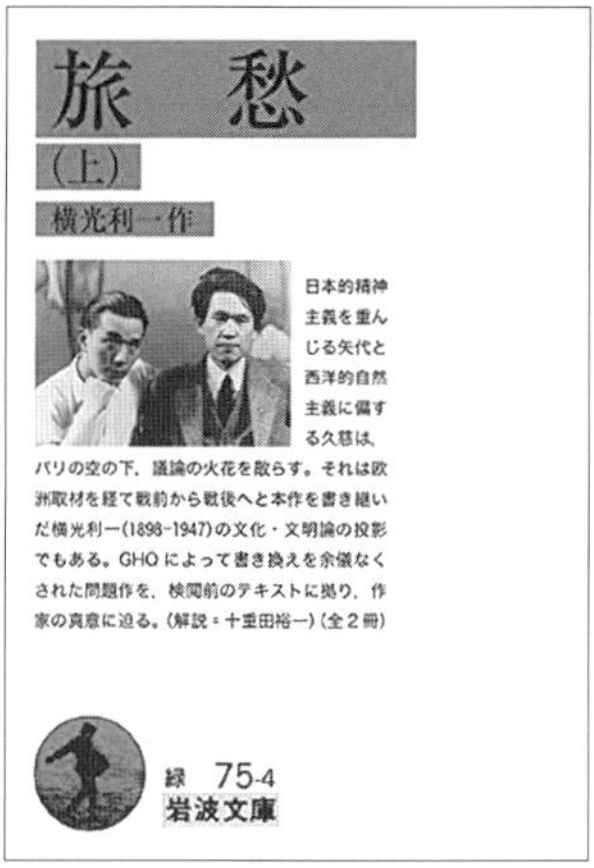

横光利一『旅愁　上』岩波文庫、2016

戦争に翻弄された長編小説『旅愁』

このような欧州旅行を終えて帰国した横光を待っていたのは、旅行前に決まっていた新聞連載小説を書かなければならないというプレッシャーであった。

純文学にして大衆小説という「純粋小説論」を発表し、ドストエフスキーの長編小説を評価していた横光は、それに匹敵する作品を書かねばならなかった。そこで矢代、久慈、千鶴子、真紀子の他に多くの人物を登場させる『旅愁』にとりかかった。ところが新聞連載中の昭和十二年七月七日に支那事変が勃発し、急速に戦時体制が強化され、文学者もそれに巻き込まれていく。『旅愁』の作家横光利一は、この戦争に翻弄されたといえるだろう。『旅愁』は、矢代と千鶴子を中心とした恋愛小説で、それに久慈と真紀子をどう絡ませるかが初めの構想ではなかったかと思えるからである。

『旅愁』第一篇、第二篇は昭和十五年に単行本として改造社から出版され、第三篇は昭和十七年から「文藝春秋」に連載されたものが昭和十八年に出版されている。第三篇以後は対米英戦争の影響を色濃く被ることになった。そのため、矢代と千鶴子の恋愛が古神道とカソリックの対立、日本精神と西洋文明の対立として展開されざるを得なかった。そして、自らも作家として「みそぎ」に参加し、伊勢神宮参拝、さらに文芸銃後運動の講演や、座談会に引っ張りだされ、あたかも日本精神の鼓吹者かの如くなってしまった。

横光自身は初期の「御身」や「悲しみの代価」のように、日常生活的な存在の不安定性や不安な自意識の苦しい分裂を追求したかったのではないだろうか。『旅愁』では、矢代と千鶴子の恋愛と二人の関係性の不安から、久慈と真紀子の物語へと展開したかったと思われる。しかし、国を挙げての戦時体制下において、それは許されなかった。
あるいは、横光自身には国家体制に巻き込まれない確固とした思想的立場が要求されていた。横光はそれを、カソリックをも日本精神をも包摂するものとして、かろうじて古神道という形で提示した。その古神道を『旅愁』の作品世界の中に持ち込んだ横光は、さらに時局のなかで実践し、戦後、精神力だけでは治るはずもない胃病に倒れた。横光は長編小説『旅愁』を完結することなく、この世を去った。

川端康成は先にもあげた『新潮日本文学小辞典』で『旅愁』について次のように書いている。

横光が晩年一〇年をかけた最大の長編であって、しかも未完に終わった。東洋と西洋、伝統と科学など困難な根本問題を、小説の主題としたのも横光の悲壮な宿命であった。戦争中も書きつがれたために、独断的論理や不十分な検討はまぬがれないが、『旅愁』の訴える問題は今日にもつながっている。

このように、横光が構想した西洋文明に対する日本精神という課題は、解決されないまま残った。

戦後、日本社会は無条件に西洋文明を受け入れ、敗戦のドン底から復興し、経済的繁栄を謳歌した。しかし、それから四分の三世紀が過ぎ、日本資本主義は急速におとろえ、現在また貧富の格差が拡大しつつある。このような時代にこそ、社会が直面する課題をありのままに見ることが必要とされるだろう。グローバリズムに迎合したり、いたずらに精神主義に陥るのではなく、冷静に日本の伝統と文化を考え直すことが必要であろう。横光利一の『旅愁』は、その格好のテクストとして私たちの前にある。

補遺　『旅愁』とＧＨＱ／ＳＣＡＰによる検閲

この章で論じてきた横光利一の『旅愁』のテクストには講談社文芸文庫版（一九九八）を使った。この章を書き終えた後、岩波書店から、かなり部厚い文庫版『旅愁』上・下が二〇一六年夏に刊行されていることを知った。それを手に取ると、この『旅愁』も次の章の江藤淳のところでみるように、戦後、出版にあたってアメリカ占領軍の検閲を意識してかなりの部分が書き換えられていることが判明した。ここではそのことついてふれておきたい。

『旅愁』の初出と戦後の改稿

『定本横光利一全集』第九巻の栗坪良樹の「解題」によると、『旅愁』は最初「東京日日新聞」「大阪毎日新聞」に藤田嗣治の挿絵で連載された。この新聞連載の最終回には「矢代の巻終」と記されている。その後、「文藝春秋」に連載されたものと併せて、第一篇が昭和十五年六月に、続いて「文藝春秋」に連載されたものが第二篇として七月に、さらに「文藝春秋」に掲載されたものが第三篇として昭和十八年二月に、いずれも改造社から出版された。

第四篇は「文藝春秋」昭和十八年一月号から、「文學界」昭和十九年二月号まで断続的に発表された。また、第五篇は「文藝春秋」昭和十九年六月号から昭和二十年一月号まで断続的に発表された。「梅瓶」は昭和二十一年四月の「人間」に発表された。

敗戦までに単行本として刊行されたのは第三篇までである。吉本隆明が『初期ノート』で戦争中に影響を受けた文学者として横光利一の名をあげ、作品としては「『旅愁』（途中）」としているのはこのためである。

戦後になって改造社名作選として第一篇が昭和二十一年一月、第二篇が二月、第三篇が六月、第四篇が七月に刊行され、当時、日本中の読者が活字に飢えていたこともあって、それぞれが十万部売れたと伝えられている。昭和二十五年十一月には、それらに加えて第五篇と「梅瓶」もまとめて一巻にしたものが改造社から出版された。（次頁に流れを示す）

但し、この戦後に刊行された『旅愁』は、アメリカ占領軍の検閲を意識せざるを得なかった。そのために、作中のヨーロッパ批判や日本の国体讃美は逆の意味に改変され、百カ所以上が削除された。これについては『定本横光利一全集』第九巻の「編集ノート」にその異同が掲載されている。

前記の岩波文庫版『旅愁』では上、下巻それぞれの巻末に異同が掲載されている。但し、

◎横光利一「旅愁」の初出掲載から、単行本～戦後４冊本～１冊本までの流れ

[初出掲載]	[改造社単行本]	[改造社名作選]	[改造社一冊本]
新聞（昭 12. 4～） 文藝春秋	第一篇（昭 15. 6）	（昭 21. 1）	旅愁（全） （昭 25. 11）
文藝春秋	第二篇（昭 15. 7）	（昭 21. 2）	
文藝春秋	第三篇（昭 18. 2）	（昭 21. 6）	
文藝春秋（昭 18. 1～） 文学界（～昭 19. 2）		第四篇（昭 21. 7）	
文藝春秋（昭 19. 6～20. 1） 人間（昭 21. 4）梅瓶	第五篇		

＊第一篇～第三篇の初出掲載年月は略。

『定本全集』の「編集ノート」が戦後の四冊本と戦前版との異同を比較対照しているのに対し、岩波文庫版では昭和二十五年に刊行された一巻本と戦前版とを比較対照している。

『定本横光利一全集』は初出単行本を底本とすることを原則としていた。第一篇から第三篇までは敗戦前の単行本で問題はない。第四篇は戦後の単行本（改造社名作選、昭和二十一年七月）と、雑誌に発表された初出テクストの二種類の底本が存在することになる。第一篇から第三篇までとの連続性を考慮して『定本全集』では、第四篇は戦後刊行された上記の単行本ではなく、例外的に雑誌に発表された初出テクスト（第五篇を含む）を採用し、それに戦後発表された「梅瓶」を付け加えることになった。

岩波文庫版『旅愁』上・下はこの『定本全集』を踏襲したものである。現在、手に入る講談社文芸文庫版は、検閲を意識して書き換えられ昭和二十五年十一月に改造社から刊行された一巻本の『旅愁』を底本にしている。

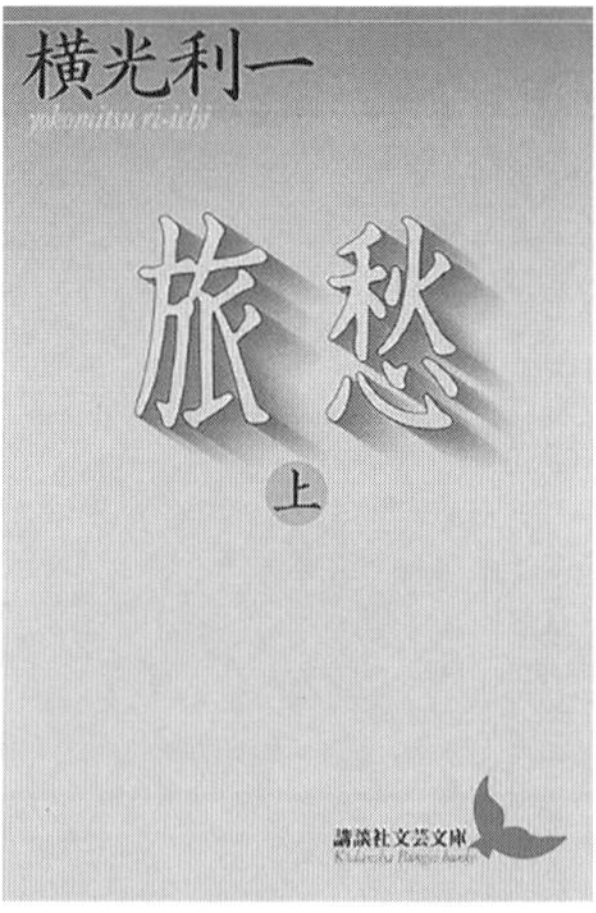

横光利一『旅愁　上』講談社文芸文庫、1998

どこが書き換えられたか

ＧＨＱ／ＳＣＡＰ[5]（連合国軍最高司令官総司令部）は昭和二十年九月二十一日にプレスコード（新聞・出版物の検閲基準）を指令した。実際に検閲にあたったのはＣＣＤ（民間検閲支隊）である。改造社の横光担当編集者の木佐木勝は戦後まもなくの『旅愁』の出版にあたって、検閲を通過するために横光との折衝を行っている。その詳しい経過は『木佐木日記』第四巻（現代史出版会　一九七五）に記されている。

十重田裕一は「「旅愁」――さまよえる本文」（『横光利一の文学世界』翰林書房　二〇〇六、所収）で、この『木佐木日記』第四巻に注目し、『旅愁』の書き換えの問題を追究した[6]。

敗戦をうけて、『旅愁』の出版にあたった木佐木の動きは早かった。十一月十九日にはＧＨＱの情報局に出版申請書を提出し、十二月四日には入稿を完了している。山形にいた横光は十二月に上京したが、「古いものは見る気がしない」という意向で、校正は木佐木に一任される。二十二日には『旅愁』第一篇が組み上がる。二十七日ゲラを検閲の担当者に提出、昭和二十一年一月四日には非公式に、一月五日には公式に『旅愁』の削除箇所について正式な申し渡しを受けた。「伏せ字は絶対に許されず、削除のあとをとどめないように訂正するように念を押された」という。ＣＣＤによる検閲は、戦前の日本の検閲とは異なり、××などと削除した箇所を明示させず、その痕跡もわからないようにさせる周到ぶりだった。

木佐木は「むざんにも数ヵ所にわたって削除の筆が入っている」ゲラを持って横光宅を訪れ、削除箇所の手当を求め、横光は徹夜をしてゲラに手をいれた。そのやりとりが『木佐木日記』には次のように書かれている（丸カッコ内は筆者注）。

（横光から）手渡されたゲラを一見したところ、赤インクの細字で削除された行間(7)がびっしり埋められていた。私は念のために、作者の前でゲラの赤字にひととおり眼を通したが、帰りの電車の中でもう一度読みなおしてみた。私は救いのない気持ちで暗然としてしまった。同時に私は作者のみじめな気持をそこに見た。こんどの訂正ぶりは作者の変節でなくてなんであろう。そうでなければ作者の屈服以外のなにものでもない。作者の誇りは今どこにあるのか。

検閲では、反ヨーロッパ的な表現が問題とされた。例えば戦前版では、

長い間、日本はさまざまなことを学んだヨーロッパである。そして同時に日本がそのため絶えず屈辱を忍ばせられたヨーロッパである。

となっていたところが、ＣＣＤの検閲方針にしたがって次のように改められた。

長い間、日本がさまざまなことを学んだヨーロッパである。そして同時に日本はその感謝に絶えず自分を捧げて来たヨーロッパであった。

他にも、カフェーで日本人を追い出そうとする「アメリカ人」が「その男」に書き換えられている。「愛国心」、ナショナリズムを肯定する部分も書き換えられている。「支那」は「中国」に、「日支」は「日華」に原則全篇で書き換えられている。ただし、「支那料理」、「支那飯店」は変更されていない。

プレスコードには、④「連合国進駐軍に関し破壊的に批評したり、又は軍に対し不信又は憤激を招くような記事は一切掲載してはならない」という占領軍批判を禁止している条項とともに、③「連合国に関し虚偽的又は破壊的批評を加えてはならない」という条項もある。ヨーロッパ批判はこの条項に抵触したのだろう。

このような過程を経て、戦後『旅愁』（第一篇〜第四篇）は改造社から出版された。しかし、問題はある。それは、書き換えがどこまでが横光によるものか、どこからが編集者が行ったものかが判然としないことである。『木佐木日記』にも、そこまでは書かれていない。

横光が西洋と最初に出合うのは、マルセイユのノートルダムでのキリストの彫像である。「ここじゃ、リアリズムがキリストを殺したのだなア、つまり」という矢代のセリフや、「この国の文化にも矢張り一度はこんな野蛮なときもあったのか」、「それなら瞞されたのはこっちなんだ」、「一つヨーロッパの秘密の端っぽを覗いてやったぞ」という、厳密に解釈すればキリスト教批判、ヨーロッパ批判と受けとられるような記述はそのまま残されている。

このように横光の戦前のテクストと戦後版の異同を比較対照するのは大事な仕事であるので注目していきたいが、今のところ、本章全体の論旨に影響はないと考える。

（5）ＧＨＱ／ＳＣＡＰとは連合国軍最高司令官総司令部のこと。General Headquarters of the Supreme Commander for Allied Powers を略してＧＨＱ／ＳＣＡＰと表記されるが、日本ではＧＨＱといわれることが多かった。

（6）123頁9行目以降の戦後における改造社版『旅愁』の出版にあたってのＧＨＱによる検閲についての記述は、十重田裕一の「「旅愁」――さまよえる本文」の表記にしたがった。

（7）「削除された行間」となっているが、これは「検閲によって削除を指示された箇所の行間」のことだと思われる。

第2章　江藤淳
戦後文学批判と明治への回帰

メリーランド大学附属マッケルディン図書館三階にあるゴードン・W・プランゲ文庫（写真は現在）。昭和54年10月、渡米した江藤淳はここで、アメリカ占領軍の検閲を受けた膨大な量の日本の書籍、新聞、雑誌と出合うことになる。

1　江藤淳という人

江藤淳の好敵手

江藤淳の好敵手といえば約二歳年下の大江健三郎と思われているが、江藤は大江をそう問題にしていなかったように思う。

芥川賞が社会的現象となったのは、石原慎太郎の『太陽の季節』（昭和三十年）からである。石原は「湘南ボーイ」であり、多少世の中が騒いでも動じることはなかったと思われる。ところが、大江が『飼育』（昭和三十三年）で芥川賞を受賞した時、彼は「若冠《ママ》二十三歳の青年で、愛媛県から上京してまだ日の浅い無名の東大仏文科生にすぎなかった」（江藤淳「自己処罰と自己回復」一九六五年十一月）。

初期の大江はジャーナリズムの渦に巻き込まれ、ジャーナリズムが要求する役割を無難に果たしていったが、それは江藤に言わせれば「この頃の大江氏の主人公たちが急速に影を喪失して行く」過程だった。六〇年安保闘争のときには、大江は五月三十日から第三次訪中文学使節団の一員として中国に赴き、結局、安保闘争のさなかには日本にいなかった。一方で、江藤は「安保批判の会」を湘南中学の一年先輩の石原慎太郎らと結成し活動していた。

石原に言わせれば、新安保条約の条文をきちんと読んでいたのは江藤だけだった。江藤は安保条約に反対ではなく、安保条約改定の審議を十分つくさないまま行った自民党の単独強行採決を批判していたのだった。江藤は石原に「君ももう一度安保の新旧の条文を読み比べてみろよ、つまり、てっとり早くいえば日本はこれでようやく独立国になれようとしているんだからな」と言ったという（石原慎太郎「さらば、友よ、江藤よ！」、「文藝春秋」一九九九年九月号）。

石原慎太郎もある意味、江藤淳の好敵手だったが、江藤の本当の好敵手は八歳年上の吉本隆明だったのではないだろうか。江藤にも「皇国少年」の一面があった。以下は石原慎太郎、開高健らが出席した座談会「われらの戦後二十年」（「文藝」一九六五年八月号）での発言である。

ええ、ええ。あのとき、米軍が相模湾にくるか九十九里浜にくるかといっていたでしょう。本土決戦で相模湾にきたら、竹槍かなんか持ってアメリカ兵のキンタマにくらいついて、一人ぐらいは殺してから死ななければいけないだろうと思っていましたね。それは義務と思っていた。

江藤淳と吉本隆明

一九六〇年代半ばから八〇年代後半にかけて、江藤淳と吉本隆明は五回対談を行っている。その第一回目「文学と思想」（「文藝」一九六六年一月号）で吉本は、「ただ、江藤さんと僕とはなにか知らないが、グルリと一まわりばかり違って一致しているような感じがする（笑）」と語っている。これは小田切秀雄、大江健三郎批判、とりわけ大江批判の文脈で語られたものである。大江は創作の場合には自由だけど、『厳粛な綱渡り』でも『ヒロシマ・ノート』でも「秩序に対する反秩序というふうに自分を規定づけるのではないか」と吉本が語ると、江藤は、大江はそれらの本では「他人のためのの言いかたをする」と受けている。

吉本は、大江が『ヒロシマ・ノート』で、赤松俊子の原爆の惨状を描いた絵や峠三吉の詩をいいと評価する姿勢を批判する。これらは「芸術としてよくないし、芸術としてよくないがゆえに、どんな意味でもよくない」と。江藤は、『ヒロシマ・ノート』で大江が被爆者の苦労に同情しうると考えているのが解せないとして、大江は意識にのぼらないところで自己欺瞞に陥っているのではないか、と指摘する。

江藤が「自己欺瞞」というように問題を出したのに対して、吉本は、個人の共同性と政治的な共同性は異なると応じる。吉本得意の幻想論の展開である。江藤も、この吉本の問題提起に互角に渡り合っている。だから、先ほどのセリフではないが、結論は一致するのだが、その道程が「グルリと一まわりばかり違って」ということになるのだろう。

吉本はまた、江藤が占領政策を研究していることについて苦言を呈している。戦後の統治形態論とか、政治形態論は江藤の業績として認めるが、それは政治担当者に比べて二番手の仕事ではないか、知識人はもっと本質的な仕事をするべきではないかと。これに対して江藤は、今やっていることは政策的な提言などではない。「私はこれが私にとっての文学だからやっているのです」。自分が言葉によって生きているからこそ、「言葉を拘束しているものの正体を見定めたいのです」と反論している。

『群像日本の作家27　江藤淳』小学館、1997

江藤淳が取り組んだ問題

江藤淳は、この「言葉を拘束しているもの」を、問い続けた。そして、日本のポツダム宣言受諾から、アメリカによる戦後処理、占領政策の問題に突きあたるのである。

一九六〇年安保条約の強行採決を批判した江藤は、昭和五十三（一九七八）年に本多秋五との間で交わした無条件降伏論争をきっかけに戦後派文学の批判に転じた。翌五十四年に渡米して約一年間、占領軍の検閲政策を克明に調査した江藤は、戦後日本の歩みについて重大な疑問を投げかけ、その結果として近代天皇制の擁護へと進んでいった。

晩年の江藤は、妻を末期癌で見送り、その葬儀を無理に無理を重ねて取り仕切った。その結果、排尿障害から敗血症に陥り入院を余儀なくされる。その後も軽い脳梗塞で倒れリハビリを重ねていたが、最後には自裁するに至った。江藤淳はこのような人であったが、彼が取り組んだ問題は現在の我々にも通じる重要なものとして残されている。

2　平野謙『昭和文学史』に対する批判

芥川龍之介の自殺

平野謙は『昭和文学史』（一九六三）の「序」に、「昭和文学の出発は、芥川龍之介の自殺（三十六歳）にはじまる、といってよかろう」と書いている。芥川の死の原因となった「ぼんやりした不安」を芥川の自意識の問題とするのか、社会的な問題として、それを克服すべきものとするのかが昭和初年代の文学の内包する最大の「命題」であったとし、しかもこの課題が戦争によって中断され、戦後まで持ち越されたとした。

芥川の「ぼんやりした不安」とは、遺稿となった「或旧友へ送る手記」（昭和二年七月）にある言葉である。そこでは芥川はこの手記を、自殺者自身の心理をありのままに伝えたいと思って書いたとしている。そこには死の動機として「少なくとも僕の場合はただぼんやりした不安である。何か僕の将来に対するただぼんやりした不安である」と書いている。昭和二年は、金融恐慌が始まり、軍部も台頭しはじめていた年であった。

健康上の問題については大岡昇平が中央公論社版『日本の文学29　芥川龍之介』（一九六四）の解説で、大正十年の支那遊行後の胃病、神経衰弱を指摘している。さらに家庭の事情もあった。姉の夫の家の失火、その義兄の自殺と残された高利貸の借金が芥川の肩にのしかかり、神経を病み、幻覚を見ることもあったらしい。

芥川は死の直前、多くの作品を書き残したが、これは一方では借金返済のためであり、他方で最後の文学魂が燃えたともいえるであろう。芥川は夫の行動を警戒していた夫人の目をかいくぐり、昭和二年七月二十四日未明、聖書を枕元に置き、睡眠薬ヴェロナール及びジャールの致死量を飲み自殺した。この芥川の死をめぐっては宮本顕治「敗北の文学」（昭和四年）と小林秀雄「芥川龍之介の美神と宿命」（昭和二年）という対照的な二つの評論が書かれたが、ここでは立ち入らない。

芥川と中野重治

興味深いのは、芥川の死の前月、昭和二年六月に中野重治が芥川の家を訪れていたことである。このことは中野重治の自伝的小説『むらぎも』（講談社　一九五四）でふれられている。そこで印象的なのは、葛飾伸太郎（芥川龍之介がモデル）の手の指が「墨を薄目に溶いて流したように見えるほど垢だらけで伸びたり曲がったりしている」という描写である。「風呂に何十日もはいらなかった場合の病人や乞食に見られるものだった」とも書かれている。すでにこの頃、芥川の神経や生活が限界にきていたことを示唆しているのであろう。

葛飾が主人公、安吉に「ところで、さっそくですが……」、「君が、文学をやめるとかやらんとか言ってるってのはあれやほんとうですか」と訊ねる。「いいえ、そんなことはありません」と安吉が答えると、葛飾は「そう、そんなら安心だけれど……」と応じている。

大正十五年（一九二六）四月に発行された同人雑誌「驢馬」に芥川は注目し、そこに掲載された中野重治と堀辰雄の作品を評価していた。『むらぎも』の葛飾の安吉への問いかけは、自分の死後の文学的動向において芥川が中野に後事を託せないかと考えていたともいえるだろう。

この時、中野は東京帝大の学生で、左翼系の団体である新人会で活動していた。芥川は、自分が文学的才能を認めた中野が困難で弾圧が予測される政治の道へ進むのか、文学の道を行くのかを注目していたのである。そのような芥川の内面まで推しはかることができずに、『むらぎも』の安吉は「安心だけれど？　それ、すこし、傲慢じゃないかナ」と思いながら葛飾の家を辞去していた。

「無条件降伏」ということ

平野謙は『昭和文学史』で、昭和前半を、私小説を含む既成リアリズム文学と、マルクス主義文学（プロレタリア文学）と、新感覚派や新興芸術派を含むモダニズム文学の三派鼎立の時期として、特に自身も加わったマルクス主義文学に共感しつつ書いている。そして戦後も基本的にこの三派鼎立を拡大再生産したものとして、老大家の復活と、風俗、中間小説の繁栄と、プロレタリア文学系の人々による民主主義文学の再出発とし、さらに「新しい方法意識を駆使した戦後派文学の登場」（傍点―筆者）としている。[8]

平野はこの『昭和文学史』「第四章　昭和二十年代」「第一節　占領下の文学」を、「日本が無条件降伏の結果、ポツダム宣言の規定によって、連合軍の占領下におかれることになったのは、昭和二十年（一九四五年）九月のことである」という文章から書き始めている。

平野謙は晩年、食道癌を患いながらも、戦前の「リンチ共産党事件」の解明の手をゆるめず「宮本・袴田抗争に欠落するもの——政治の論理と日常の論理」を「週刊朝日」昭和五十三年一月二十七日号に発表したが、二月十日、くも膜下出血で倒れ四月三日に死去したため、これが絶筆となった。
ところがこの年一月二十四日の毎日新聞「文芸時評」で、江藤淳が平野謙の『昭和文学史』に触れて、日本の無条件降伏は間違いであり、日本はポツダム宣言の条件を受諾したうえで降伏したとして、以後「日本は無条件降伏していない」という趣旨の論文を次々と発表していったのだった。

（8）「戦後文学」とすると野間宏、梅崎春生、椎名麟三らの小説家に限定して受けとられる恐れがあるので、「近代文学」に拠った埴谷雄高、平野謙、本多秋五らも含めて、ここでは広い意味で「戦後派文学」という用語も使うことにする。

松原新一「戦後変革期の文学」

江藤淳の毎日新聞での「文芸時評」によると、「群像」の昭和五十三年二月号に、秋山駿、磯田光一、松原新一による「座談会　戦後文学史」というものが載っており、それは講談社の「現代の文学」全39巻の別巻『戦後日本文学史・年表』（昭和五十三年二月）の刊行を機に企画されたものだという。この『戦後日本文学史・年表』は、松原新一が「戦後変革期の文学

——敗戦から一九五〇年代へ」を、磯田光一が「戦後文学の転換——講和条約から一九六〇年代へ」を、秋山駿が「日常的現実と文学の展開——一九六一〜一九七七」を書き、巻末に詳細な年表を附したものであった。

松原新一の論述の特徴は、戦後文学を「戦後変革期の文学」と規定したことである。アメリカ占領下の現実を知っていた平野謙や中村光夫は「占領下の文学」としていたが、一九四〇年生まれの松原新一は戦後文学を前向きに捉えようとした。この「変革期」という言葉を使ったことについて、前記の座談会で松原新一は次のように述べている。

戦後を「変革期」というふうにとらえるのは、いまとなってはかなり大げさなとらえ方になるところが私はあると思うのですけれども、少なくとも戦後派の文学がつくり出したものの中に、明治以来、敗戦までの間のいろんなイデオロギー的なものもあるし、思想的なものもあるし、いろんなものがありますけれども、そういうものをとにかくあるものについては克服しようということですね。あるものはアウフヘーベンしていかなければならないという問題意識が非常にはっきりしていて、それが十全な形で文学の場に表現されたかということとは疑問があるけれども、少なくともそういう一つのはっきりした指向性を持って問題に取り組んだという跡ははっきりしていると思うのです。それをとにかく特徴的な部分として取り上げたい、評価したいということなんですよ。

だから、「変革」といったって、本当に日本人の精神構造みたいなもの全体に変革が徹底して行われたというふうに思っていませんけれども、どういうものが変革されていかなければならないかという方向みたいなものは、ある程度はっきり戦後派作家は出したんじゃないか。


ここでは松原新一は、戦後文学が文学における変革の方向性を、ある程度打ち出したことを認めている。

平野謙も戦後文学を積極的に評価しているのであるが、平野、松原、さらには本多秋五の『物語戦後文学史』（新潮社　一九六〇）に共通しているのは、野間宏の「暗い絵」をもって戦後文学の嚆矢としていることである。そのうえで平野謙『昭和文学史』は、「野間宏以下の新人の文学が、それ以前の既成リアリズムとも、民主主義文学とも、新戯作派文学とも決定的にちがって」いて、「在来の文学にみられなかった方法と体験のアマルガムという一点が、昭和二十三年を絶頂とするいわゆる戦後派文学の開花をもたらしたのである」と書き、さらに雑誌「近代文学」の批評活動が「戦後派文学の結成を推進する一役割を果たした」としている。

平野謙「無条件降伏」論への江藤の問いかけ

しかし、江藤淳の観点は違っていた。江藤淳がこの講談社の『戦後日本文学史・年表』から想起していたのは、昭和二〇年代末から三〇年代前半にかけて筑摩書房から刊行された「現代日本文学大系」全97巻の別巻『現代日本文学史』（一九五九）だった。それは「明治」を中村光夫が、「大正」を臼井吉見が、そして「昭和」を平野謙が担当したもので、のちにそれぞれ筑摩書房から『明治文学史』、『大正文学史』、『昭和文学史』として単行本化されている。

毎日新聞「文芸時評」の中で江藤は、平野謙とそれをふまえた松原新一の戦後文学のとらえ方に異をとなえて、戦後文学を読む前提として、はたして日本の終戦が「無条件降伏」であったのかと敗戦時にまでさかのぼって問いかけたのである。

江藤淳は平野謙を批判する前に、まず平野の論点をまとめている。

平野謙は「日本が無条件降伏の結果、ポツダム宣言の規定によって、連合軍の占領下におかれることになった」と、日本が「無条件降伏」したとしていること。次に、アメリカによる「日本の占領統治の目標は、戦争放棄を条文にうたった新憲法のなかに端的に要約されている」として、日本の兵力の武装解除、軍事機構の廃止等の非軍事化と、政治的市民的自由の確立、労働組合の育成助長、農地改革の断行などの民主化措置、男女普通選挙権、共産党の合法化の措置がとられていること。一方で、「占領軍による新しい検閲制度は、かつての内務省のそれのように、伏字や削除の痕跡を残さない、より巧妙なものとかわり、この新制度に編集者はまずためらい、ひるんだ形跡があった」こと。

これらが江藤のまとめた平野の論点で、以下が平野に対する批判である。

平野謙は「無条件降伏」としているが、日本がポツダム宣言の規定によって降伏したのであれば「無条件」ではありえないので、平野の文章は自己矛盾であること。検閲制度については、新憲法には「検閲はこれをしてはならない」とあるのに、占領軍は巧妙に検閲をしていた。平野は占領軍の検閲の実態を知っていたのに、米軍による占領統治の目標が新憲法に要約されているとしたのも論理矛盾であるとした。江藤淳の結論は「現行憲法はたしかに占領下に制定され、「占領統治の目標」を反映してもいたが、占領下においては憲法が占領政策の優位に立つことは決してなかった」となる。

江藤の「有条件降伏」論

問題は、このことから江藤淳が連合国の明示した条件による日本の降伏を「有条件降伏」とし、占領軍による巧妙な検閲を見逃した戦後日本の出発を間違いだったとしたことである。以後、江藤淳は「日本は無条件降伏していない」と声高に主張することになる。しかもそれを戦後文学の破産、今日の文学の水位低下と結びつけて。

江藤淳はさらに「週刊読書人」（昭和五十三年五月一日号）に「戦後史の袋小路」を書いて、別巻『戦後日本文学史・年表』の「昭和二十年（一九四五）八月十五日、ポツダム宣言を受諾した日本の無条件降伏によって太平洋戦争は終結した」という松原新一の記述が、平野謙の『昭和文学史』の立場を踏襲したものであるとして論難した。

江藤は「ポツダム宣言は降伏条件を提示した文書であり、受諾されれば国際法の一般規範によって解釈される国際協定をなすものとなる」というアメリカ国務省の見解を探し出し、ポツダム宣言は一種の国際協定であり、日本のみならず連合国をも拘束するものであるとして、日本の「有条件降伏」を主張した。そして「無条件降伏」論にのった戦後文学は、占領軍の巧妙な検閲に眼をつぶったところに咲いた徒花に過ぎなかったと決めつけたのである。

3　無条件降伏論争

本多秋五の反論

この江藤淳の平野謙批判に対して、闘病生活から死に至った畏友の平野に代わって、本多秋五が論争の相手をすることになる。本多秋五は「「無条件降伏」の意味」（「文藝」昭和五十三年九月号）を書いて江藤淳に反論した。

この論争について私は、江藤の「日本の降伏は有条件であった」という主張に本多が反論をしたものだと思っていた。ところが本多は、ある程度、江藤の言い分を認めている。

江藤が、ポツダム宣言の受諾によって無条件降伏したのは全日本国軍隊であって日本国ではなかったと主張するのに対し、本多は「ドイツの敗戦が純粋の、完全な意味における「無条件降伏」であったのに較べれば、日本の敗戦は「無条件降伏」ではなかったといえる」と、一旦は江藤の主張を認める。しかし本多は、江藤の主張は論理的には認めるけれど、実質的には無条件降伏であったとするのである。アメリカ側の主張には「「ポツダム宣言」の無条件受諾を当然のことと予想するところに、「日本国の無条件降伏」の思想の底流が、歴々と看取されるのである」（傍点―本多）として、本多は、ポツダム宣言は講和の申し出とも和平勧告ともいえ、彼我双方を拘束する国際協約であるかも知れないが、これを受け取る側、即ち日本に実質的には拒否する余地がなかったものとするのである。

本多は、次のようなたとえ話を例にあげた。

モハメッド・アリのような大男と、江藤または本多のような非力な男が殴り合って、こちらが完全に殴り伏せられた後、大男が一片の紙切れを出す。それにはポツダム宣言のように条件が書いてある。半死半生の小男に向って、「さあ、これにサインするかどうか。サインすればよし。しないならば攻撃を続行するぞ」とせまり、やむなく小男はこれを受け入れた。それがポツダム宣言である。なるほど双方を拘束する条件が書いてあったかも知れない。しかし小男はそれを無条件に受け入れるしかない状況であった。

本多は江藤の「有条件降伏」論を渋々認めつつも、日本人の常識では実態として無条件降伏として受け取ったと主張したのである。

確かに江藤淳の論理には一理がある。しかし、日本人は論理的な思考をする国民ではない。世間とか、あうんの呼吸、雰囲気のほうを論理より重く見る傾向がある。それを指摘したのが柄谷行人であった。

江藤淳『忘れたことと忘れさせられたこと』文春文庫、1996。本多秋五との無条件降伏論争に関する論考がおさめられている。元版の初版は1979年。

柄谷行人の見方

柄谷行人は当時、東京新聞に連載していた「文芸時評」（昭和五十三年六月二十八日）で次のように書いた。

この主張（「日本は無条件降伏しなかった」―筆者注）はけっして江藤氏のナショナリズムからくるのではなく、逆に西欧的な発想からきている。それは何が主語（主権）であるかを文法的に明確にせずにいないし、ごまかすことを許さない。国家や権力は、たんなる暴力装置ではなく、またたんなる幻想でもなく、こうした法＝文法的な論理のつみあげに存する。江藤氏がいわんとするのは、われわれがすくなくともそのような他者とともに、むしろそのなかに存在しているという事実である。（『反文学論』冬樹社　一九七九、に「法について」と題して収録）

柄谷行人は、一見、ナショナリズムのようにみえる江藤の「日本は無条件降伏しなかった」という主張が、実は西欧的な論理的発想からきていることを正しく指摘している。また、我々がそのような国際的な法―政治の枠組みの中の世界に存在していることも。ただ私は、このような世界的な政治の論理を直接、文学の世界に持ち込むことに賛成しない。江藤淳や柄谷行人の論理は政治論的には正しいが、人間の心の奥を文学的に正しく捉えることはできないからである。

＊

その後、江藤淳はサンケイ新聞のコラム「正論」に「ポツダム宣言を正確に読め」（昭和五十三年八月十日）、さらに「ある外務省文書」（昭和五十四年七月十六日）を書いた。それらによると、ポツダム宣言は降伏条件を提示したものであり、日本が有条件降伏したとすれば、それはポツダム宣言署名国のソ連をも拘束する国際協約であって、日本は領土不拡大の条項において、ソ連の北方領土の占領も、五十万人といわれる日本人兵士のシベリア抑留も、その不当性を主張できる、とするナショリスティクなものであった。

本多秋五の体験的反論

江藤のサンケイ新聞での主張（「ポツダム宣言を正確に読め」）に対して、本多秋五は再び「江藤淳氏に答える」（「毎日新聞」昭和五十三年九月七日）で反論した。そこで戦後の状況を、当時、国民学校六年生であったという江藤に説明している。

戦争末期には、『中央公論』も『改造』もつぶされていた。三木清も戸坂潤も獄中にあり、吉田茂でさえ逮捕拘禁されていた。現在の自民党や社会党になる政党が結成されたのも戦後の占領管理下なら、労働組合の復活ももちろんそうであった。戦後になって、無数の雑誌や新聞が全国にわたって、雨後の筍のように、秋の茸のように簇出《そうしゅつ》した。新刊書を求める人の行列が岩波書店を七巻き半まいたという伝説はどこから、なぜに生れたのか？

（中略）

私は小林多喜二ほどの覇気も勇気もなかったが、彼が虐殺されたとき、うしろ姿の見えている年若い先輩が非業の最期をとげた、と感じた。戦時下には、私も私の友人の多くも「保護観察」下におかれていた。だから、戦争が終わったとき、私はホッとした。自国の敗北に解放を感じなければならぬとは苦々しいことだが、これが事実であった。江藤氏と私とでは、おなじものに対しても見方が食い違い、対立せねばならぬのも道理だろう。


アメリカ軍の占領政策は当然ながら、解放と抑圧の両面を持っていた。本多秋五は解放の面を実感として強く感じ、江藤淳はアメリカ軍の抑圧の面を、「朝日新聞」を読み、当時の人々の話を聞くことによって感じた。アメリカ軍は占領軍に関する批判的な記事、アメリカ軍人の犯罪に関する記事、政治的に都合の悪い記事は徹底的に取り締まった。手紙の開封もあったという。雑誌や書籍に関しては、戦前の日本当局のように××のような伏字を使うことなく、検閲の事実がわからないように都合の悪い部分を抹消した。

江藤がこのように占領軍による検閲があり、集会と表現の自由がなかったと強調しても、戦争中のように、左翼的のみならず、自由主義的文章を書いただけで投獄され、長期間の投獄で生命の危機に瀕するという事態がなかったことは確かである。

中村光夫の敗戦後論

中村光夫は「占領下の文学」（「文学」昭和二十七年六月号）で「敗戦の惨めな世相の荒廃のなかで、「文学」が異常に隆盛を示した原因は、戦時中のほとんど十年に近い野蛮な禁圧によってつくられた、「文学」にたいする強烈な飢渇であったということです。この飢渇はたしかに文学隆盛の現実の原因になり得るものであり、健全な原因でさえあります」と書いている。

また中村光夫は昭和四十三年に出版された『日本の現代小説』（岩波新書）で占領下の自由について、次のように書いている。

占領軍が出版物その他を検閲せずにいたわけでなく、事実上は米軍の厳重な事前検閲が雑誌にも放送にも行われました。米軍の惨虐行為にふれることはもちろん、占領軍の兵士と女性という、当時の街頭でありふれた風景も、活字にすることは許されませんでした。しかし、それらをのぞけば、まずこれという制限もなかったので、戦争中、軍や情報局の行った検閲あるいは指導にくらべれば文字通り隔世の感がありました。

当時の人々の眼に占領軍が解放軍と映ったのも、あながち錯覚とばかりいえないのです。彼らはほとんど国家と同義語であった軍隊と警察を解体し、獄中の共産党幹部を釈放し、小作人に土地、女性に選挙権をあたえました。個人の犠牲と生命の否定の上に築かれていた戦争の指導原理は一朝にして崩壊し、自由と平等と生きる欲求の肯定が宣言されました（「敗戦前後」）。

このように、占領軍による検閲がおこなわれたことに自覚的であらねばならないが、占領軍の怒りにふれない限り自由な表現はできたのである。江藤が指摘している吉田満の「戦艦大和ノ最期」にしても、大岡昇平の「浮虜記」にしても、検閲がおこなわれたのは直接戦争に触れている作品だからであり、これらの検閲が全文学作品に適用されたかの感を与えるのは行き過ぎであろう。埴谷雄高の「死霊」などは検閲のしようがないだろう。

埴谷雄高『死霊』第五章発表と江藤の批判

ところで、江藤淳はなぜ昭和五十三年という頃になって、「日本は無条件降伏しなかった」という唐突とも思える主張をおこなったのであろうか。それは前記した講談社の別巻『戦後日本文学史・年表』の発刊だけでなく、「群像」昭和五十年七月号に埴谷雄高の『死霊《しれい》』「第五章夢魔の世界」が長い沈黙をやぶって発表されたことも要因の一つであったと考えられる。『死霊』は戦後の早い時期に第三章まで出版されたものの、出版社の倒産などで絶版状態となった。埴谷も腸結核のために「近代文学」に第四章の途中までしか書き継ぐことができず、幻の書といわれていた。ところが第五章の発表の翌年に、第四章を加筆修正のうえ一章から五章までをまとめて講談社から〝定本〟として刊行されると、一種の『死霊』ブームとでもいった現象が起きた。『死霊』の刊行を記念して各地の大学で埴谷に加えて吉本隆明らも参加して講演会が開かれた。[9]この講演会の内容は『精神のリレー』（河出書房新社　一九七六）として出版されている。

埴谷雄高の『死霊』「第五章　夢魔の世界」が「群像」昭和五十年七月号に発表されると、すぐさま江藤淳はその年の「文學界」十月号で開高健と「政治と文学」という対談をおこない、『死霊』を批判した。この対談での江藤の発言は「私は、はっきり言って『死霊』第五章「夢魔の世界」については、要するに、あまりピンとこないんです」というような、埴谷雄高『死霊』に対する否定の言葉で満ちている。

私は、この作品は非常に人工的な言葉で書いてあると思う。言語を一つ次元の違うところに置き換えて書いている。言葉の日常的な連想や、自然の響きというようなものを全部こそぎ落として、とでもいうのか、個人的な言語に作り直して書いていると思う。これは政治を扱っているのかもしれないけれど、用いられている言葉の性質からいっても、他人を拒絶しているところのある小説ですね。その意味で、極度にロマンティックな小説だと思う。（中略）

志賀直哉の文学の特徴は、非常に力強い野生のようなもの、プリミティブな、子供のような残酷さとか、いろいろなものがあって、すごいと思うけれども、あれは完全に日常的自然言語の中にひそんでいるプリミティブな力を独特の資質でえぐり出してみせた、という文学ですね。埴谷さんのはそうではなくて、自然言語をいわば脱色し、夏でも肌を外に見せないというような感じの言語に作り直していって、ナルシスティックな閉鎖的な城を作る。城の支配下に入るか、入らないか、とこう言っているわけですね。日本の文学読者というのは面白い人種で、しばしばそういうふうに言われると、一種の擬似文学的天皇制の傘下に入ってゆくんだよ。（中略）

直接には、昭和初年の「ナップ」全盛の頃、プロレタリア文学が文壇を制覇し、老大家はみんな書くところがなくなった時期があった。しかし、日本国内の政治情勢が反動化すると、その状態が変わりやがて敗戦に至った。戦後〝第二の青春〟と荒さんが謳い上げたとき、実は、第二の昭和初年がきた。文学理論から言ったたって、社会主義リアリズムの理論と、唯物弁証法的創作方法は、昭和初年に新しい理論として出ているけれども、戦後は、それに見合う左翼文学の文学理論は何一つ出ていない。このことくらい雄弁に、戦後が、〝第二の青春〟に過ぎなかったことを示しているものはない。〝第一の青春〟である昭和初年が、もう一度遅ればせながら咲いた、ということに過ぎない。

江藤は埴谷雄高の読者をみずから疑似天皇制の傘下に入るものと揶揄する一方で、志賀直哉の文学を「日常的自然言語の中にひそんでいるプリミティブな力を独特の資質でえぐり出してみせた」と称讃する。さらにプロレタリア文学を否定し、「第二の青春」（「近代文学」昭和二十一年二月号）を書いた荒正人を「昭和初年が、もう一度遅ればせながら咲いた」ということに過ぎないと決めつけて「近代文学」派をも批判している。

その後江藤は昭和五十二年一月号の「文學界」でも開高健と「作家の狼疾《ろうしつ》――武田泰淳氏を偲んで――」という対談を行っている。そこで江藤は「たとえば埴谷雄高さんをいままでサーヴァイブさせるについての武田さんの物心両面の継続投資、これは大変なものだったと思うね」と発言している。あたかも埴谷雄高の生活を武田泰淳が支えていたかのように思わせる口振りである。

確かに埴谷雄高は戦後、腸結核で満四年間の闘病生活をおくり、『死霊』の中断を余儀なくされた。そのため、本多秋五の音頭で「近代文学」関係の人々を中心にカンパ活動がなされた時期もあった。この支援活動については川西政明『新・日本文壇史』第七巻（岩波書店　二〇一二）で「埴谷雄高『死霊』の歴史」として詳しく書かれている。

また、埴谷による「江藤淳のこと」（後掲）には埴谷家と武田家の微笑ましい交流の様子も書かれている。それによると江藤の言い分とは逆で、はじめに世話したのは埴谷家から武田家へであった。正月などには武田夫妻が埴谷家でご馳走になり、武田夫人は丼一杯のゴマメを平らげたこともあった。結婚保証人も二人必要なので、埴谷が隣の家のハンコも貰ってきたという。その後は、埴谷家と武田家は同じ程度に世話しあったということだ。文学についても、埴谷と武田は相互に評価しあう間柄だった。難解と言われた埴谷の『死霊』を初期に評価した文章が、武田泰淳の「「あっは」と「ぷふい」」（「近代文学」昭和二十三年十月号）であったことは記憶されていいだろう。

埴谷雄高『死霊』講談社、1975

結局、闘病中の埴谷家の生活を支えたのは、「近代文学」およびその周辺の人々であった。以後は、埴谷の断簡零墨まで収録した評論集を出版し続けた未来社の存在であると、埴谷は江藤に反論している。

（9）高橋和巳を偲び、『死霊』刊行を記念する講演会は、関西では一九七六年五月十五日に京都大学時計台ホールで行われた、この講演会に筆者も参加した。埴谷雄高、吉本隆明が講演するというので会場は満員だったが、ヘルメットにゲバ棒の学生五、六名が「闘争から学生を離反させている吉本隆明の講演は許せない」（要旨）と壇上を占拠し、開始が一時間ほど遅れた。その後、講演は井上光晴、埴谷雄高、吉本隆明と順調に進み、吉本は『死霊』の内容を分かりやすく解説した。埴谷雄高の『死霊』は「しれい」と読むのか、「しりょう」と読むのか分からなかったが、この日、埴谷自身が「しりょう」では日本の幽霊を連想させるので、自身の小説『死霊』は「しれい」と読むのだと断言した。最後に壇上に立った真継伸彦が、当時、韓国で獄中にあった金芝河救援を訴える発言をした。このような口だけの抗議活動に嫌悪を感じていた吉本は、真継発言に対する抗議の意味もあって、この講演会の記録集『精神のリレー』に自身の発言を掲載することを拒否した。

江藤淳の埴谷への共感と反発

この対談での江藤淳の発言に対して、埴谷雄高は「江藤淳のこと」（「文藝」昭和五十二年四月号）で反論した。それは江藤の『死霊』批判についてではなく、江藤の埴谷個人批判についてである。

先にふれた開高健との対談「政治と文学」で、江藤は次のようにも埴谷を批判していた。

埴谷さんは感奮興起させることについていえば、良師というべき人です。ところがその一歩先がいけないんです。われわれはどこか感奮興起することを求めているから、その言葉が非常に甘く響く。しかし、その結果、私が私の運命をたどり出したとき、「きみ、それは違う」ということになる。なぜ違うのか、おれはこれしか生きようがないじゃないか、ということになる。となると、これは教育者ではないんです。私自身を目的としてそう言ってくれたんじゃなくて、自己の目的のために、私を感奮興起させようと思って言ったんだ、というふうに若い私は解釈した。それ以来、埴谷さんのところへ行かないし、埴谷さんという人の魅力は十分認めるけれども、私はおつき合いしてないんです。（傍点—原文）

埴谷によると、江藤淳は『作家は行動する』（講談社　一九五九）を書きはじめ、「若い日本の会」を作った一九六〇年前後、よく埴谷宅を訪れていたという。「若い日本の会」とは六〇年安保条約改定に反対するために、江藤淳が石原慎太郎、大江健三郎らと一緒に作った組織であった（江藤の立場については、1節を参照）。また昭和三十四年頃、江藤淳が埴谷の家に慌ててやってきて、「ド・ゴールが大統領になったのでヨーロッパはファシズム化する、私達はそれに対抗する共同戦線の団体をつくらねばならない」と力説したことがあった。埴谷の情勢認識は異なっていたので、若い江藤淳の興奮した姿を印象にとどめただけだったという。

このように埴谷雄高と江藤淳は文学的にも政治的にも共感関係にあるような一時期があったが、江藤淳はその後、安保闘争における政治への幻滅、アメリカ留学、『小林秀雄』（講談社一九六二）の執筆をへて徐々に天皇を崇拝するようになっていく。そのような江藤にとって、過去に埴谷雄高と近かった時期があったことは自らの汚点と感じられるようになったらしい。埴谷はそこに江藤淳の埴谷個人批判の要因をみて、次のように書いている。

江藤淳は、江藤淳が私に近づいて、「共感」の時期をもったことなど埴谷と江藤のあいだになかったと他人に思わせ、そして、これが重要事であるが、自分自身もそう思いこみたかったのである。それは怖ろしい自己隠蔽であり、自己欺瞞であり、自己偽造である。私がここで「怖ろしい」というのは、或るひとにあまりに心をこめて感謝を表明したため、その相手を却って生涯憎悪することになる人間の不思議な心理、屡々ドストエフスキイが深く描いてみせた不思議に屈折した心理に似たその心の奥底も容易にわからぬ暗い構造の裏打ちがそこにあるからである。（中略）

こんどようやく解ったことは、埴谷が埴谷の「目的」に向って自分を変えようとしたのに反撥して、自分は「自分自身」として変わらなかったという執拗な自己欺瞞がそこに、長く長く、ひそんでいることであって、端的にいえば、江藤淳は「自身」によって「自身」が変えられたことを「あとになればなるほど」その「自身」にもひたすら隠しつづけていたいのであった。

埴谷雄高はあまり個人攻撃をする人ではないが、かなり激しい調子である。よほど、江藤淳に対して怒りをおぼえたのであろう。

江藤淳の戦後文学批判

江藤淳の標的は、ひとり埴谷雄高に止まるものではなかった。そもそも「日本は無条件降伏しなかった」という江藤の主張は、占領軍による検閲を過大視して、戦後に花開いた戦後文学を、占領軍の検閲について無自覚であったとすることで否定しようとした試みだったからである。

「戦後史の袋小路」(「週刊読書人」昭和五十三年五月一日)で江藤淳は「私は、眼からうろこが落ちたように卒然と悟った。いわゆる〝戦後文学〟とはこの(占領下の—筆者注)「苦しみ」の時代に咲き誇った徒花に過ぎず、実は最初から「国民ひとりひとり」の「苦しみ」とは無縁の営みだったということを。文学史家の錯覚も現在の文学の衰弱も、結局この「苦しみ」を共にできず、それを「自由」と看做《みな》した思い上がった虚妄に由来しているということを」とまで書いている。

前記の本多秋五の「「無条件降伏」の意味」に対しても、江藤淳は「本多秋五氏への反論」(毎日新聞「文芸時評」昭和五十三年八月二十八・二十九日)を書いた。

本多氏とその盟友たちがその当時創刊した「近代文学」同人が、マルクス主義からの転向者であることは周知の事実である。そうであれば本多氏もその他の人々も、いかに消極的であれ戦時中の日本国家に忠誠を表明した時期があったにちがいない。つまり氏が、敗戦によって「無条件降伏」は「日本人の常識」と叫びだす以前に、再転向の瞬間が存在したにちがいない。

本多氏とその友人たちは、マルクス主義からの転向がどれほどの「苦しみ」を伴うものであったかについては、繰り返し書いて来た。それなら敗戦時の再転向の際には、痛みもなく「苦しみ」もなくて、ただ〝解放〟の喜びだけがあったのだろうか。いったい氏とその友人たちは、いったん誓ったはずの日本国家への忠誠を、どこにどう処理して来たというのだろうか?

江藤淳はここでマルクス主義からの転向者のすべてが「いかに消極的であれ戦時中の日本国家に忠誠を表明した時期があったにちがいない」と断定している。たしかに亀井勝一郎や林房雄のように、そういう人たちもいたには違いないが、「近代文学」派の人々は、なんとか戦争をやり過ごそうとしたのではないだろうか。極端にいえば、日本が戦争に負けることを待っていたともいえる。冷静に日本とアメリカの国力を分析すれば、日本に勝ち目のない戦いであることは自明であったろう。「近代文学」派の面々には再転向などなかったといってよい。埴谷にしても転向の「上申書」を書きはしたが、それは権力の弾圧をやり過ごすための方便であった。

結局、江藤という人は「偽装転向」ということが分からない人だったのかもしれない。これは書かれた文章だけで歴史を理解しようとする、学者タイプの人の弱点である。あるいは江藤は「近代文学」派の面々が日本の敗戦を待っていたことが気にいらずに、本多と「近代文学」同人たちを難詰したのか。江藤はこの「文芸時評」の最後で、平野謙が戦争中、情報局に職を得ていたことについても非難する姿勢を示した後、あらためて「〝戦後文学〟を、公平な言論を封殺した占領軍の政治的支配下に咲いた徒花と規定せざるを得ないのである」と批判した。

磯田光一による「無条件降伏」論争の整理

この江藤、本多による「無条件降伏」論争は、江藤寄りの柄谷行人だけでなく、本多寄りの秋山駿、磯田光一をも巻き込むものとなった。磯田光一は『戦後史の空間』（新潮社　一九八三）「1　敗戦のイメージ」でこの論争を整理した。

磯田は国際法学者、桜井光堂の『新版国際法』（有信堂　一九六八）によって、第二次大戦後の日本の無条件降伏の新しい意味を次のようにまとめている。

A、降伏条件の受諾によるかぎり「有条件降伏」であること。
B、条件の変更や対立条件の提示を認めないという点で、「無条件」的であったこと。
C、「無条件受諾」を要求され、かつ対等の折衝のないまま受諾したこと。
D、にもかかわらず、「ポツダム宣言」の条項は日本だけでなく連合国をも拘束する条約的性質をもつこと。

磯田は、本多秋五がBとCを中心に「無条件降伏」の概念を構成しながらAとDをほとんど無視したことと、江藤淳がAとDで「有条件降伏」論を構成しながらBとCとが従来の「無条件降伏」という用語につきまとっていたことをほとんど無視していたことを指摘した。戦後の常識は本多秋五のレベルであったが、国際法学においてはA、B、C、Dのすべてを満たす、「有条件降伏」の「無条件受諾」という含みで使われてきたと、論じた。そうして磯田は次のように結論した。

日本語の「無条件降伏」が日本の降伏をあらわすのに適切な用語ではないことも、はっきり認めなければならない。すなわち、日本の降伏はドイツに適用される「無条件降伏」とは明らかに異なり、「ポツダム宣言」の「条件」によったという点では「有条件降伏」であり、今後の歴史の記述はそれを基礎とするのが当然である。しかし「ポツダム宣言」の受諾における無条件的な要因が、その強制力のインパクトとして国民心理に印象づけられ、それが慣用語としての「無条件降伏」を成立させていたことも認めざるをえない。

磯田のいうように、日本の降伏はポツダム宣言の条項を、無条件的に受け入れねばならない「有条件降伏」であっただろう。しかし、日本国民にとっては彼我の戦力差による敗戦の衝撃が余りにも大きかったことによって、敗戦は無条件的降伏と受けとめられたのである。それまでの有無を言わせない軍部による長期間の専制支配が、八月十五日を境に一夜にして覆ったのだから。

＊

「無条件降伏」論争をこのように整理して江藤淳と埴谷雄高の関係をみてみれば、江藤の平野謙批判が日本の降伏が有条件であったか無条件であったかということではなく、戦後派文学を攻撃することを目的としていたことは明白である。江藤には、戦後派文学者が敗戦後、再転向のけじめもつけずに浮かれ出てきたようにみえたのだ。そして、日本人全体が敗戦という事実が何をもたらすかを深く考えようとせず、そこから眼をそらし続けて経済の高度成長を追った結果、一九七〇年代後半になって文学の退潮をまねいたとみえたのである。

現行憲法とＧＨＱと昭和天皇

ここで現行憲法についての私の考え方を、篠田英朗『ほんとうの憲法』（ちくま新書　二〇一七）等を参考にしながらまとめておきたい。

現行憲法は昭和二十一年十一月三日に公布され、翌年五月三日に施行された。ポツダム宣言の受諾が昭和二十年八月十五日で、降伏文書に調印したのが九月二日である。アメリカの日本占領から一年余りという随分早い期間で現行憲法が公布・施行されたことがわかる。

従来、現行憲法の草案はＧＨＱによって「一週間で書かれた」といわれてきた。しかし今日では日本の降伏前にアメリカ本国において相当の時間をかけて、対日占領政策の一環として日本を非武装とする憲法が検討されていたことが明らかになっている。アメリカでは、「米国の対日戦後目的」と題された文書が一九四四年三月十九日に成立しており、その目的は日本の平和国家化とされていた。平和国家化とは「周辺諸国を侵略・攻撃するような脅威を与える軍国主義的でない国家」という意味である。アメリカはこの目的にそって日本の占領統治を行い、憲法の草案も作成した。

アメリカから、他の連合国が天皇を戦犯として訴追する可能性があるという情報（脅し？）を知らされていた昭和天皇も、新憲法に早くから賛意を示していたようである。ポツダム宣言（昭和二十年七月二十六日）の受諾が遅れたのは、宣言で「国体護持＝天皇制の維持」が明確化されていなかったからであった。そこにこだわっているうちに、二つ原爆投下とソ連参戦という事態を招いた。

終戦時には皇太子への譲位も検討されていたという。天皇家にとって一番重要なことは、天皇制が維持されることである。それは主権が天皇にあろうと、天皇が象徴であろうと、である。このために昭和天皇は、アメリカの占領下で、象徴天皇制と憲法九条による非武装という新憲法を受け入れたのである。つまり、象徴天皇制と憲法九条とは一体だったのだ。

憲法九条について言えば、「戦争放棄条項」は当時の首相幣原喜重郎《しではらきじゅうろう》（昭和二十年十月～二十一年五月）がマッカーサーに提案したものであるという説が、折にふれて浮上する。(10) この戦争放棄条項幣原提案説は、現行憲法がアメリカの押し付けではなく日本人による自発的なものであるという意味合いで護憲派によって取り上げられている。

（10）二〇一六年三月末に古舘伊知郎がテレビ朝日「報道ステーション」のメインキャスターを降板した。この人事については、局の上層部に政府筋の圧力があったのではないかと言われている。古舘は降板間近になって、番組のコメンテーターに当時、首都大学東京（現、東京都立大学）准教授の木村草太を迎え「戦争放棄条項」の幣原提案説を展開した。私はこれを、古舘の最後の抵抗であったと考えている。

マッカーサー憲法草案

江藤淳は渡米して占領下における日本での検閲の実態を調査したが、同時に研究対象としていたのが現行憲法の成立過程であった。その成果は「一九四六年憲法―その拘束」（「諸君！」昭和五十五年八月号）として発表されている。この論文は昭和五十五年三月に江藤がウィルソン研究所で発表したものに手を入れて、帰国が近づいた五月下旬から六月中旬にかけて書かれたものである。

江藤論文によれば、幣原首相は当初から憲法改正にきわめて消極的であり、マッカーサーの「憲法ノ自由主義化ヲ包含スベシ」という意向が発表されても「民主化を実現するために憲法を改正する必要はない」という談話を発表していた。昭和二十年十月二十五日、幣原内閣は松本烝治《じょうじ》国務相を長として憲法問題調査委員会を設置したが、これはあくまで、憲法改正が必要かどうかを、必要ならばどの程度改正すべきかを、議論するものであった。ところが議会、世論による改正の圧力に押されて、昭和二十一年一月二十九日以降に改正案を閣議に附したうえで二月十日頃に総司令部（ＧＨＱ）に提出する準備をすすめていた。

二月一日、「毎日新聞」が松本委員会の改正案なるものをスクープした。政府はこのスクープは松本委員会案ではないと否定したが、「毎日新聞」の記事を見たマッカーサーは、二月三日に民政局（ＧＳ）に「戦争放棄条項」を含む憲法草案の起草を命じた。一方で、松本委員会も憲法草案の作成を急ぎ、二月八日に「憲法改正要綱」を総司令部に提出した。しかしこの「要綱」は天皇主権にこだわり、とうてい総司令部を満足させるものではなかった。

私は、マッカーサーが占領下で憲法草案の作成を急いだのは、ＧＨＱの権限を大幅に制限する極東委員会の活動開始が、同年二月二十六日に迫っていたこともあったと考える。伝えられるところによれば、憲法草案は民政局長ホイットニーの指揮のもと二十五人のメンバーで一週間たらずで起草を完了、二月十二日にマッカーサーに提出されたというが、これは先にふれたようにアメリカ本国で周到に準備されていたからであろう(11)。

この草案は二月十三日、ＧＨＱのホイットニーから吉田茂外相、松本烝治憲法担当相、外務大臣秘書官の白洲次郎に、外務大臣官邸で手渡された。ホイットニーは強圧的に四十八時間以内の回答を迫った。一説には、受け入れない場合は「天皇の御身柄」にかかわると言及したということである。このため日本はやむを得ずこれを受け入れることになる。

(11) 加藤典洋は『9条入門』(創元社　二〇一九)で、マッカーサーは独断で憲法草案を決定したという説を展開している。概要は以下の通り。
マッカーサーは日本を自己の独立王国として支配し、アメリカ大統領候補になるという野望をいだいていた。ソ連を含む極東委員会の天皇に対する風あたりは強かった。この極東委員会の委員たちは精力的な日本視察を終えて二月一日に横浜を離れ、同十三日にサンフランシスコに着くことになっていた。この空白の時をぬって憲法草案が起草された。その核心は「戦争放棄条項」と「象徴天皇制」であった。

マッカーサーと幣原喜重郎

「戦争放棄条項」幣原提案説の根拠になっているのは『マッカーサー回想記』(朝日新聞社　一九六四)である。そこには次のように書かれていた。昭和二十一年一月二十四日、幣原がマッカーサーを訪問し、「新憲法草案が最終段階になったとき、いわゆる〝非戦条項〟をつけ加えることにしたいと提案した。彼はまた日本は今後一切の軍隊を持たないことにしたい」と発言した、と。

ところがこの間、幣原は首相であったにもかかわらず、新憲法に「戦争放棄条項」を入れようという動きをした形跡が全くない。二月八日にGHQに提出された「憲法改正要項」（松本私案）は幣原内閣の閣議にかけられたものだったが、「戦争放棄条項」は含まれていない。このためにGHQは新たに草案を提示したのだった。

江藤の論文の結論は、幣原提案説は、GHQが新憲法を押しつけたとみられることを恐れたために、あとから作られたものではないかとするものである[12]。

江藤は「戦争放棄条項」幣原提案説を否定する根拠をいくつかあげている。幣原がマッカーサーと会談した一月二十四日から松本私案がGHQに提出された二月八日までの二週間の間に、重ねて開かれていた閣議で「戦争放棄条項」を提案した形跡がないこと、ホイットニーが二月十三日にマッカーサー草案を吉田外相らに示した時、日本側にあれほどの深い衝撃が走ったのは、彼らが「戦争放棄条項」を知らされていなかったからである、ことなどである。

私はこの点について、幣原が「戦争放棄条項」をマッカーサーに提案していたのであれば、当時、首相であった幣原自身がその実現へ向けて行動すべきであったと考える。なぜなら彼は政治家のトップにいたのである。内心でどのように考えていようとその政策の実現に向けて行動しなければ、それでは一評論家の言葉にすぎない。マッカーサーによって自分の政策（内心で考えていたこと？）が実現したことをもって、それを自分の手柄と公言したとするならば、そもそも政治家失格であろう。

（12）ＮＨＫスペシャル『憲法７０年〝平和国家〟はこうして生まれた』（二〇一七年四月三十日）では、幣原喜重郎の友人が娘に書かせたという鉛筆書きのノート（羽室メモ）が公開された。そこには、幣原とマッカーサーが戦争放棄について会談したという内容が書かれているということだ。だが、篠田英朗は『ほんとうの憲法』の註16で「幣原は１９４６年２月当時の閣議では、９条はマッカーサーの提案であるかのような発言をしていた。非公式に発案者は自分だと語り始めたのは、その後のことである」と書いている。

幣原提案説は「巧妙なわな」か

江藤は、マッカーサーがなぜ「戦争放棄条項」幣原提案説を持ち出したかについて、昭和二十一年一月三十日に、極東委員会[13]の代表に対して語った談話を引用している（「一九四六年憲法──その拘束」）。

どんなに良い憲法でも、日本人の胸許に銃剣を突きつけて受諾させた憲法は、銃剣がその場にとどまっているあいだだけしか保たれないというのが自分の確信だ、と彼（マッカーサー）は語った。占領軍が撤退し、日本人の思い通りになる状況が生まれたとたんに、彼らは押しつけられた諸観念から独立し、自己を主張したいという目的だけのためにも、無理強いされた憲法を捨て去ろうとするだろう、これほど確かなことはないと彼はいった。

この引用文の持つ意味を、江藤は次のように考える（同前）。

つまりこの文脈にてらして考えるなら、〝戦争放棄条項〟の幣原提案説は、真実を隠蔽し、日本国民の新憲法に対する敵意と反感を中和するためにつくり出された神話だということになる。のみならずそれは、「占領軍が撤退し、日本人の思い通りになる状況が生まれ」ても、なおかつ憲法が「捨て去」られず、〝戦争放棄条項〟が米国にとって有効に作用しつづけるようにしておくための、巧妙なわなだということにもなるのである。

私は、このあたりが江藤の限界だろうと思う。マッカーサーによる〝戦争放棄条項〟幣原提案説も「巧妙なわな」とまではいえないからである。本章の冒頭で石原慎太郎が江藤から「新旧安保の条文を読み比べてみろ」と言われたというエピソードを紹介したが、江藤にはいい意味でも悪い意味でも国家の政策を固定化して捉え、それが永遠に続くかのように考えてしまうところがある。

たとえば、江藤が言及する占領下の検閲にしても、同じ検閲体制が占領中ずっと続いたわけではない。占領の二年後には、検閲は事前検閲から事後検閲に切り替わっていった。検閲の基準も徐々に緩められていったようである。それは、日本人の占領軍に対する反乱、抵抗が予想外に少なかったからであろう。この結果、CCDは昭和二十四年十月三十一日に廃止され、それに伴って検閲も終了した（山本武利『GHQの検閲・諜報・宣伝工作』岩波現代全書　二〇一三）。

大田洋子に『屍の街』という作品がある。広島での原爆の被害の実情をえがいたものである。当時、占領軍は原爆のあつかいに関して非常に神経質になっていたはずである。

講談社文芸文庫『屍の街 半人間』の著書目録を見ると、『屍の街』（削除版）は昭和二十三年十一月に中央公論社から出版されており、完全版が昭和二十五年五月に冬芽書房から出版された。

この二冊を比較対照し、編集者にも取材して『草饐《くさずえ》 評伝大田洋子』（大月書店　一九八一）

江藤淳『一九四六年憲法―その拘束』文春文庫。2015年からは文春学藝ライブラリーに。

を書いた江刺昭子によれば、中央公論社版では「無欲顔貌」の章、原稿用紙二十八枚分がまるまる削除されているが、これは出版社側の自主規制で、大田洋子にも納得させたものだという。その内容で出版して占領軍の検閲部門からはお咎めはなかったという。完全版が出たのは昭和二十五年で、まだ占領下であったがこの時にはすでに検閲は廃止されていた。

*

これまで見てきたように、現行憲法はマッカーサー草案にいくらか日本側が修正を加えたものである。形式上は、大日本帝国憲法にのっとって改正の手続きが取られ、昭和天皇によって公布されている。二つの憲法の一番の相違は天皇主権から象徴天皇、国民主権となったことである。この主権の交代をもって宮澤俊義、丸山眞男（東大法学部）のように、現実にはありもしなかった「八・一五革命説」をとなえた者もいた。

(13) 極東委員会とGHQ／SCAPとの関係について。
第一章の126頁でも述べたが、SCAPとは連合国軍最高司令官で、GHQとは（連合国軍最高司令官）総司令部のことである。SCAPは、一九五一年四月に解任されるまでマッカーサーが務めた。GHQはSCAP（マッカーサー）を補佐する機関で、最盛時の一九四八年には文官三千八百五十名を含む約六千名が勤務した。米・英・華・ソ・仏・加・蘭・豪・印・フィリピン・ニュージーランドからなる極東委員会は、形式的にはGHQの上部機関であり、対日占領政策の決定の最高機関であったが、実質的にはアメリカの意向が占領政策を左右し、アメリカ政府の政策が実行された。中華民国は国共内戦が再燃し、ソ連は東欧支配に集中しており、ともに日本への影響力を行使できなかった。

「戦争放棄条項」幣原提案説と護憲派

次に、第九条いわゆる「戦争放棄条項」について具体的に検討する。これは昭和三（一九二八）年のパリ不戦条約に根源を持っているもので、国際法上は特に新しいものではない。ただ、自衛権を認めるかどうかの議論はあり、その議論は今も続いている。

第九条を重視する護憲派の人々の間では「戦争放棄条項」幣原提案説が折りにふれて復活する。それは第九条が幣原によって提案され実現されたものだとするなら、現行憲法がアメリカの押し付けだという保守派の主張を否定することになり、現行憲法は日本人の選択によって決定されたことになるからである。

江藤が渡米して発掘した検閲指針には、「三、SCAPが憲法を起草したことに対する批判」と書かれた条項があった。SCAPとは連合国軍最高司令官のことである。アメリカが憲法を起草していなければ、このような条項を検閲指針にいれる必要はなかった。

第4節でもふれるが、中野重治は「五勺の酒」（「展望」一九四七年一月号）で、「あれが議会に出た朝、それとも前の日だったか、あの下書きは日本人が書いたものだと連合軍総司令部が発表して新聞に出た。日本の憲法を日本人がつくるのにその下書きは日本人が書いたのだと外国人からわざわざことわって発表してもらわねばならぬほどなんと恥さらしの自国政府を日本国民が黙認してることだろう」と主人公に嘆かせている。もちろん「五勺の酒」のこの部分は検閲指針にひっかかって削除されたのである。

こうして「第九条」幣原提案説が復活し、日本人によって憲法が作成されたとまではいわないまでも、アメリカの起草したものを、日本人が主体的に選びとったという言説になっていくのである。

二〇一六年に刊行された『憲法の無意識』（岩波新書）で柄谷行人は、護憲派が憲法九条を守っているのではなく、憲法九条によって護憲派が守られていると逆説的に書いているが、確かに卓見である。

マッカーサー公信とポツダム宣言

江藤淳「「静かなる空」と戦後の空間」（「文學界」昭和五十六年三月号）によれば、マッカーサーは昭和二十一年一月二十五日に陸軍参謀総長アイゼンハウワーにあてた公信で天皇について次のように指摘したという。

彼（天皇）は、すべての日本人を統合する象徴である。もし彼を破壊するならば国民が崩壊するであろう。事実上すべての日本人が彼を社会的な国家の元首として崇敬しており、よかれあしかれポツダム協定は、彼を日本の皇帝として維持することを意図したものと信じている。（傍点―江藤）

マッカーサーはこの公信を打電した時点で、戦犯として天皇を訴追すれば少なくとも百万の軍隊の駐留と数十万人にのぼる民生委員を日本に送り込まねばならないと主張していた。法的にはいろんな解釈ができるだろうが、普通に考えれば昭和天皇に戦争責任があるのは明白である。だが、アメリカに敗北しても天皇のカリスマ性は変わらなかった。アメリカ軍の空襲による本土の荒廃、飢えと虚脱のなかでも、多くの日本人の天皇に対する敬愛の念は変わらなかったようだ。

昭和二十一年一月一日、「人間宣言」をした天皇は二月から全国巡幸を開始し、沖縄を除いて全国を廻った（二十九年まで）。国民も占領軍の予想通り歓呼の声で天皇を迎えた。一部には天皇が通れば雨戸を閉ざして抵抗の姿勢を示した人々もいたというが。あの中野重治でさえ「だいたい僕は天皇個人に同情を持っているのだ。原因はいろいろにある。しかし気の毒という感じが常に先立っている」と「五勺の酒」に書くほどだった。

このマッカーサー公信について、江藤は次のように書く。


つまり、マッカーサーは、すべての日本人が第一次回答で日本側が提示した附帯条件が生きていると信じている旨を強調し、したがってもし連合国がこの条件を無視して天皇を訴追すれば、極めて重大な結果が生じることを警告しているのである。


この「第一次回答」とは日本側が八月十日に連合国に発したもので、「日本側が提示した附帯条件」とは、ポツダム宣言の条件中には天皇の国家統治の大権を変更しない、つまり国体は護持されるという条件が入っていると解釈するというものである。

これに対して連合国側は八月十一日、天皇と日本政府の「国家統治の大権」は、「連合国最高司令官の制限の下（subject to）に置かれるものとす」る旨を回答した。つまり連合国側は、日本の第一次回答に直接答えなかった。ここのところを曖昧にしたまま日本はポツダム宣言を受諾することになる。

江藤がこのマッカーサー公信を重視するのは、マッカーサーが天皇を訴追すべからずと考えていただけでなく、前出引用（173頁）の傍点部にあるように、マッカーサーがポツダム宣言をうけて日本が発した第一次回答、すなわち「天皇の国家統治の大権」を認めていたと、解釈したいからである。

最初、私はこのマッカーサー公信を、アメリカの占領政策に天皇を有効活用するという意味に受け取っていた。ところが江藤は、このマッカーサー公信を「有条件降伏論」の論拠とした。江藤は「ポツダム協定は、彼を日本の皇帝として維持することを意図したもの」という言葉を捉えて、日本のポツダム宣言受諾が国体護持＝天皇制の維持を条件としていたことをマッカーサーも認めていたとしたのである。

しかし、この江藤の主張には無理がある。マッカーサーがどう受け取ろうと、連合国はポツダム宣言の時点では、天皇の地位及び権限に関しては明確にしていないからである。しかもマッカーサーは連合国軍最高司令官ではあっても一軍人でしかなく、そもそもポツダム宣言には関与していないのである。

このように「無条件降伏論争」を展開する過程において、日本の戦後統治における天皇の役割とポツダム宣言を結びつけたことで、江藤の心の中に徐々に昭和天皇に対する尊崇の念が高まっていったのではないだろうか。

4　戦後文学批判

吉本隆明の戦後文学批判

　吉本隆明は「戦後文学は何処へ行ったか」（「群像」昭和三十二年八月号）で、「戦後文学は、わたし流のことば遣いで、ひとくちに云ってしまえば、転向者または戦争傍観者の文学である」と書いた。戦後文学を江藤は転向者の文学としてしかみていなかったが、吉本はより正確に戦争傍観者の文学と指摘している。この時の吉本は前年に武井昭夫《てるお》との共著『文学者の戦争責任』を出版し、左翼運動の壊滅した時代に思春期をおくった自己を戦中派として押し出し、勢いにのっている時であった。

　この論文で吉本がなで斬りにした戦後文学とは、転向体験をもとにしたものとして、野間宏「暗い絵」、椎名麟三「重き流れのなかに」、埴谷雄高「死霊」、戦争体験をもとにしたものとして、梅崎春生「桜島」、武田泰淳「蝮のすゑ」、堀田善衛「祖国喪失」等である。吉本はまず、戦後文学の「足場」を次のようにとらえている。

もともと、彼らの文学は、敗戦後の混乱と破壊と疲へいとにごった返した社会の特産文学であった。いってみれば、横光利一、小林秀雄、河上徹太郎ら「文学界」系の文学者たちが、戦争を文学理念としてうけいれたため、敗戦によって決定的な打撃をうけて退場したあとの空間と、中野重治、徳永直、窪川鶴次郎ら旧プロレタリア文学系の文学者たちが、自己の戦争責任を検討しえないままに、戦後民主主義文学運動をはねあがって主導したために生じた空間とのあいだが戦後作家たちの足場であった。

吉本は戦後文学を徒花と考えたのではなく、「はなばなしく出発し始めた戦後革命運動のかもし出す政治風景や、平和的な文化国家到来を福音のようにかつぎまわる便乗文化人の騒音から、かれらの文学を撰りわけることができなかったのである」としている。この若き吉本隆明の論文は、今、読み直してみると随分、乱暴な気がしないでもない。いいものを撰りわけるより、とりあえず批判するという気持ちが先に立っているようである。このあたりが埴谷雄高との気質の違いかもしれない。

佐々木基一の戦後文学幻影論

吉本の戦後文学批判に遅れること五年にして、佐々木基一が「「戦後文学」は幻影だった」（「群像」昭和三十七年八月号）を発表した。そこで佐々木は「群像」昭和三十五年八月号にのせられた「戦後の小説ベスト5」というアンケートを紹介している。戦後十五年間の小説ベスト5は、「野火」（大岡昇平）、「真空地帯」（野間宏）、「俘虜記」（大岡）、「山の音」（川端康成）、「金閣寺」（三島由紀夫）となっている。戦後十五年たってもベストスリーが戦争物であることは注目に値しよう。

このアンケートを紹介した後、佐々木基一は戦後文学者が敗戦を迎えた時の心理を次のように書いている。

たしかに、八月十五日の敗戦を迎えたとき、多くの戦後文学者たちのうちには、云いたいこと、書きたいこと、書いたものを発表したい欲求が、いっぱいつまっていた。かれらは戦争中の密室のなかで己のうちに蓄積されたエネルギーを各々の仕方ではき出したのであって、かれらの思想、かれらの方法のうちに一脈相通じるものがあったとしても、それはまったく偶然の一致にすぎない。おそらく或る時代の共通体験が彼らを見えざる絆で結び合わせていたのであろう。かれらは観念的で頭でっかちだった。密室のなかでは考えることがもっともよく生きることだったからである。彼らは生と死、神と悪魔、宇宙と人間、存在と自由等々といったもっとも根源的な究極の問題に問いを発し、各自が各自流に答えをあみ出した。それは独創的であると同時に、一種普遍的な性格をおびたものだった。それは、たしかに修羅のなかから生まれた乱世の思想だった。彼らはあらゆる日常体験を、日常性をこえる観念の光のもとに照らし出して、それに意味と価値とを附与しようとした。戦後派の小説はこうして、必然的に、自然主義的な現実密着をこえたところでしか表現されえないものだった。たんなる技法上の試みでなく、それらは必至の方法だったのである。宇宙をみたす一切のものへの問いかけが、そこにあった。

少し自画自讃があるかも知れないが、戦争中、文章を発表することができなかったインテリゲンチャが敗戦を機に、満を持して雑誌を発刊し、文章を表現しようとした心理はよく言い尽くされている。埴谷雄高の『死霊』や本多秋五の『「戦争と平和」論』（鎌倉文庫　一九四七）も密室の中で蓄積されたものといえるだろう。

しかし、戦後文学者がいつまでも蓄積されたエネルギーをはき出し続けるのは無理な話である。そのようなとき、戦後十五年目に六〇年安保闘争がもりあがったのである。若き学生たちの奔出するエネルギーに彼らも圧倒され、自分たちの敗戦時の昂揚感を思い返す者もいたであろう。

戦前の左翼運動は強権によって押さえ込まれ、戦後の占領期の「革命」も一瞬のうちに敗れ去った。そもそもアメリカ軍の占領下での平和革命など幻想に過ぎなかった。それ故、戦前のマルクス主義者達にとっては、「国会正門前に並べられたトラックのバリケードをへだてて警官隊と対峙する学生たちの、殺気をはらんだ座りこみの大群」は驚きであったのである。しかし安保闘争が民主主義擁護という方向に流されて敗北に終わった時、「戦後のインテリゲンチャの胸に陰に陽に宿っていた戦後なるもののイメージ、その願望と夢、いわば民主主義革命をへて成就される戦後社会のイメージは、それが実現された現実の結果によって、完全に破れ去った」のであった。

その結果、戦後文学の見直しの気分が醸成され、佐々木基一は次のような結論に達したのである。


しかし、彼らは大部分、彼らの観念と思想を五〇年以降に変化した戦後社会によく適合させることができなかった。野間宏は『青年の輪』を中絶し、埴谷雄高の『死霊』もまた未完のまま残されている。『赤い孤独者』における悪戦苦闘のはてに、椎名麟三は観念過剰な作家から、大へんうまい小説書きになった。大岡昇平は『俘虜記』と『野火』二篇の戦争小説をこえる作品を未だにもっていない。堀田善衛と武田泰淳は、乱世の亡霊を追って、中国にアジア・アラブ諸国に、シベリアに、北海道にとたえまなく空間移動を行い、あるいは、二・二六事件や島原の乱といった歴史的過去へと遡行するが、『広場の孤独』や『ひかりごけ』に定着された思想をより深め、発展させることに成功していない。

佐々木基一は、戦後文学者の日常生活をこえた観念の飛翔を評価しつつも、それの限界も指摘している。結局、戦後派文学は一九五〇年以降の現実に対応できず、それまでの自らの作品をこえるものを生み出すことができなかったのである。

5　戦後文学の擁護

本多秋五の反論

佐々木基一の「「戦後文学」は幻影だった」をうけて、本多秋五は「戦後文学は幻影か」（「群像」昭和三十七年九月号）を書いた。そこで本多（一九〇八年生まれ）は、吉本隆明（一九二四年生まれ）の「戦後文学は何処へ行ったか」（前出）と、佐伯彰一（一九二二年生まれ）の「戦後文学の遠望」を取り上げる。

吉本の批判について本多は「放胆な論文」としたうえで、「日本における戦後派文学者のある性格をつかんだ言葉だといえる」と、やや素直に受け入れている。だが、佐伯の批判に対しては本多は正面から反論している。佐伯の（戦後派の文学は）「共産主義と西欧的な個人主義との幸福な結婚という夢」を素朴に信じ、その実現のために努力した」という部分には、本多は「局外者の立場」からみていると反論した。まず佐伯の主張を引用してみる。

一体、「戦後派」の文学には、共通して、時期おくれの抵抗文学という所が見られたのではないだろうか。（中略）彼等の製作の真のバネとなっていたのは、敗戦後の現実というより、昭和十年代の青春における、にがい被圧迫の思い出であり、敗戦による「解放」と共に、これが排け口を求めて一せいに溢れ出たのである。（中略）ところで、「抵抗」の文学は抵抗下で書かれ、発表されてこそ、その真の効力を発揮する。

佐伯は、自分たちの世代については「知的青春がただちに戦争と重なり合った年代であり」、

「現実はこれをまず受けいれることから始める他はなかった」とする。他方で、戦後派の文学については「昭和十年代の青春における、にがい被圧迫の思い出」が敗戦により「解放」されたに過ぎないとして、「「抵抗」の文学は抵抗下で書かれ、発表されてこそ、その真の効力を発揮する」と半ば揶揄的に書いた。しかし、私は佐伯の「抵抗下で……こそ」という主張は無いものねだりであり、先に検討した、江藤淳が荒正人を批判的に書いた「昭和初年が、もう一度遅ればせながら咲いた」と同様のものでしかなかったと考える。

本多は「『近代文学』の批評にひとまず代表されたといえる戦後文学の理想が、今日では有効性を失って空転する外ない状態にあること」を認め、「戦後派の作家や批評家の大部分が、急速な日本の経済成長と、それにともなってあらわれた大衆社会現象のなかに首まで埋没して、戦後文学の「理想」そのものを見失いつつあること」は事実としたが、一方で「日本ほど目先の変化をよろこぶ国の文壇において、戦後派が一〇年ちかい間最前線を維持したということこそ、異例の事態であったというべきかも知れない」と、やや自負的に書くことも忘れなかった。

無名であるという特典

本多は「いわゆる戦後派は、日本の敗戦と占領という、明治維新の外には比較するもののない開闢以来の歴史的事件の目撃者であった」としたうえで、自分たち（戦後派）について次のように書いた。

いわゆる戦後派なるものを、どこからどこまでと劃《かぎ》る明確な一線はないのだから厄介だが、その主要メンバーと目される人々についていえば、彼等は、昭和初年のマルクス主義思想の洗礼を受け、戦時下を戦争に対して批判的にすごしてきた。抵抗らしいどれほどの抵抗をしたというのではない。とくに太平洋戦争の勃発以後は、外眼《そとめ》にみえるような抵抗の余地はどこにもなかったから、それは意識内部のものにとどまらざるをえなかったが、とにかく、それぞれの程度と形において、戦争に批判的な態度を持してきた人々が戦後派であった。

彼等が前歴あきらかな旧プロレタリア文学の指導者のように、踏絵を強いられたり、自発的に踏絵をふむべく暗黙に強制されたりすることのなかったのは、彼等が無名な青年であったからに外ならない。文士の従軍や、文士の徴用をまぬがれたのもまた、彼等が無名の存在であったからである。彼等は無名であるという特典によって、戦争の最終段階では散り散りに引き裂かれながらも、戦争に批判的な意識をもちつづけることができた。戦後になってからの彼等の仕事は、戦時下に彼等がめいめいの自我の密室のなかでこね返していたもの、そこで蓄積された鬱屈をバネとしていた。

本多は自分たち戦後派が、戦争に積極的に反対しなかった、ただ無名であったことによって、戦争中の文士の従軍や文士の徴用をまぬがれたことを認めながらも、戦争中に各自がその自我の内部で蓄積していったものを、戦後文学として発表していったのだと力説した。

戦後派が年月の経過とともに、その影響力、衝撃力を失っていったというのは当然のことである。第三の新人のように、戦後派の問題意識を継続した作家たちも登場してきたのであるから。本多は戦後派の中でも、なお戦後文学の理想を持して譲らぬ文学者として埴谷雄高と島尾敏雄の名をあげており、さらに戦後文学の理想の継承者として吉本隆明と江藤淳の名をあげた上で、その継承度を吉本隆明が四分の三、江藤淳が四分の一くらいと推測しているのは興味深い。本多秋五がこの文章を書いた十六年後、あの無条件降伏論争として本多と江藤はあいまみえるのである。

本多はこの「戦後文学は幻影か」の一カ月後に「戦後文学は何を残したか」を「週刊読書人」（一九六二年十月一日）に書いた。そこで戦後文学になお残っているものとして「自我と世界の関係に対する真剣な追求である。一夜にして「目的」を失った焼跡に、飢えて裸で投げ出された戦後派は、いやでも生きることの意味を考えざるをえず、世界と自我生存の関係を真剣に考えざるをえなかった」のだと主張した。この「世界と自我生存の関係」の考察へのこだわりは、埴谷雄高が第四章途中で中断後、死ぬ直前まで『死霊』完成のために尽力したことによくあらわれている。

柄谷行人と埴谷雄高

座談会というものは思わぬ舌禍を引きおこすことがある。「群像」座談会「戦後文学を再検討する」（昭和四十九年一月号）での柄谷行人の発言である。この座談会で柄谷が、ある席での埴谷雄高の話として、埴谷が高橋和巳、野間宏、椎名麟三の文学に対して否定的な話をしたが埴谷は表ではそういうことを言わないで彼らをあまやかしているから駄目なんだと発言したのである。

柄谷行人は文章では軽率なことを書かないが、座談会などでは時折、はめを外すことがある。例えば、吉本隆明の大学進学は徴兵忌避のためだったとかという根拠のない発言もしている。もともと座談会というものはそういう発言が出てくることも期待して企画されているのだが、発言者には校正の機会が与えられているのだから注意すべきであろう。

大岡昇平と埴谷雄高の対談本『二つの同時代史』（岩波書店　一九八四）でも大岡の不用意な発言（六〇年安保闘争で、吉本隆明が機動隊に追われて壁を乗り越えて逃げた先が警視庁だったことを揶揄したもの）がきっかけとなって、発行元の岩波書店も巻き込んだ騒動になったこ

とがあった。(14)

「群像」座談会に戻ると、柄谷行人の発言もわからないではない。埴谷雄高は反スターリン主義者である。『死霊』が中断した後は、政治論文と文学エッセイを書いていたが、新人を発掘したり、他者の作品のよいところだけを取りあげていた気がする。そのために例えば共産党批判を明確にしない野間宏をどう評価するのか、キリスト教の洗礼を受けた椎名麟三をどう評価するのかなどという点において、埴谷の文章の甘さに柄谷は批判的だったのであろう。それで、酒の席での話とはいえ、埴谷の彼らにたいする批判的な発言を断片的に聞いて、柄谷は埴谷が彼らを部分的にしろ批判したと速断したと思われる。

(14)『二つの同時代史』の該当発言部分を引用しておく。
埴谷　吉本も押し出されて敗走したんだが、追われた道路のはしでやっと塀を越えて逃げ込んだところが警視庁の中だったんだ（笑）。それで、吉本は捕まっちゃったんだが、それを花田清輝は戯文詩に書いた。「逃げた先が警視庁」というようにね。花田も、吉本・花田論争をまだ根に持っていてね。
大岡　あれはおもしろいね、ケチのつけ方が。吉本はスパイで、だから警視庁の玄関から降りて来た、とかね（笑）。
埴谷　そうだったかな。

大岡の発言は完全に誤解で、花田は吉本のことをからかった戯文詩に《スパイ》とは書いていない。この大岡の《スパイ》発言に吉本が怒り当該個所の取り消しを求めたことが、その後の吉本・埴谷論争のきっかけとなった。

埴谷雄高「戦後文学の党派性」

埴谷雄高は次号の「群像」で「戦後文学の党派性」を書いて、柄谷行人の発言を丁寧に訂正した。高橋和巳を例にとって、「高橋和巳の小説は文章がだめだね」、「しかし、問題提出の仕方はシャープだね」と話し合ったとしたら、他日、「高橋和巳の小説は文章がだめだね」と言ったとしても「問題提出の仕方はシャープだね」という前提で話をしているのであって、けっして否定しているのではない。それまでの埴谷の高橋和巳評を知っている者にとっては全否定どころか部分否定にもならない、と説明した。

この埴谷雄高の「戦後文学の党派性」は、柄谷行人のいささか軽率な発言にはじまったものではありながらも、戦後文学について文学者みずからが内側から詳しく説明したものとして、マニフェスト的な発言となっている。

狭義の戦後文学で括られる私達は、戦争の重圧を同一に取り払われたという共通項をもって、恐らく、長く歴史の上でも稀な事態と思われる「同時結集」をおこなった対照的な世代である。それは徐々に一箇所に集まってきたのでなく、焼跡の廃墟のここかしこから現われてきたパルチザンのように、各自の差異を当然大きくもちながら、ただその作品を読み志向の同一性を知ることだけによって忽ち同時結集したのである。
　解体の時代においても胸裡深いただの一点の共通項によって結ばれる連合体の可能を信じる世代、政治の幻滅のなかにおいて政治の止揚をなお希求して心の隅からそれを捨て去らない世代、敢えていえば、ひとりひとりかけ離れた文学的営為のなかでただその生の基本的姿勢を同じうするということだけによって互いを擁護しようとする「文学的党派」の世代に私達は属するのである。

　ここには埴谷雄高の戦後文学者としての矜持が示されている。戦後派を文学的パルチザンに例え、「政治の幻滅のなかにおいて政治の止揚をなお希求して」いく世代として、文学的党派として自分たちを押しだしている。

6 「近代文学」と「新日本文学」

このような文学的党派として出発したのが「近代文学」であり「新日本文学」で、戦後いち早く創刊されたのが「近代文学」であった。ここでは本多秋五『物語戦後文学史』（新潮社一九六五）、埴谷雄高『影絵の時代』（河出書房新社　一九七七）から、まず「近代文学」創刊の経緯をみてみる。

「近代文学」の創刊

本多秋五は戦争末期に召集されたが、もはや新たに徴兵した二等兵を戦地へ送り出す輸送能力が軍になくなっていたため内地で敗戦をむかえた。八月二十二日にはもう郷里へ帰り、九月四日に東京にまいもどり、早速、雑誌の発行を考え始めた。荒正人に会い、平野謙に上京をうながした。本多は兄の友人から雑誌発行の資金として一万円を調達していた。

十月一日、本多、平野、埴谷の三人で相談し雑誌を出すということにはなったが、一万円では軍資金が不足であった。そこに荒正人、佐々木基一がやってきて五人であらためて相談した結果、荒正人のエネルギーにあおられて一気に雑誌をやろうという結論になった。この時、後に同人になる山室静は信州に、小田切秀雄は甲府にいた。

埴谷は「近代文学」の発刊準備をすすめながら、一方で「遅れてきた左翼評論家」の高沖陽造から共産党入党の勧誘を受けていた。高沖は、十月十日に釈放された徳田球一に党の事務所でようやく会って話をしたのだが、徳田から「お前は転んだのじゃないか」と言われて相手にされなかった。それで高沖は、郡山澄雄と埴谷に対して「ここにいるものだけで細胞をつくろうじゃないか……」と提案したのだが、家作を売り払うことになっても文学をやると決意していた埴谷はこの提案を受けつけなかった。これが十月の十三、四日頃のことであった。

雑誌を発行するためには紙が必要だったが、これは埴谷が協同書房や誠文堂新光社と交渉して確保した。

平野謙が岐阜に帰っている間も「近代文学」の編集の準備は着々と進んでいた。編集会議は本多秋五、荒正人、佐々木基一、埴谷雄高の四人で数寄屋橋公園近くの焼跡のコンクリートの土台に腰をかけたり、佇んだりしながら行われた。そこで蔵原惟人《これひと》や、小林秀雄をよんでシリーズの座談会をするという案が出され、「芸術至上主義と歴史展望主義」の二つをアマルガメイトして一歩を踏み出すという「近代文学」の理念が示された。さらに「政治党派からの自由確保」、「イデオロギイ的着色を払拭した文学的真実の探求」が編集理念として掲げられた。座談会のシリーズに予定した蔵原惟人には本多が依頼に行き、小林秀雄のもとには平野が赴いた。埴谷は速記者を手配した。

蔵原惟人を囲む座談会

蔵原惟人との座談会は十一月二十四日、蔵原宅でおこなわれた。冒頭、本多が「蔵原惟人の名は私にとって——そしてまたわれわれにとって、神のごときものがあったのであります」と発言した。戦前の左翼運動弾圧下のプロレタリア文学の理論的指導者・蔵原惟人は、本多らにとっては神格化された畏怖すべき存在だったのだ。この本多の発言からわかるように、「近代文学」の同人にはプロレタリア文学の残滓をひきずっている者もいた。

『蔵原惟人評論集』第十巻（新日本出版社　一九七九）の年譜によると、蔵原は昭和七年四月に逮捕され、三日三晩の拷問ののち、各署を転々として留置され、豊多摩刑務所から市ヶ谷刑務所に移された。昭和十年五月には治安維持法違反で懲役七年（未決通算三百日）の判決を受けた。憲法発布五十年の恩赦で一年減刑され、昭和十五年十月に出所している。この時、蔵原は医師から年末までもたないと言われたほど結核が悪化していた。恐らく、蔵原の死は時間の問題とみられて放り出されたのだろう。

座談会後の蔵原との雑談では、この時点で「新日本文学会はまだ成立していないばかりでなく、党も平和革命の行動綱領にこれからとりかかるとのことであった」（埴谷雄高『影絵の時代』）という。

このように順調に船出した「近代文学」であったが、平野、本多、埴谷の明治組と、荒、佐々木、小田切の大正組との間には政治的姿勢において隔たりがあった。文学に専念し、共産党と距離を置こうとする埴谷と、共産党入党を目指す小田切の相違である。

創刊が遅れた「新日本文学」

新日本文学会の成立は遅れていた。昭和二十年十二月にはいって蔵原惟人を通じて中央委員二人、編輯員一人を「近代文学」から出してくれという申し出があった。向こうの希望は中央委員に平野、小田切、編輯員に荒を、ということであった。埴谷は「近代文学」を一団体として新日本文学会に加盟できないかと考えたが、新日本文学会の原則は個人参加であった。結局十二月三十日の創立大会で平野、小田切の二人が中央委員に選出され、荒正人はどの機関にも入らなかった。こうして平野謙が「近代文学」を代表して新日本文学会の会員となり、小田切秀雄は新日本文学会を代表して「近代文学」に出席しているかっこうとなった。

創立大会の会場では刷りあがったばかりの「近代文学」創刊号が販売された。新日本文学会で有為な仕事をすべき人が「近代文学」の創刊によって失われたと、新日本文学会は受け取ったのではないかと埴谷雄高は推測している。

「新日本文学」は翌昭和二十一年一月三十一日付で創刊準備号が発行された。代表は蔵原惟人で、発起人は秋田雨雀、江口渙、蔵原惟人、窪川鶴次郎、壺井繁治、徳永直、中野重治、藤森成吉、宮本百合子であった。

「政治と文学」論争

昭和二十一年三月中旬、小田切秀雄は中野重治、徳永直の推薦によって共産党に入党した。小田切は文学者の活動について、戦前のような党による引き回しはしないという条件をつけたがそれは認められず、党中央委員会の了承という口約束にとどまった。荒正人は二十一年五月、小田切、中野の推薦で入党した。荒は戦後の共産党は民主的に運営されるものと思っていたが、実際はそうならなかった。

平野謙、荒正人は中野重治とのあいだで、杉本良吉、岡田嘉子のソ連越境事件、小林多喜二の『党生活者』(一九三三)におけるハウスキーパーをめぐって「政治と文学」論争となった。平野は「ひとつの反措定」(「新生活」昭和二十一年三月十四日)を書いて問題を提起し、中野重治は共産党を代表するかたちで「批評の人間性」(「新日本文学」昭和二十一年八月号)を書いて反論した。党員であった荒正人は、今後の党の文芸政策にも影響をもつところの党内闘争を行なっているつもりだったが、「徳田球一が反党的だったといっている」ということが伝わり論争の継続を断念した。この論争の過程で孤立したのが小田切秀雄だった。荒正人と中野重治の間にはさまれ、昭和二十二年一月には「近代文学」同人から離脱することになった。

政治の優位性論に拠る旧ナップ（全日本無産者芸術連盟）系の文学者と、文学の自立を唱える「近代文学」との対立は、創刊号の本多秋五「芸術　歴史　人間」と、座談会「文学と現実―蔵原惟人を囲んで」を読めば明らかであった。しかし本多秋五はその後も新日本文学会に長く属していた。

昭和二十九（一九五四）年七月の共産党の内部抗争による「新日本文学」花田清輝編集長解任[15]のときには、本多はその会議には出席しなかったが、常任委員であった。偶然の所用で本多はこの会議を欠席したらしいが常任委員会は賛否同数で、もし出席していたら花田編集長解任は通らなかっただろう。また本多は中野重治が除名される契機になった新日本文学会第十一回大会（一九六四年）には平野謙とともに出席している。大会後は辞退したが次期幹事にも選ばれている。

本多の会での実際の活動は「年一回ぐらいの割で文学学校の講師に出たこと、まれに座談会に出席し、小さい文章を書いたこと、懸賞募集の評論の選者に加わった」ことであったらしい。

そして「近代文学」の終刊が昭和三十九年四月に決定した直後に新日本文学会へ脱会届けを出したという。だから本多や平野らは長い間「近代文学」同人であり、同時に新日本文学会会員でもあったということだ。

このような戦後文学者、とりわけ第一次戦後派、「近代文学」派の文学活動に対して、後になって批判をくわえたのが江藤淳であった。

(15) 野間宏の「真空地帯」に対して、大西巨人が「俗情との結託」を書いてこれを批判した。それに対して宮本顕治が野間宏を擁護する長文の論文を書いた。この宮本の論文の「新日本文学」への掲載をめぐって、これを拒否する花田清輝編集長の進退を議題に常任委員会が開かれた。賛否は五対五の同数であったが、宮本の意向を受けて議長を務めていた中野重治が花田編集長の解任に賛成し、動議は可決された。

7 『成熟と喪失』「第三の新人」論

本多秋五から〝戦後文学の理想の四分の一の継承者〟とされた江藤淳は、昭和五十三年になって声高に「日本は無条件降伏しなかった」と主張し、批判の矛先を戦後文学に向けた。
その十一年前、昭和四十二年に江藤淳は『成熟と喪失 ―〝母〟の崩壊―』を刊行している。そこでは安岡章太郎「海辺の光景」、小島信夫「抱擁家族」、遠藤周作「沈黙」、吉行淳之介「星と月は天の穴」、庄野潤三「静物」「夕べの雲」という、いわゆる「第三の新人」の作品が批評対象として取り上げられている。

安岡章太郎「海辺の光景」

まず江藤は、安岡章太郎「海辺の光景」を取り上げる。この作品では、主人公の父は陸軍少将にまで昇進したが獣医であった。獣医というのは騎兵と違って、母と子にとっては恥ずかしいものであった。それでも父が軍隊にいることによって母と子の生活は安定し、母と子の濃密な関係も維持されてきた。ところが敗戦により、この関係は壊れていく。

『海辺の光景』とは、作者にとってこれほど深い意味を持っていた母親という存在が、狂気に浸されて崩壊して行く話である。それだけではなく母から解放され、はじめて「個人」になることを強いられた男が、そのことによって無限に不自由になって行く話である。『海辺の光景』の主人公にとって、母親とはほとんど第二の自己であるから、彼の自己のある深い部分もこの過程で崩れ去って行く。それとともに、母親の肥った肉体というかたちであれほど身近に、あれほど豊富に実在していた現実も虚空に飛びすさって行く。そして彼の前には、「……波もない湖水よりもなだらかな海面に、幾百本ともしれぬ杭《くい》が黒ぐろと、見わたすかぎり眼の前いっぱいに突きたっていた」という空虚な風景だけが残る。

ここで安岡章太郎は、生活無能力者になってしまった父と、ひとりの「女」になってしまった母にかわって、住む家を探す息子という姿をえがくことによって、それまでの「家」を出て自由になろうとした、かつての「私小説」の主人公像を逆転させた。しかし息子は、敗戦というものが彼らの家庭に入り込んできたことで家族が崩壊し狂気に陥った母に直面する。つまり、息子が投げ出された現実は「敗戦という物理的な外圧としてあらわれた「近代」が、家族のあいだのもっとも内密なきずなを切断した結果生じた解体であ」った。

小島信夫「抱擁家族」

「海辺の光景」で家族を解体させ、母を〝崩壊〟させたのは敗戦という外圧であった。ところが小島信夫「抱擁家族」ではこの外圧がアメリカ兵という形で直接、家庭に入り込んでくることになる。

大学講師の三輪俊介は外国文学者である（この三輪俊介の設定は大学講師をやり、多数の英米文学の翻訳もある小島信夫と重なっている）。三輪の家に在日米軍兵士で二十三歳のジョージが出入りするようになる。彼は日本語をほとんど解さず、妻・時子も英語ができない。ある日、家政婦のみちよから、時子がジョージと関係をもっていることを告げられる。ジョージに事情を聞くと、一応「Nothing happened」と答える。若いアメリカ人と妻がベッドを共にしていたのであるから肉体関係があったのは確実である。しかし作者は作品で、そこのところを曖昧にしている。というのは、この作品においては妻とアメリカ兵の間に何事かがあったかどうかは問題ではなくて、家庭にアメリカというものが入ってきたということが問題とされているからである。

　俊介がジョージとの肉体関係について問い詰めると時子は、「私は私で責任を感じるが、あなたは責任をかんじないかって、きいてみてちょうだいよ」と言う。このとおり通訳するとジョージは「責任？ 誰に責任をかんじるのですか。僕は自分の両親と、国家に対して責任をかんじているだけなんだ」と答える（傍点―江藤）。俊介は「ゴウ・バック・ホーム・ヤンキー」とわめくしかなかった。家庭を立て直すために、俊介は郊外にアメリカの別荘のような、完全冷暖房つきの家を建てる。ところが時子に乳ガンがみつかり、やがて死に至る。

「父」の欠落と衰退

以上が「抱擁家族」のあらすじなのであるが、江藤はジョージの背後にアメリカという「国家」を見ている。これには昭和三十七年から約二年、プリンストン大学で研究員、客員講師としてすごした時の体験が影響しているのかも知れない。ちなみに、柄谷行人は後年、プリンストン大学留学にあたっては江藤淳のアドバイスを受けている。また、村上春樹も『ねじまき鳥クロニクル』を書くにあたってはプリンストン大学でノモンハン事件の資料に出合っている。

ジョージの背後のアメリカという「国家」とは、「それ自体がヨーロッパという「父」に対して反抗し、独立したという「子」のイメージを内包しており、カウボーイは容易に自分をこの「父」と一致させることができる」というものである。フロンティアに向かうカウボーイに影響力を及ぼしているのは「国家」というかたちをした「父」である。ジョージは父性的な文化の中で育てられ、彼の周囲にはそのような社会があった。

ジョージ＝「父」から独立した国家（アメリカ）という図式に対して、江藤は安岡章太郎「海辺の光景」の恥ずかしい「父」を対比させる。さらに「抱擁家族」の三輪俊介の「父」の欠落をも対比させる。

この日本における「父」の欠落は敗戦が一つの重要な要素であるが、さらに、日本近代における進歩と平行しての「父」の衰退がある。進歩が西洋化＝近代に対する接近とすれば、「子」

が「父」を恥じるという感覚の底には西洋という他者の眼に常に「父」がさらされ続けてきたことがあげられる。この「父」に関して夏目漱石『明暗』（大正五年五月二十六日〜十二月十四日）との対比で江藤淳は次のように書いている。

注目すべきことは、この「進歩」の過程で社会が急激に崩壊して行くということである。いいかえれば、「父」によって代表されていた倫理的な社会が、次第に「母」と「子」の肉感的な結合に支えられた自然状態にとりこまれて腐蝕して行く。このことは、たとえば『抱擁家族』を、半世紀（つまりおよそ二世代）前に書かれた夏目漱石の『明暗』と比較すれば明瞭であろう。『明暗』の人物たちはみな自分の役割を自覚した、倫理的・知的な人物たちであるが、『抱擁家族』の人物たちはすでに指摘したように責任のとりようがない自然的関係の泥沼で、文字通り「汚れて」行くほかなくなっている。ここからは、津田とお延の夫婦の背後にいて彼らの良心を支配している小説には登場しない父親に相当する者の姿は、欠落しているのである。

谷崎潤一郎がえがいた「西洋」の侵入

「西洋」に関していえば、それを、女性像を通じてえがいたのが、谷崎潤一郎であると、江藤は次のように指摘している。

谷崎の作品で「自然」を「人工」に、つまり母性を「娼婦」に変える触媒の役割を果たしているのは、つねに「西洋」である。彼の作家的生涯の三つの時期に、この「西洋」が生活意識のどの層にまではいりこんで来ているかを比較してみれば、おそらくわれわれの深層心理にとって、農耕社会から近代産業社会への移行がなにを意味しているかが、幾分明らかになるにちがいない。

私は谷崎を、女性を崇拝する男性の世界をえがいて文学史に新しい局面を開いた作家だと思っていたが、この江藤の指摘のように、日本における西洋的なものの侵入を、女性像を通してえがいているといわれると、なるほどと納得してしまうところがある。江藤は具体的にはこう書いている。

先程指摘したように、『刺青』の女は、「和蘭《オランダ》渡り」の眠り薬によって完璧な「毒婦」に変身させられる。だがこれはまだ「西洋」の予感、あるいは夢であって、作者はそれを日常的な設定のなかで展開するのをちゅうちょしている。しかし中期の作品の『痴人の愛』では、「西洋」はたとえばメリイ・ピックフォードやクララ・ボウのブロマイドとして、新しがりの田舎出の電気技師の下宿にまではいりこんでいる。ナオミは譲治によってメリイ・ピックフォードそっくりの女に仕立てあげられた時、天才的な娼婦性を発揮する不良少女になるのである。そして晩年の『鍵』になると、「西洋」は軽薄な先端的風俗をつきぬけて、保守的な大学教授の家庭にまで侵入し、貞淑な教授夫人を「娼婦」に変える。

江藤淳は、谷崎潤一郎の作品を、日本における「西洋」の侵入としての女性像の変遷、つまり「父」の欠落として、読み取っている。

小島信夫が「抱擁家族」を書くことによって引き受けたのは、「白樺」派の楽天的理想から生じた惨憺たる帰結についてであった。近代日本の社会では「白樺」派の考えたような人生も、プロレタリア文学がその上に幻影を描いた「社会化された私」などというものも成立していない。江藤は、日本の農耕社会が近代産業社会に移行しはじめたのは日露戦争直後のことだと考えている。

江藤淳『成熟と喪失―〝母〟の崩壊―』講談社、1962

もともと日本社会の根底をしめていたのは女性的、母性的な農耕文化であった。江藤は、敗戦と占領がアメリカの代表する近代産業社会と日本の農耕社会との落差を、日本の農耕社会の貧しさを明らかにしたと考えた。アメリカのように、この農耕社会から近代産業社会への移行が自然におこなわれたところでは、自然や母性が日本ほど徹底的に破壊されることはありえないとして、江藤はここでアメリカをかなり理想化してみている。
「抱擁家族」の主人公の心理を、江藤は次のように述べている。

俊介が昭和三十年代の社会心理に異常なものを感じているのは、彼が「母」の崩壊を現実に体験したものの喪失感に心をえぐられているからであるが、同時に彼が米国で農耕文化と近代産業社会が、つまり「自然」と「人工」が平衡を保つことができるということを、実地に見て知っているからでもある。

おそらく、ここには江藤のアメリカ体験が投影されている。
このようにして江藤淳は、「第三の新人」の作品を材料に昭和三十年代の社会を「〝母〟の崩壊」としてえがいたのである。

「理念」の文学

ところで、この「〝母〟の崩壊」は、そのまえに「〝父〟の崩壊」を前提としていたのである。江藤淳『成熟と喪失』の隠された目的は、実のところ第一次戦後派の文学を批判することにあった。それは次のようなところにあらわれている。

ある意味では「第一次戦後派」から「第三の新人」への移行は、左翼大学生から不良中学生への移行だといえるかも知れない。もちろんこの左翼大学生である「第一次戦後派」は「父」との関係で自己を規定し、不良中学生たる「第三の新人」は「母」への密着に頼って書いたのである。（中略）

昭和三十年代の現実に対して、「第一次戦後派」の文学が全くなすところがなかったのは、おそらく前に述べたようにそれが「父」との関係で自己を規定した「知識人」の文学、あるいは「理念」の文学だったからである。「理念」が敗戦を「解放」とする以上敗戦は敗戦ではあり得ず、それが昭和三十年代に後退しつづければこの現象は単に「反動」の復活とされた。彼らの眼に見えていたのは「知識人」の発言権の消長にすぎず、その背後で展開されつつある日本の社会の根本的な変質の意味は、たえて関心の対象となることがなかったのである。

「父」との関係で自己を規定した第一次戦後派は「知識人」の文学、あるいは「理念」の文学であったがゆえに、昭和三十年代の現実をとらえることができなかったと江藤は批判する。しかも江藤が、第一次戦後派が自己を規定したとする「父」は父権を失った父であったのだ。ここから江藤の父権を伴った「父」の像の探求が始まるのである。

8 『一族再会』　江藤淳の出自と戦後

曽祖父・古賀喜三郎

江藤淳の系譜が近代と出合うのは、曽祖父・古賀喜三郎によってである。以下は江藤の『一族再会』（講談社　一九七五）の記述による。

古賀喜三郎は弘化二（一八四五）年、肥前国佐賀で平尾吉左衛門の子として生まれ、二十石取りの古賀家へ養子に入った。佐賀藩は寛永十九（一六四二）年以来、筑前黒田藩と隔年交代で長崎の警備にあたっており、このために幕府の指示のもとに砲術が発達していた。喜三郎は佐賀藩陸軍所で蘭学と砲術を学び、戊辰《ぼしん》戦争（一八六八―六九年）では官軍として山砲隊を指揮し、秋田において庄内藩と戦った。

彼は廃藩に伴い海軍に入り、明治十二年、三十四歳のときに大尉に昇進し、翌年、軍艦筑波に乗り組み、サンフランシスコまで航海している。しかし、帰国後、古賀喜三郎を待っていたのは明治十四年の政変によって大隈重信が追放され、旧佐賀藩の勢力が政府から一掃されたという現実であった。このためもあって喜三郎は海軍軍人志望者のための私塾を起こし、また兵学校の監事も務めた。その時の私塾の生徒の一人に江頭《えがしら》安太郎がいて、後に喜三郎の娘の米子と結婚することになる。古賀喜三郎は私立の海軍予備校を創立する一方で、退役海軍少佐として海軍大学校教官も務めている。

祖父・江頭安太郎

江藤淳の祖父となる江頭安太郎は慶応三（一八六七）年に生まれ、佐賀中学で通常四年の課程を二年で卒業し、しかも首席であった。この結果、安太郎は旧藩主鍋島侯爵家の「貢進生《こうしんせい》」(16)に選ばれ、貧乏士族の息子であった彼の将来は開かれた。

上京した江頭安太郎は攻玉社で二年過ごした後、海軍兵学校に最優等で入学した。海軍兵学校を首席で卒業した安太郎は少尉から大尉に昇進し、海軍大学校も「学術優等ニ付双眼鏡壱個御賜」の栄を得て卒業した。

安太郎は日清戦争に従軍した後、山本権兵衛《ごんのひょうえ》軍務局長の推挙により、海軍省軍務局に転任となる。このことが古賀喜三郎の知るところとなり、喜三郎の娘・米子と安太郎は結婚する。

この旧佐賀藩に通じる江藤淳の祖父と祖母の結婚の経緯は資料があるわけではなく、推測するしかないわけだが、この結婚の経緯は江藤に血が騒ぐ感覚を与えたようである。『一族再会』で次のように書いている。


私は、当時のいきさつを、あたかもその場に居合わせた者のようによく知っているような気がしないでもない。それを記憶というならまだ生れて来る前の記憶に属するものであり、言葉というなら言葉を教えられる前の言葉に属するものである。つまりそれは、私の血のなかに流れているある暗い影像の原質とでもいうべきものである。この記憶は、われわれの意識の認識能力を超えた重い硫酸のような沈黙のなかにひろがっている。あるいはそれは、個々の、人間を支えている猿の集団の記憶、さらにその背後にひそむ原生動物にいたるまでの系統樹の暗い記憶かも知れない。

(16)「貢進生」について。

明治三年七月二十七日太政官布告により、当時の各藩は石高に応じ一名から三名の人材を政府に貢進し（差し出し）、大学南校で教育を受けさせるよう命じられた。幕府には、天文方から幕末になって独立した蕃書調所という役所があり、ここには西洋のことを専門にする学者、翻訳者、通訳を養生する学校がくっついていた。幕府が倒れた時、新政府は開成所と名をかえていたこの学校を開成学校として受けとった。さらに昌平坂学問所が昌平学校から大学校、そして大学と名をかえたのに合わせて、明治二年十二月、開成学校を大学南校と改称した。大学南校は西洋人が西洋語で西洋の学問を教える学校だった。

明治四年七月、文部省ができると大学も大学南校も廃止され、大学南校はただの南校と名をかえ、さらに二回改称して明治七年に東京開成学校となった。貢進生として諸藩から差し出された学生三百余名がこの大学南校に集められた時点で、そこには従来からの学生三百名もいた。貢進生はそこで約一年間、西洋語の習得と西洋の学問の教育を受けたことになる。

江藤は佐賀県立図書館所蔵の、昭和五年十一月肥前史談会編の『先覚者小伝』に記載されている「江頭安太郎」の項を根拠に、安太郎が「貢進生」であったとしている。しかし、貢進生は前述したように限定的な制度で、生年は嘉永四（一八五一）年から安政二（一八五五）年となっていて、慶応三（一八六七）年生まれの安太郎は該当しない。『一族再会』には「鍋島侯爵家の育英事業費」という言葉もあるので、安太郎はこの育英事業の対象となり、鍋島家から資金援助を受けた特待生的なものだったと考えればいいだろう。

母方の祖父・宮治民三郎

江藤は『一族再会』の後半で母方の祖父についても書いている。母方の祖父は宮治民三郎といい、潜水艦作戦の専門家で潜水学校長も務めている。江頭安太郎が海軍少佐に任じられた明治三十年に、宮治民三郎は海軍兵学校を卒業して少尉候補生に任官している。愛知県海東郡蜂須賀村の出身である。

江藤が、この祖父の葬式のことを語っている場面は印象的である。祖父の写真を見ている江藤に、「君はおれの孫だ。おれの血が君の体内に流れるかぎり、おれの怒りもおれの誇りも、おれが断念したもののかずかずも、決して消滅することはない」と祖父が語りかけてくる。江藤は「祖父の魂魄が、景清のように舞うのを感じ、それがあの重々しいすり足で、次第に遠ざかって行くのを聴いた」と感じるのだった。

江藤は母方の祖父の故郷、蜂須賀村を訪ねた時の感想を次のように書く。

　この森山の宮治の屋敷は、彼の孫である私にはなんの羞恥も嫌悪もあたえない。むしろ私こそが、いま故郷に受容されているのかも知れない。あるいはこの場所が、すでに私にとっては故郷ですらなく、自分の血にひそむ未生以前の記憶によって、わずかにつながっている場所というにすぎないからだろうか。

ここで江藤は「自分の血にひそむ未生以前の記憶」という書き方をしているが、江藤にとって明治の軍人であった二人の祖父との間の「血」だけが生きる実感となっているようである。すべてを自らの内部に流れる「血」にゆだねてしまった江藤は、自分がいま生きている時代と対決して自己の文学的考えを深めることを放棄しているように思われる。

「祖父たちがつくった国家」の崩壊

江藤がこのような考えに至る前兆はあった。それは彼が「戦後と私」（「群像」昭和四十一年十月）を書いた時期からである。

　私は国というものを父を通してしか考えることができないことに、近頃気がついたからである。父はかつて私にとっての最初の他人であり、また私と他人との、つまり社会というものとの通路であった。私は社会や、国家や、さらにその向うにひろがる世界についての最初の感覚を、おそらく父から得ているにちがいない。

しかし江藤の父・江頭隆は銀行員であって、その半生が日本国家の消長と直接、つながっているわけではない。

大正二（一九一三）年に亡くなった祖父・安太郎はある時期の日本の運命と直結しており、その祖父と江藤は父の記憶を通して結びついていたのである。

母方の祖父・宮治民三郎も海軍軍人であったが、潜水艦作戦専門であり、ワシントン海軍軍縮条約（一九二一―二二年）の後、予備役に編入されているので、江頭安太郎のように海軍の第一線で活躍したわけではなかった。しかし、江藤にとって両方の家系が海軍につながっていることは誇りであったろう。

日露戦争のとき祖父・安太郎は大佐で大本営海軍部高級参謀であり、同時に高級副官を兼ねた。海軍幕僚としての祖父の席次は軍令部次長についで三番目であり、明治天皇御大葬のときまでに中将に進んで軍務局長となり、勅任官総代として桃山御陵に供奉《ぐぶ》している。日露戦争の勝利にも貢献した祖父の生涯は明治日本の中枢と直結しており、さらに父を通して江藤淳とつながっていた。敗戦時に国民学校六年生だった彼が失ったと感じたものは「祖父たちがつくっ

『一族再会』で江藤淳は「将来の海軍大臣」とも噂された祖父・安太郎に明治の魂を見出していた。

た国家であり、その力の象徴であった海軍」であった。連合艦隊の消滅も彼の心に空洞をあけた。

『一族再会』によれば、祖父・安太郎は海軍の軍備を整備し、将来の海軍大臣と噂されていたという。江藤淳にこのような自己の内部を流れる血を自覚させるに至ったのは、変わり果てた戦後の風景であった。

大久保百人町の変貌

昭和三十九年の秋に、江藤淳は二年ぶりにアメリカから帰国した。江藤はアメリカでの体験で、当時、日本人が唱えていた平和と民主主義を、アメリカ人は変型したナショナリズムの表現と考えていることを実感していた。そのようなアメリカ人の考えに対して「祖父たちがつくりかつ守った国家のイメージを支えにして戦った」という。

江藤にとっての「故郷」は、祖父・安太郎の死後、祖母が移り住み、自身の出生の地でもある大久保百人町であった。昭和四十年五月のある日、そこを訪れた彼は愕然とする。彼の記憶の中の大久保百人町はその一切が影も形もなくなり、そこにはあったのは「温泉マークの連れ込み宿と、色つきの下着を窓に干した女給アパートがぎっしり立ち並んだ猥雑な光景であった」。そこで彼は激しい喪失感をあじわう。「やはり私に戻るべき「故郷」などはなかった。しいて求めるとすれば、それはもう祖父母と母が埋められている青山墓地の墓所以外にない」。そして「九十九人が「戦後」を謳歌しても、私にあの悲しみが深くそれがもっとも強烈な現実である以上私はそれを語る以外にない」(以上、「戦後と私」)と決意する。

江藤淳の戦後文学非難の原点

戦後を「解放」と捉えた戦後文学に対する江藤の嫌悪、憎悪は、ここに発している。そして次のように戦後文学を非難する。

　文学が「正義」を語り得ると錯覚した時、作家は盲目になった。それがいわゆる「戦後文学」のおかした誤りである。作家は怖れずに私情を語り得なくなった。その上に世界の滅亡について語ることが家庭の崩壊について語ることより「本質的」だというこっけいな通念が根をはって、ジャーナリズムは「戦後派作家」を甘やかした。しかし「世界」とはいったいなんだろうか。それは作家の内にあるのか外にあるのか。またたとえば「家庭」とは一個の「世界」であり、そこで人は生き死にしないだろうか。
　私は隣室で義母がカリエスで寝ており、父が肺炎で永くなさそうに思われたとき、安静時間のあいだに父が死んだら銀行からとれそうな金額を概算して、葬式の手順と義母と弟妹の生活を細かく計画したことがある。そのときもそのほかのときも、私が「世界」と「存在」の縁に触れていなかったはずはない。当時「戦後派作家」が、あるいは「正義」を語ったあらゆる作家がどこでなにをしていたか私は知らない。彼らに眼があれば、戦後の日本の社会でなにがおこっていたかはとうに見えていたはずである。二十歳になるかならない子供の眼に見えていた崩壊と頽落が、あるいは喪失と悲哀が、まったく見えていなかったとするなら、彼らはあらゆる深刻癖にもかかわらずよほど幸福な人々だったということになる。（「戦後と私」）

このように江藤は戦後を振り返っている。父を通して明治国家の中枢を担った祖父の像と結びついた江藤に、敗戦とその後の日本社会は激しい喪失感をもたらし、それはさらにアメリカ留学によって増幅された。しかしその一方で、自身の内部を流れる血を自覚させた。

帰国後、第三の新人の作品を検討することで「母」と「子」という日本特有の問題につきあたった時、江藤は逆に「父」に依拠し、戦後を文学にとって「解放」と捉えた第一次戦後派が、彼の喪失感とは別のところに存在していたと感じたのである。第一次戦後派の文学は「世界」と「自我」、「存在」の関係を問題にしたが、その時、江藤は父の死後の生活のやりくりを考えていたのである。ここから彼にとって地に足を着けていないと思われた「元左翼大学生」の第一次戦後派を、江藤は批判的にみるようになる。その時、浮かび上ってきたのが、彼らが戦争中何をしていたのか、敗戦をどう受けとめたのかという疑問であった。

そこから江藤は米軍占領下の検閲や、表現の自由が巧妙に侵されたところでの文学とは何だったのかを追究することになった。それが『昭和の文人』（新潮社　一九八九）である。

9 『昭和の文人』　平野謙批判

江藤淳と平野謙

『昭和の文人』において、江藤淳が最初に取り上げたのは平野謙であった。

江藤は無名のときに『夏目漱石』（講談社　一九六〇）を上梓するにあたって、出版社の要請と山川方夫のアドバイスで平野謙に推薦文を乞いに行っている。この推薦文は『平野謙全集』第九巻（新潮社　一九七五）で読むことができる。

江藤は一時的には恩義のあった平野謙が戦争中情報局に籍を置いていたことを、井上司朗『証言・戦時文壇史』（人間の科学社　一九八四）によって知る。そこで平野謙の伝記的事実を調べていくと、江藤は平野が昭和二十一（一九四六）年四月に書いた「『島崎藤村』あとがき」に長々と一家の私情、自分の父親の追憶を書いているにもかかわらず、その職業については何も書いていないことに気がついたのだった。

平野謙における「父」と「子」

江藤は第八高等学校の校友会誌に発表された二十二歳の平野の「わが家の平和」（昭和四年）という文章をもとに、平野における「父」と「子」の関係を考察する。この文章で平野は「おやじと文学を語ってもはじまらん」、「父親がすこしウルサイとさえ感ぜられた」と書き、「長男もまた青年にありがちな空虚な「壮大感」の一種にとらわれていた」という子の心持ちを書いている。

ここでも江藤は『成熟と喪失』で使った「子」と「恥ずかしい父」という図式を適用する。そこにあるのは革命的たらんとするプティ・インテリゲンツィアの子と、平野朗《あきら》（平野謙の本名）という長男を自然のままに子として扱う父の姿である。

江藤淳が、平野謙、中野重治、堀辰雄を批判的に論じた『昭和の文人』（新潮文庫）

その後、江藤は中山和子、杉野要吉の研究から、平野謙の父親は岐阜県各務原《かがみはら》市にある浄土真宗功徳山法蔵寺の住職であり、長男の平野は寺の跡取りとなるべく少年時代に得度していたということを知る(17)。

平野謙はこの寺の跡取りとなることを放棄し、東大文学部に入学する。その後、左翼運動の影響もあって授業料滞納で東大を除籍になるが、除籍者に認められた救済手段で文学部美術美学科に再入学し、昭和十五年三月に十年がかりで東大を卒業した。卒業論文は「ドストヰエフスキー論」であった。

平野家には十人もの子どもがいた、二番目の弟はガダルカナルで戦死し、京大法科に在学中の三番目の弟、東大経済に在学中の四番目の弟は昭和十八年十二月に学徒出陣で海軍に入隊している。平野が卒業するまで、父親は寺の苦しい経営の中から、かかさず送金を続け息子の生活を支えた。平野自身は現代文化社、竹村書房の編集を手伝い、昭和十五年四月からは「南画鑑賞」という雑誌の編集者として働き月四十円もらっていた。その後、逓信省にいた本多秋五が、八高の先輩で情報局第一部放送課課長水谷史郎の伝手で、情報局嘱託というポストを探してくれたという。

(17) 後述するが、戦中の平野をめぐって、擁護する中山と、批判する杉野の間で論争が展開されることになる。この二人の研究は後に中山和子『平野謙論』（筑摩書房　一九八四）、杉野要吉『ある批評家の肖像――平野謙の〈戦中・戦後〉――』（勉誠出版　二〇〇三）としてまとめられている。

情報局嘱託勤務

昭和十六年二月に情報局嘱託に採用された平野謙は、十八年六月まで勤めている。月給は百円だったという。平野はこの情報局に勤めたのは「ひとつの偶然だった」と書いているが、彼の上司にあたる井上司朗の『証言・戦時文壇史』によれば、平野は「私の役所へ三度、大森の拙宅へ二度来訪、情報局嘱託採用を、哀訴嘆願した」と述べている。平野謙はこの情報局勤務のことを「身は売っても芸は売らぬ」という考えであったと後に書いている。

杉野要吉の取材によれば、大日本文学報国会発会式における総理大臣東條英機の「祝辞」の下書きを書いたのは平野であり、「文学者愛国大会」の谷情報局総裁の「祝辞」を書いたのも平野である。また文学報国会への入会を懇請する中野重治の手紙を密かに持ち出し保管していたのも彼であった。

情報局嘱託を辞任後、平野は中央公論社に勤める。昭和十九年五月下旬に召集されたが筋肉薄弱の故をもって十日たらずで除隊になり、その後、中野重治の智慧を借り、大井廣介《ひろすけ》の従兄

・麻生太賀吉が経営する九州の麻生鉱業の東京事務所に職を得ている。麻生鉱業の創業者は麻生太吉で、元首相・麻生太郎の曽祖父である。

戦争中はどこかの職場に属していないと、左翼的経歴のあるものは、いつ警察に引っ張られるかわからない状況であった。だから彼らが八方手を尽くし職についたのは当然のことであった。江藤はこのように平野の戦争中の職歴をたどりながら、左翼的思想を持つ平野が身の安全を図るために情報局、そして麻生鉱業に勤務したことを言外に非難しているように思える。

ところが、江藤が問題にしたのは、平野の職歴ではなかった。平野が戦争中の家庭の内情を詳しく書いた唯一の文章、「『島崎藤村』あとがき」（昭和二十一年四月）に平野の父の職業（浄土真宗のお寺の住職）が書かれていないことであった。ここに、江藤は、「おそらく昭和の問題、子が父の子であることを「恥」じ、日本人が日本人であることを「恥」じて、熾烈な変身の欲求に取り憑かれた時代の問題」をみる。平野にとって、その出自を「恥」じる気持ちが深く、いかに「熾烈な変身の欲求」が大きかったかを問題にする。それは「親許を離れて都市に出、革命的な「プティ・ブルジョア・インテリゲンツィア」たらんとした青年たち」の問題だったからである。

「改竄された経験」

江藤は、平野における「父」と「子」の問題、情報局勤務の問題を提起した後、今度は平野謙の戦争中の言動を俎上に載せた。「改竄された経験――大東亜開戦と平野謙――」（「文學界」昭和五十六年八月号掲載、のちに合本『落葉の掃き寄せ／一九四六年憲法―その拘束』に収録、文藝春秋　一九八八）である。

江藤淳は日本占領期のアメリカ側の資料を調査するために、一九七九年から九カ月ワシントンに滞在した。帰国して、滞米中に送られて来ていた郵便物を整理していると、明らかに帰国後に送られてきたと思われる「昭和文学研究」第二集（昭和五十五年十二月）がまぎれこんでいた。その中に紅野敏郎の「戦時下の平野謙―その「文芸時評」の発端」という論文を見出す。それは杉野要吉の「戦時下の芸術的抵抗はあったのか――平野謙の情報局時代をめぐって」（「国文学」昭和五十三年九月号）に触発されて書かれたものであった。この紅野論文は、平野謙が昭和十六年から十七年にかけて「婦人朝日」に連載した十六回の「文藝時評」を紹介したものであった。

江藤はこの紅野論文を読んで「婦人朝日」に連載された平野の「文藝時評」のコピーをとり、それが収録された平野謙の『知識人の文学』（講談社　昭和四十一年八月）の当該個所とを比較検討してみた。そうすると、『知識人の文学』に収録されていない「文藝時評」が五篇あることに気づく。この五篇は後の『平野謙全集』（新潮社　一九七五）にも収録されなかった。五篇のうちの「戦争と文学者」や「文学報国会の結成」と題された二篇が、戦争協力の文だったからであろう。

江藤によれば、平野謙は「高見順や亀井勝一郎にくらべれば、戦争中の私はほとんど無名の青年だったおかげで、「より罪少なきもの」といい得るかもしれぬが、その私にも思いだすのもイヤだ、できたら抹殺してしまいたいという戦時中の文章がひとつある」と「亀井勝一郎の戦後」（「群像」昭和四十一年十月号）に書いているという。「戦争と文学者」もそのひとつかもしれない。

平野謙の「十二月八日」

江藤淳が全文引用している平野謙の「戦争と文学者」の冒頭は次のようになっている。

昭和十六年十二月八日は、私ども日本人にとってながく忘れることが出来ない歴史的な記念日となるだろう。東亜の新たな曙たる大東亜戦争勃発の日として、永えに青史に残るであろう。この大いなる日に際会し得たことは私どもの幸福でなければならぬ。

これは「大東亜戦争」の讃美である。平野謙も他の人々同様、戦争讃美の文章を書いていたのだ。これには「大東亜戦争」という文言が入っている。アメリカ占領軍の検閲を逃れるために、昭和二十三年十月という単行本の発売時期を考えれば、この文章を近代文庫社刊の『知識人の文学』(18)に収録しなかったことはやむを得ないらしい。

ところが江藤淳が問題にしたのは、「戦争と文学者」の戦争讃美のこの文章ではなかった。近代文庫社版の単行本にも収録された「回顧と展望」と題した文章なのである。「回顧と展望」は単行本に収めるにあたって「昭和十六年十二月八日という日付を境に、日本の歴史は大きな転換をとげたが、そのような区切りを踏まえて」という文言が新たに追加された。そして、「支那事変処理、大東亜共栄圏の確立というわが国不動の国策を前にして」が削除され、「わが国の直面する異常な困難を前にして」に置き換えられている。江藤はこの文言の書き換えを論難したのである。

(18)『知識人の文学』について、『平野謙全集』第一巻の平野自身による「後記」から引用しておく。
〈講談社版『知識人の文学』それ自体、小さな歴史を持っていて、昭和二十三年七月に真善美社から刊行された『戦後文藝評論』と昭和二十三年十月に近代文庫社から出版された『知識人の文学』との二冊を併せて、昭和三十一年十一月に青木書店から戦後代表文藝評論選の一冊としてやはり『戦後文藝評論』という標題で上梓したとき、新しく戦前に書いた習作を附載して、いわば戦後、戦中、戦前にわたる私の評論集をつくったのだが、それが講談社版『知識人の文学』の原型といえば原型なのである。〉

つまり、ここでの『知識人の文学』は昭和四十一年八月刊行の講談社版ではなく、昭和二十三年十月刊行の近代文庫社版のことである。

「回顧と展望」の改稿は経験の改竄か

江藤が調べたところでは、平野謙の「回顧と展望」が発表されたのは「婦人朝日」の昭和十七年新年号だが、実際にこの婦人雑誌が店頭に並べられたのは昭和十六年十二月初頭であった。締切を考えるなら、平野謙がこの「回顧と展望」を書いたのは十二月八日以前となる。江藤によれば、これは「単なるテキストの改訂ではなく、著者自身による自己の経験の意図的な改竄」である。しかもこの自己検閲された「回顧と展望」を十二月八日以後の文章とすることによって、平野は実際に十二月八日以後に書いた「戦争と文学者」を「回顧と展望」の背後に「隠蔽」し、「抹殺」しようとした、と江藤はいうのである。

江藤の検証が正しいとすれば、日米開戦を受けて書かれた平野謙の最初の文章は「戦争と文学者」だったことになる。ところが平野謙は日米開戦前に書いた「回顧と展望」に「昭和十六年十二月八日」という日付を付け加えることで、「回顧と展望」を日米開戦を受けて書かれた最初の文章とした。そうすることによって平野は自己検閲を行い、自身の戦時下の経験を改竄した、というのが江藤の主張である。平野は『知識人の文学』に文言を書き換えた「回顧と展望」を収録し、「戦争と文学者」をはずすことによって、戦争讃美の文章を無かったことにしようとしたのだと江藤はいうのである。

中山・杉野論争

この「改竄された経験――大東亜開戦と平野謙――」で、江藤が紅野敏郎の「戦時下の平野謙―その「文芸時評」の発端」と杉野要吉の「戦時下の芸術的抵抗はあったのか――平野謙の情報局時代をめぐって」とを取り上げたことによって、戦時下の平野謙を擁護する中山和子（一九三一年生まれ）と、それを批判する杉野要吉（一九三二年生まれ）との間で論争がおこった。ちなみに江藤淳は一九三三年生まれであって、彼らはいわゆる「少国民」世代ということになる。

「婦人朝日」の件については、「回顧と展望」が掲載された昭和十七年新年号（一月号）の締切が十二月八日以前であったことは、中山も杉野も認めている。それを平野は十二月八日以後に書いたことにして、戦争と距離を取った文章のようにしたというのが杉野の主張で、中山は改竄ではなく加筆することによって論理の筋道を良くしたのだと擁護した。

確かに「婦人朝日」は昭和十七年二月号が、日米開戦後、最初に出された号であって、内容は国民の戦意高揚と、日本軍の戦果を強調するものとなっている。吉本隆明が『高村光太郎』（飯塚書店　一九五七）で部分的に引用している「十二月八日」という詩もこの号に掲載されている。「記憶せよ、十二月八日。／この日世界の歴史あらたまる。／アングロ・サクソンの主権、／この日東亜の陸と海とに否定さる。」で始まる激越なものであった。この詩は十二月十日に書かれ、早くも翌年四月刊行の詩集『大いなる日』に収録されている。

また「三好達治の詩「捷報いたる」がマレー上空の空中戦の大版《ママ》グラビア写真に添えて巻頭にかかげられたのもこの号である」（杉野要吉）。「捷報いたる」も「真珠湾頭に米艦くつがえり／馬来沖合に英艦覆滅せり」という調子のものであった。

この二月号に平野謙は「戦争と文学者」を書き、そこで「この大いなる日に際会し得たことは私どもの幸福でなければならぬ」と書いていたのである。

中山、杉野論争について簡単にいえば、中山は平野謙が明治大学の恩師であったことから、最初から平野擁護の前提で書いている。いわば亡き恩師に代わって、平野の戦時下の言動の言い訳をしている。杉野は、平野の戦時下の文章を初出の原文にあたって、戦後に出た単行本との異同を精細に調査している。ただ、平野が時局迎合的な文章を書いたことを、戦時下という特殊な要因を考慮せずに、そのまま受け取り批判しているのは酷にすぎると思う。

杉野は平野の情報局勤務についても、次のように書いている。


「情報局第五部第三課嘱託」の官吏である彼の身体は、むしろあの戦争状況のなかでは、国家権力の手によって、おのずから最大限に安全を保障される立場にあったといっていい。彼は国家機構のなかに身を置くことによって、他の文学者らにくらべても、戦争下、出征、徴用など自分の生命を脅《おびやか》したり身体を傷つけたりするものへの恐れとむきあって生きねばならぬことからは、最も解放されていたといっていいのである。


さすがにここまでは書き過ぎだろう。情報局勤務にしても、召集されたものの十日たらずで除隊となった「筋肉薄弱」な者は理屈抜きにそこにでももぐりこむしかないという気持ちからだったのかもしれない。

中山和子によれば、「婦人朝日」の文芸時評の連載は情報局勤務とほぼ時を同じくして始まっている。稿料は一回三円であったという。

杉野要吉によれば、平野が昭和十六年の一年間に書いた文章は、全部が注文原稿ではないにしても二十七篇であるという。情報局に勤務し始めて半月後には、上司の井上のもとに平野に左翼的経歴があったらしいという情報が上がっている。このことを考えれば、平野も書くものに時局迎合的なことも入れざるを得ず、杉野の批判は戦時下では文章の内容だけで投獄される危険があったことを考慮に入れていないといわざるを得ない。

倫理的批判の先行

杉野は、平野が昭和の初期に左翼から転向し、戦時下には情報局に勤務して天皇制のもとにまで転向したと批判する。そしてそのことを、晩年に平野が芸術院恩賜賞をもらったことにも関連づけている。この論理は、次にみる江藤の中野重治と天皇制の関連づけに似ているものがある。

ここまでみてきたような戦時中の文章の変更を平野謙がどのような意図でおこなったかはもはや確かめるすべはないが、『知識人の文学』に収められた「回顧と展望」を素直に読めば、私には平野が、江藤が言うほどの意図を持って文章を改竄したとまでは考えられない。後の読者に理解しやすいように、「十二月八日」以後の文章を入れた可能性は残されている。ただ、平野が「できたら抹殺してしまいたいという戦時中の文章がひとつある」というのが「戦争と文学者」で、意図的に無かったことにしようとした可能性はある。

江藤淳の決めつけは、私には思想の問題というよりは倫理的批判が先行しているように思えるが、平野謙も誤解を与えるような書き換えをするべきではなかった。「戦争と文学者」や「文学報国会の結成」などは戦争中のやむを得ない事情のもとで書かれたものなのだから、そのまま『全集』に収録しておけば、後になって江藤のような批判を許す隙を与えることもなかったのである。

10　『昭和の文人』　中野重治のこと

江藤淳が『昭和の文人』（一九八九）で、次に「父」と「子」の問題を取り上げるのは、中野重治が自分の「転向」経験を書いた「村の家」（「経済往来」昭和十年五月号）をめぐってである。

中野重吉の「罪状」と「転向」

中野が「村の家」を書くに至った経緯を、松下裕『増訂 評伝中野重治』（平凡社　二〇一一）を参考にして簡単にみておく。中野は昭和五年五月二十四日、「非合法の日本共産党に活動資金を提供したこと」により、治安維持法違反容疑で逮捕、起訴された。この時は、通算七カ月勾留された後、保釈金四十円で釈放された。その後、昭和六年夏に日本共産党に入党している。

昭和七年四月二十四日、日本プロレタリア文化聯盟（コップ）に対する大弾圧で「多くの作家同盟員と前後して逮捕され、戸塚署に連行された」。中野は戸塚署でひどい拷問を受けた後、保釈を取り消され豊多摩刑務所に収監された。二十五カ月間（最後の一カ月は病舎）収監された後、昭和九年五月二十六日に東京控訴院で、共産主義運動から身を退くことを表明し、かつ日本共産党員であったことを認め、懲役二年執行猶予五年の判決を受け、即日出所した。

＊

中野は出所後、昭和十年から十一年にかけて、いわゆる「転向」五部作といわれる「第一章」、「鈴木　都山　八十島」、「村の家」、「一つの小さい記録」、「小説の書けぬ小説家」を発表していった。「鈴木　都山　八十島」には、八十島予審判事との、息詰まる対決の様子が具体的に書かれている。この五部作の白眉が「村の家」ということになる。

中野重治の「歌のわかれ」「むらぎも」「五勺の酒」などを収めた『筑摩現代文学大系 35』

中野は「村の家」で、勉次に自己を重ねて「転向」に至る心の経緯を追っている。予審判事との対決で問題になったのは、合法的な作家同盟員であったことは認めつつも、共産党員であったことをいかに否認するかにあった。しかし、先に逮捕された者が、中野が共産党員であったことを自白しており、かつ自身の結核も悪化しつつあった。刑務所では満足な治療も受けることができず、生命の危機を感じざるを得なかったことが「転向」のきっかけとなったのかもしれない。

「村の家」理解にみる江藤淳の「転向」観

孫蔵は「勉次なぞの夢みていることやその仕事」を、甘いとは思っていたが、さりとて「息子が刑務所にはいっていることに何のひけ目も感じ」ていなかったと、「村の家」の父・孫蔵の感情を追いながら、江藤は『昭和の文人』で次のように書いている。

それが、父の子に対する無条件の信頼であることはいうまでもない。いかにも勉次は、官憲にとってみれば、不逞きわまる謀反人かも知れない。しかも、孫蔵は、決して勉次の思想に同調するものでもない。だが、それにもかかわらず、勉次は孫蔵の息子以外のなにものでもなく、まさにそのことにおいてのみ孫蔵の十全な信頼に値する存在のはずであった。なぜなら、この父は、この息子を、そのように育てて来たと信じつづけ、そのことを秘かに誇りにして来たからである。

だからこそ、孫蔵は、勉次が「死んでくるもの」と、謀反人らしく「小塚原で骨になって帰るもの」と、かねてから覚悟していた。そして、その「骨」を、父親らしく抱きとってやらねばと思いつつ、「万事」を「処理」してきた。ところが、なんとしたことか、その勉次が「転向」するという。革命だの共産党だのというものは、「すべて遊び」で、「屁をひったも同然」の「遊戯」にすぎなかったという。これはとりも直さず、なによりもさきに、父がこれまで息子に示してきた無条件の信頼に対する、無残この上ない裏切りではないか。

（「〝村の家〟への裏切り」）

ここのところは、江藤が先に平野謙の場合に適用した「父」と「子」の論理と全く同じである。

「転向」を表明して刑務所を出所して「村の家」に戻った勉次は、孫蔵に問いつめられて、筆を捨てたら最後だと思いつつ、父に対して論理的には説明できず、その一方で、父の訴える言葉のなかに罠のようなものを感じる。しかし「彼はそれを感じることを恥じた。それは自分に恥を感じていない証拠のような気もした」という中野の記述に対して江藤は、「この屈折をきわめた表現の背後に隠されているのは、父親に対する再度の裏切りの決意にほかならない」と断定する。さらに「仮に共産党の「非合法組織」から離れようが、今後とも父の「完全なる好意と善意を裏切らなければならぬ立場」に身を置きつづけ、「最も惨酷なる形で」父と〝村の家〟を「裏切」り「かつ迷惑をかける結果とな」るのも辞さない、という決意である」と決めつける。

江藤は「勉次はこの老父をいかにむごたらしく、私利私欲のために、ほんとうに私利私欲――妻をも妹をも父母をも蹴落すような私利私欲のために、駆り立てたかを気づいていた」という文章を引用した後、「作者中野重治は、明らかに意識的に、虚偽を述べ、そのことによって巧みな韜晦をおこなっている」と非難する。

そして江藤は、中野がやったことは私利私欲のためではなく自分の考える正しさのために、老父を蹴落とすものであり、中野の思想は人間の「完全な好意と善意を裏切」ってまで守るに値する正しさがあるという、冷酷無残なものである、とまで書いている。

「五勺の酒」の後編を書かなかった中野重治の天皇観

江藤淳は続いて『昭和の文人』の「〝村の家〟への裏切り」の次の二つの章（「天皇と〝五勺《ごしやく》の酒〟Ⅰ」、「天皇と〝五勺の酒〟Ⅱ」）で、中野が昭和二十二年に発表した「五勺の酒」（「展望」一九四七年一月号）を検討する。そこではまず先の章で取り上げた「村の家」が次のように要約されている。

作者中野重治は、勉次の父への返答を藉《か》りて、自分は「最も惨酷なる形」で父と〝村の家〟を「裏切」り「かつ迷惑をかける結果とな」るのも辞さない、「日本の天皇」に忠誠を誓う立場には決して立たない、なぜなら自分は今後とも「正しい」側につきつづけるのだから、という「暗号通信」を、獄中獄外の「同志」に向けて発信しようとしたのである。

ここまでくると、私には江藤の激しい思い込みとしか評しようがない。江藤は「いったん、転向した人間にとって、転向はいつまで偽装転向であり得るのか」と、問いかけ、中野は、いつのまにか完全に転向し、日本と「日本の天皇」への忠誠を抑制できない人間に戻っていたのではないかと推測する。そして、この心情が「五勺の酒」の主人公にあらわれているとして、「五勺の酒」を論じるのである。

「五勺の酒」は地方の旧制中学の校長が、憲法特配の残りの酒に酔ってくだをまいているという設定になっている。「憲法特配」の酒とは昭和二十一年十一月三日の日本国憲法公布に合わせて全成人に各三合配給されたもののようである。

日本の敗戦により、天皇は御簾《みす》の内側から表に出ることになった。否応もなく国民の前に立たざるを得なくなった天皇の姿を、憲法公布の式典において国民は見ることになる。そのアメリカ製の光源に照らし出された天皇をみて、校長はこう考える。

……道義、民族道徳樹立の問題をのけておいて、どこに国の再生があるだろうか、道徳樹立について、共産党、共産主義者以外だれが真っ先に責任を負えるだろうか。そうして、天皇と天皇制との具体的処理以外、どこで民族道徳が生まれるだろうか。そうして、そのことを、相対的にいちばん共産党が忘れていはせぬだろうか。

この「五勺の酒」の校長の述懐を、江藤は中野重治の本音とみているが、私にはそれは無理があるように思われる。というのは、この「五勺の酒」は前編で、中野は共産党の立場からの後編を書く予定であったというが、結局、中野はその後編を書かなかった。あるいは書けないほど戦後の個人としての天皇に中野は同情していたのかも知れない。

「だいたい僕は天皇個人に同情を持っているのだ。原因はいろいろにある。しかし気の毒という感じが常に先立っている(19)」と「五勺の酒」で校長に語らせたのは、案外、中野の本心だったのかも知れない。

(19) 中野重治「五勺の酒」には、「僕は天皇個人に同情を持っているのだ」として、「どこに、おれは神ではないと宣言せねばならぬほど踩躙された個があっただろう。実地僕は、終戦後新聞に出る彼らの写真ほど同情できるものはほかにない」と書かれている個所がある。直接的には、新聞に出る天皇の写真が中野の同情をそそるものであったのだろうが、この作品の他のところでは、天皇制について具体的に書かれている。いわく、家庭、家族がない、政治的表現者としてしか存在できず、羞恥を失った者としてしか行動できない、と。つまり、天皇個人に、人権がないことが指摘されている。この人権がない天皇によって、基本的人権をうたった新憲法が公布されたのである。「問題は天皇制と天皇個人との問題だ」、「天皇その人の人間的救済の問題だ」、「天皇の天皇制からの解放」とも書かれている。さらに、「恥ずべき天皇制の退廃から天皇を革命的に解放すること、そのことなしにどこに半封建制からの国民の革命的解放があるのだろう。そしてそれを『アカハタ』が書かぬだろうか」と共産党への「期待」を含んだ批判が続く。
「五勺の酒」は、ある旧制中学の校長が主人公である。はじめ中野は共産党の立場から後編を書く予定だったといわれているが、各所に散見される校長の眼からみた共産党についての考えを読んでいると、この「五勺の酒」に共産党がつかみ得なかった敗戦直後の国民の不満を挿入することで、中野が考える共産党のあるべき姿をえがいていたともいえるだろう。

『甲乙丙丁』と東京の変貌

江藤淳は次に中野重治の長編『甲乙丙丁』（講談社　一九七〇）を検討する。『甲乙丙丁』になると、江藤の中野批判は沈静化する。それは『甲乙丙丁』をだしにして、占領軍による検閲を立証したかったからであろう。共産党員であった中野重治でさえ党内における上層部による検閲を実感していたことをえがいて、敗戦後の占領軍の検閲に無感覚にみえた戦後文学を撃とうとしたのである。中野が『甲乙丙丁』を書いた時期は共産党から離れた時期であった。

江藤はまず『甲乙丙丁』を「これは、共産党の内輪揉めに関する、とめどもない愚痴などではなかった。この小説こそは、オリンピック前後から東京に拡がりはじめたあの不思議に空疎な時空間を捉え得た、きわめて特異で独創的な作品であった」と評している。その東京という都市は、敗戦によって焼け野原になり、その後復興をなした。江藤は中野が書こうとした共産党の内部抗争よりも、東京という都市の変貌を記憶に焼きつけた作品として

中野重治が共産党を離れた後に書いた『甲乙丙丁』。この作品を江藤淳が過分に持ち上げた。

『甲乙丙丁』を評価したのである。

共産党は昭和三十年に六全協（第六回全国協議会）で、所感派、国際派の内部抗争に一応の終止符をうった。また左右社会党の統一が実現し、それをうけて保守合同によって自由民主党が誕生したのも同年である。いわゆる「五十五年体制」である。このとき成立した時空間を江藤は「〝戦後〟の制度化された言語空間」とよぶ。議会では社会党、共産党の護憲勢力が三分の一以上を握り、自由民主党は三分の二以上を獲得することができず、憲法改正が不可能な固定化した体制であった。そこでは、自衛隊という名の戦力ならざる戦力が着々と強化され、一方で社共は非武装中立を建前としつつも暗黙の内に自衛隊を認めるという体制であったというのが、江藤の認識である。

中野重治はこの「言語空間」の内側で九年間を過ごした。その後、共産党を除名され『甲乙丙丁』を書きはじめたのが奇しくも東京オリンピックが開催されたその年であった。

中野重治の検閲観

江藤はまず中野の『歌のわかれ』（新潮社　昭和十五年八月）の検閲（戦前）について『中野重治全集（旧版）』の「解題」（中西浩）によって調べている。それによると昭和十四年の雑誌「革新」連載時は「接吻」の一語のみが伏字とされ、単行本刊行時には「兵隊」「朝鮮人」

「軍隊」「少尉」「義務」等の十三箇所が伏字となり、「接吻」は認められた。江藤に言わせれば、中野は政治的には追いつめられた場所にいたが、文学的には少しも追いつめられていず、むしろ青春の豊かなみずみずしい時空間を『歌のわかれ』は謳歌しているということになる。

一方で『むらぎも』については、江藤は中野の東大新人会での活動と苦悩にはふれず、この作品の掲載時が占領軍の検閲の廃止された昭和二十九年であったことを指摘した上で「主人公は依然として外界を所有しており、その内面は自己の所有する外界に対する責任感に充たされている。そして、作者は、そのことを誇らしく確認しつつ、この自伝／都市型小説を書いている」と、中野の筆の運びに「解放の喜びに躍る作者の心の時間」があるとしている。

検閲（戦後）について江藤は、『中野重治全集（新版）』第三巻の「著者うしろ書」からも長文を引用している。江藤の引用をまとめてみると次のようになる。

・二等兵として長野で敗戦をむかえた中野は九月には東京に出てきて、文学活動の準備を始めた。占領軍との話し合いでは「新日本文学」や「民衆の旗」の出版の許可はすぐに取れた。しかし占領軍の検閲は「乱暴で陰険なやり方」だった。「それは日本の、特に戦時の検閲の上を行くものでもあった。それは伏字さえ許さなかった。『ここ何行削除』と入れることも許さなかった」。

・「五勺の酒」では「あれが議会に出た朝、それとも前の日だったか、あの下書きは日本人が書いたものだと連合軍総司令部が発表して新聞に出た。日本の憲法を日本人がつくるのにその下書きは日本人が書いたのだと外国人からわざわざことわって発表してもらわねばならぬほどなんと恥さらしの自国政府を日本国民が黙認してることだろう」という部分が削られて、削られた跡がわからぬように上下くっつけて発表された。また機関誌「前衛」のために書いた「『現段階における中国文学の方向』のこと」という毛沢東文芸講話の紹介文は全文削除だった。

中野はこのように自分が実際に経験した検閲の実例をあげたあと、「こういう検閲状態がそのまま直線で結びつくわけではないが、あの時期の日本文学に陰に陽に強くひびいていたことを事実として私は疑わぬ」と結んでいた。

共産党の内部検閲と戦後の「言語空間」

江藤はさらに『甲乙丙丁』から、共産党内部でおこなわれていた検閲の実例を指摘する。

田村(『甲乙丙丁』の二人の主人公のうちの一人)の「アカハタ」に載せる文章が勝手に削られたことがあった。「「アカハタ」編集局が、田村にことわりなしに勝手に削って残りをつないでいたところだった。わざと削っておいて、編集局につうつうの青年にそこで開き直る文章を書かせたと取って取れぬことはない」という場面を取り出し、江藤は次のように述べる。

それは、とりもなおさず、実は日本共産党そのものが、占領の終了後、占領軍の検閲方式をそっくりそのまま踏襲しているからではないだろうか。そして最晩年の中野重治は、占領軍検閲の「乱暴で陰険な」特質を指摘しながら、実は党の検閲の同様な性格をも同時に告発しようとしていたのではなかったろうか？

ここで江藤は、占領軍による検閲と共産党内部の政治闘争に関わる文書の扱いを同列に置くことによって、戦後の「言語空間」を意図的に、占領軍、日本の親米保守派、共産党の三位一体となった検閲体制として印象づけようとしているように思われる。私は共産党の内部文書の扱いに詳しいわけではないが、一般にピラミッド型の組織が統制する政治党派においては、外部に向けた機関紙に載せる文書に関しては上部の意向が強く働き、反主流派の文書を抑圧することは珍しいことではないだろう。

江藤淳はこのようにして、戦後の言語空間を検閲下にあったものとして、「検閲に規制された言語空間の中では、言葉が外界の正確な映像を形成し得なくなり、したがって小説の時空間を形成する力を著しく減殺し、ついには喪失するからにほかならない」と述べる。このくだりにも江藤は、占領軍の検閲に無自覚だった（と彼がみる）戦後文学への批判を含ませている。

中野重治が共産党除名後、昭和四十年から書き始めた長編小説『甲乙丙丁』は昭和四十四年に完結する。この小説が書きすすめられたのは、六〇年安保闘争の敗北後、一時の退潮期をはさんでベトナム戦争の激化で、学生運動が再び活発化した時期であった。江藤は中野重治の『歌のわかれ』、『むらぎも』、『甲乙丙丁』を高く評価しているようにみえるが、それはこれらの作品を書いた時期の中野重治が共産党から一定の距離を取っていたことと無関係ではないだろう。

『甲乙丙丁』の曲解

江藤淳『昭和の文人』は、『甲乙丙丁』を結論的には次のように評価している。

『甲乙丙丁』の作者中野重治は、そのような田村・津田の姿を克明に描くことによって、逆に自伝の成立を不可能ならしめている時空間の出現を、鮮やかにもあまりにも痛切に、書き留めて見せたのであった。（中略）

それ（オリンピック──筆者注）以後、今日にいたるまでに、東京の都市空間は間断なく崩壊と変貌を繰り返しているが、この新しい時空間──というよりは、時空間を容易に成立させない転変恒なき空間をまともに描いた小説は、私の知る限り只の一篇も出現していない。その意味で、『甲乙丙丁』は、誰にも知られぬまま、孤独な栄光を浴びて聳え立っているのである。

このように江藤淳は「村の家」を書いた中野重治を、「父」と村に対する「子」の徹底的な裏切りと論難しながらも、[20]『甲乙丙丁』には過分ともいえる評価をしてみせた。それは江藤のイメージする「閉ざされた言語空間」、いいかえれば日本の敗戦とその後の占領軍による検閲の実態を明らかにし、日本の敗戦を解放と捉えて花ひらいた戦後文学を批判するのに『甲乙丙丁』が格好の材料となったからである。

（20）江藤は、「村の家」を書いた中野が「父」と〝村の家〟を徹底的に裏切ったとしている。江藤は、この時代の「転向」を、「偽装転向」→真の「転向」→「天皇制への忠誠」と考えていたようだ。
筆者が関わった一九六七年からの学生運動でも、党派から離れ、運動から離れたとき、他者からみれば「転向」と考えられていたようである。しかし、筆者には「転向」したという自覚はさらさらない。党派が、そしてまた運動が間違った方向へ向かって行ったので、やむを得ず運動から離れたと考えている。今も、正しい運動とは何かを、何であったかを、過去の反省も込めて模索している。その一端がこの本であるのかも知れない。

11　占領軍の検閲と戦後日本

アメリカの検閲

江藤淳は雑誌「諸君！」に、後に『閉された言語空間　占領軍の検閲と戦後日本』（文藝春秋　一九八九）に収められることになる「アメリカは日本での検閲をいかに準備していたか」、「アメリカは日本での検閲をいかに実行したか」という論文を、昭和五十七年から昭和六十一年にかけて発表していった。

これらの論文によると、アメリカにおいては独立戦争（一七七五―八三年）、南北戦争（一八六一―六五年）の時からすでに言論に対する抑圧があり、組織的な検閲は一九一七年の第一次大戦への参戦時から始まっていた。

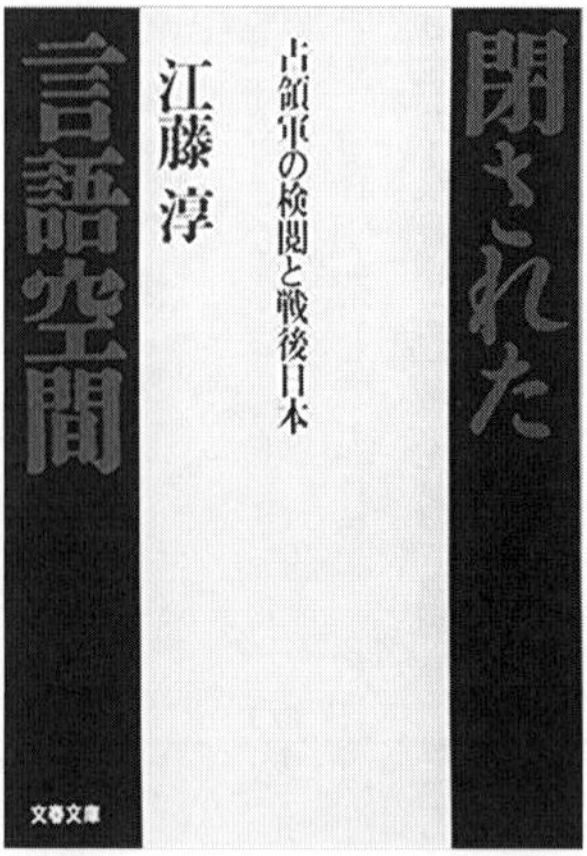

江藤淳『閉された言語空間　占領軍の検閲と戦後日本』（文春文庫）

そして第二次大戦では検閲局がおかれ、新聞・放送等では自主検閲が行われていた。ノルマンディー上陸作戦では情報封鎖が行われ、さらに原爆製造に関しては二年余り機密が保たれた。郵便検閲には一万人以上が動員された。戦時のアメリカ国内の検閲は連合国軍の勝利により一九四五年十一月十五日付けで廃止された。

ドイツ、日本での占領下における検閲は、これらのアメリカ国内での経験にのっとって準備されたものだった。

日本では昭和二十年九月十日に、占領軍によって民間検閲支隊（ＣＣＤ）が設置され検閲が開始された。九月十四日には日本の同盟通信の短波放送が停止され、占領軍の検閲下に入った。次に朝日新聞が四十八時間の発行停止命令を受けた。十月一日には「東洋経済新報」（九月二十九日号）が押収され、十月八日からは新聞の事前検閲が開始された。

十月五日、連合国軍最高司令官（ＳＣＡＰ）は治安維持法の撤廃を命じ、十二月十五日には「大東亜戦争」という呼称を禁止し、「太平洋戦争」という呼称を導入した。以後、ＧＨＱ（総司令部。ＳＣＡＰの補佐機関）は国民主権を謳う日本国憲法を成立させて言論の自由を保障しながらも、一般にはそれとわからない形で検閲を実施し、日本の戦争犯罪人を追及し、一方で連合国軍の民間人への無差別爆撃等を正当化する宣伝を巧妙におこなっていくことになる。

米占領軍による対日検閲一次資料を実地調査

江藤は昭和五十四年九月末から昭和五十五年七月初めにかけて、ウィルソン研究所に招かれてワシントンに滞在した。ウィルソン研究所での研究題目は「米占領軍による検閲とそれが戦後日本文学に及ぼした影響」である。江藤の関心が見事に言い表されている。ワシントンではメリーランド大学附属マッケルディン図書館とスートランド国立公文書館分室で検閲に関する一次資料と取り組んだ。

国立公文書館分室には段ボール箱約一万個に達する占領軍関係の文書が収められており、その中にはG－2（参謀第二部）関係の民間検閲支隊（CCD）の文書もあった。GS（民政局）が対日占領政策の解放面を扱い、労働組合結成を促進したり、マッカーサー憲法草案を作成したりしたのに対して、G－2はその抑圧面を扱っていた。江藤はここで、日本での占領軍の検閲が統合参謀本部の指示により、戦域軍司令官の責任のもとに実施されていたということを知る。

江藤はさらに、民間検閲支隊（CCD）の「検閲指針」も発見する。それは三十項目にも及ぶものだった。主なものと

ワシントンにあるスートランド国立公文書館分館。1万箱に達する占領軍関係文書を収蔵。

して、一、SCAP—連合国［軍］最高司令官（司令部）批判。二、極東軍事裁判批判。三、SCAPが憲法を起草したことに対する批判。四、（占領軍による）検閲制度への言及等々である。江藤はこの中でも特に、三と四を重視した。

マッケルディン図書館プランゲ文庫

江藤は一方で、マッケルディン図書館にも頻繁に足を運んだ。渡米前から江藤はアメリカ軍占領中に検閲を受けたおびただしい数の日本の書籍、新聞、雑誌等の資料がマッケルディン図書館に収められていることを知っていた。江藤は、慶應義塾図書館からマッケルディン図書館東亜図書部に移った奥泉栄三郎から手紙で、同図書館の資料が江藤の仕事に役に立つと思われるので、是非立ち寄るように、と促されていたのであった。奥泉の手紙によれば、それらの資料は昭和五十四年五月六日に、ゴードン・W・プランゲ文庫と命名されて、東亜図書部所蔵の正式のコレクションになったというものだった。

メリーランド大学附属マッケルディン図書館。ここには占領軍によって検閲を受けた書籍、雑誌、新聞が収蔵されていた。

プランゲ博士はGHQ参謀本部第二部（G－2）に戦史室長として六年間勤務していた。帰国する時、廃棄処分になりかけていた検閲資料を持ち帰り、自分の関係するメリーランド大学に送ったが、二十六年間死蔵されていた。プランゲ博士はそのかん同大学史学部教授の職にあったが、昭和五十五年に亡くなっている。なお、彼は映画『トラ、トラ、トラ』の原作者でもあった。

昭和五十二年になって、米国人文科学振興基金から予算が下り、フランク・シュルマンと奥泉によってプランゲが日本から持ち帰った膨大な検閲資料の整理が開始されることになったのである。

そういうわけで江藤は、検閲した側の資料はスートランドの国立公文書館分室で、検閲された側の資料はプランゲ文庫で検索することになった。プランゲ文庫には検閲を受けた書籍と小冊子四万五千点、雑誌一万三千点、新聞一万一千点という膨大な資料が収められていた。

江藤淳と吉田満「戦艦大和ノ最期」

江藤のワシントンでの研究の主目的はアメリカ占領軍の検閲問題であったが、それと同時に現行憲法の制定過程の探求もおこなっている。また、吉田満の「戦艦大和ノ最期」の校正刷を見つけることも重要な目的であった。現行憲法の問題については先にふれたが、ここでは吉田満の「戦艦大和ノ最期」について考えてみたい。なぜなら江藤の研究テーマである「米占領軍による検閲とそれが戦後日本文学に及ぼした影響」を体現していたのが、吉田満の「戦艦大和ノ最期」と、その改変の過程だったからである。

江藤は「戦艦大和ノ最期」について、「生者と死者」（「文學界」昭和五十四年十一月号）、「死者との絆」（「新潮」昭和五十五年二月号）、「『戦艦大和ノ最期』初出の問題」（「文學界」昭和五十六年九月号）という三つの論文を書いている。注目すべきは、それぞれの論文でこの作品に対する江藤の評価が変化していっていることである。以下、この点に留意しながら詳しく検討していく。

生者と死者

「生者と死者」によれば、吉田満は昭和五十四年九月十七日に肝不全のために五十六歳で急逝した。江藤は、九月二十日の吉田の葬儀に参列している。この後、「生者と死者」の原稿を書き、間もなく渡米したのであろう。この「生者と死者」は吉田に対する江藤の追悼文であり、二人の交流の思い出を綴ったものである。

二人の交流は昭和四十七年の暮に、吉田が江藤へ出した手紙から始まっている。

吉田の手紙は、日銀に勤務しているが最近になって多少自分の時間を持てるようになったので、江藤が編輯人の一人であった「季刊藝術」に執筆の機会を与えて欲しいというものだった。江藤は即座に承諾し、吉田は「臼淵大尉の場合」（昭和四十八年夏季号）、「祖国と敵国の間」（昭和四十九年春季号）の二作を発表した。吉田はこの昭和四十九年に北洋社から『戦艦大和ノ最期』を「決定稿保存版」として刊行している。

その後も、吉田は昭和五十二年に『提督伊藤整一の生涯』を文藝春秋から書き下ろしで出版した。この期間が二人の蜜月時代だったろう。江藤は吉田への追悼の意を込めてこう書いている。

吉田氏のなかには、決して生者には属さず、死者にのみ属していた部分があった。いや、死者にのみ属するこの部分がなければ、吉田満という人格は、到底成立し得ないといってもよいほどであった。

吉田氏に再び筆を執らせたのは、氏のなかのこの死者に属する部分であったにちがいない。（中略）

平和な日常生活に馴れた生者が、豊かになればなるほど、死者からのメッセージを感得する能力を失って行くのは、いかに悲しむべきこととはいえ冷厳な事実である。吉田氏のなかでさえ三十余年前の言葉は、おそらく完全な形では甦らなかった。氏のなかの死者に属する部分すら、多少は生者の侵蝕を免れ得なかったことを、吉田氏は常住《ママ》坐臥のうちに、痛いように自覚していたにちがいない。

江藤は、吉田自身は自覚していたであろうが吉田の中にも「多少は生者の侵蝕を免れ得なかった」ものがあったことに気づく。江藤は、吉田満の告別式が東洋英和女学院マーガレット・クレイグ記念講堂で行われることを知って初めて吉田がクリスチャンであったことに気づいたようである。違和感が告別式で賛美歌を聞いているうちに増幅されていく。

吉田氏は、「裁」かれることを求めていたのだ。敵によってでもなく、「ミヅカラ」によってでもなく、ただ一視同仁の、公正な神の「裁」きを切望していたのだ。

江藤はこうして吉田に対する違和感を抱えたまま、数日後に渡米することになる。

死者との絆──「大和」校正刷の発見と検閲官批判

幸運にも江藤はプランゲ文庫を訪れた最初の日、昭和五十四年十月八日に、吉田満の「戦艦大和ノ最期」の校正刷にめぐり逢っている。これは、雑誌「創元」第一輯（昭和二十一年十二月）に小林秀雄によって掲載されようとしたが、占領軍の検閲によって禁止処分となったものであった。

　プランゲ文庫では資料はアルファベット順に整理されていて、雑誌「創元」第一輯の校正刷は比較的簡単に探し出すことができた。その目次を見ると「戰艦大和の《ママ》最後《ママ》」は小林秀雄の「モォツァルト」と中原中也の「詩（四篇）」の間に配列されていた。「モォツァルト」には「母上の霊に捧ぐ」という献辞があり、中原中也の「詩（四篇）」の一つは「亡びてしまったのは／僕の心であったろうか／亡びてしまったのは／僕の夢であったろうか」（「昏睡」）というもので、小林、吉田、中原の公私を通じての鎮魂のページとして編集されていたのだった。

　また、江藤はスートランド国立公文書館分館では、十月末に、「ヤマト・ケース（大和事件）」という部厚いファイルを含む、さまざまな「戦艦大和ノ最期」の検閲に関する資料を発見している。

　江藤がプランゲ文庫で「戦艦大和ノ最期」の校正刷を発見したことと、吉田満を大きく評価した論文「死者との絆」は、「新潮」昭和五十五年二月号に発表された。これはワシントンで書かれ、「新潮」創刊九〇〇号記念号のために日本へ送られたものである（『落葉の掃き寄せ』「あとがき」）。

　校正刷の本文では表題は「戰艦大和の最期―天號作戰に於ける軍艦大和の戰闘經過」であっ

た。カタカナで表記されるべきところがひらかなになっていて、カタカナ文語体の本文と照応していなかった。また、本文には青鉛筆で抹消の棒線が引かれ[21]、各ページには「Suppress（掲載禁止）」という文字が筆太に記されていた。このあたりの記述からは、「創元」第一輯の校正刷を見た時の江藤の占領軍の検閲に対する怒りが伝わってくる。

この校正刷には検閲官の意見が記されていた。吉田の作品をある程度、評価しながらも「ここにこそ内側から見た日本軍国主義の精髄がある」と、決めつけるものであった。そして、検閲官は「作者の飾り気のない態度と詩のキビキビした文体、それにきわめて印象深い内容は、それ自体読者の心に失われた偉大な戦艦に対する深い哀惜の念のごときものをかき立てずにはおかない。これを読んだ日本人のうちの好戦的分子が、新たな大和によりよき武運をあたえるような次の戦争を切望しないと誰が保証するだろうか？」（原文英語・江藤訳）と、続けていた。

江藤はその「深い愛惜の念」こそ、作者がこの叙事詩的作品で意図したものであるとしたうえで、次のように書く。

『戦艦大和ノ最期』とは、何であるより先に死者へのレクイエムであり、鎮魂の賦である。それはいわば、忘却の淵から喚起された平家の亡霊が、武運つたなく敗れた合戦の場面を勇壮に再現してみせる能楽の舞台に似ている。つまり、それほど深く日本人の文化伝統の中に息づき、繰り返して確かめられている死者との交感と鎮魂の祭儀のためにこそ、『戦艦大和ノ最期』は書かれたのである。

江藤は続ける。吉田は水底に眠る三千の戦友たちの面影を作品の中に定着することによって、過去とのきずなを再認識する。そのことによってしか彼の再生の道はなかった、と。その一方で米軍検閲官を強く批判する。「彼（検閲官―筆者注）が意図していたことは、「軍国主義的」作品を選り出してこれを発禁にするというような、ケチで退屈な仕事ではなかった。生者を死者と結びつけるきずなを切断し、日本人のアイデンティティに致命傷をあたえること。彼の意図は、これをおいてほかにはあり得なかった」（傍点―江藤）と。

江藤は、吉田にとって「戦艦大和ノ最期」は「おそらく（吉田―筆者注）氏と死者たちをつなぐもっとも深いきずなであり、作品を公刊する以外にその存在を確認するすべはあり得なかったのである」（傍点―江藤）と書き、「戦友たちとの密かな対話を、吉田氏は死ぬまで繰り返しつづけ、おそらく現に繰り返しているにちがいない」と結んでいる。

（21）この部分、江藤の「死者との絆」の原文は「表題とも十六ページに及ぶ本文は、すべて青鉛筆でクロスアウトしてあり、」となっている。

「戦艦大和ノ最期」、出版への動き

アメリカで「戦艦大和ノ最期」の掲載禁止となった校正刷を発見した江藤だったが、「死者との絆」を書いた時点では、現行版『戦艦大和ノ最期』に加えて、この校正刷と、銀座出版社から刊行された平仮名口語体の『軍艦大和』（昭和二十四年八月十日）を新しい資料として読むことができたのであろう。「死者との絆」ではこの『軍艦大和』に同時に収録された「終わりなき貫徹」、「眞実の書」、「新生」という三つのエッセイの内容にもふれており、「奥付」記載の出版社の住所も記されているからである。だが、その内容の詳細な検討は帰国してからのことだったろう。アメリカでの江藤の作業は、「戦艦大和ノ最期」の内容についてよりも、その出版の過程、つまり、吉田満とその周辺が、如何にして「戦艦大和ノ最期」を世に出そうとしたかを追究することだった。

「創元」第一輯に「戦艦大和ノ最期」を載せようとする試みは、先にみたように占領軍の検閲によって全面的に禁止された。しかし、このまま引き下がってはあまりにも悪い前例となって、出版界全体がますます萎縮してしまう。せめて牽制の一矢くらいは報いなくてはと、小林秀雄が中心になって動いた。

小林はしかるべき筋を通して、最高責任者のK少将に抗議文を提出している。帰ってきた答えは、趣旨は了解したが、担当チーフの決定を覆せば彼は罷免されざるを得ないので、それはできないというものであった。

その後も、「戦艦大和ノ最期」を世に出そうとする策は講じられた。次に、試みられたのが文語体を口語体に変えて発表することだった。銀座出版社のカストリ雑誌「サロン」（昭和二十四年六月号）に掲載してみて、もしお咎めがなければ単行本として出版するという計画であった。

この計画が実行されたのは、検閲が昭和二十三年暮ごろから事前検閲から事後検閲に移行していたことが大きい。事後検閲なら、占領軍のお咎めで出版社が潰されてもかまわないという覚悟があれば出版できないことはない。

アメリカ占領軍は当初、日本人の占領軍に対する抵抗を過大評価していたのだろう。八月十五日に厚木航空隊などで反乱の動きはあったものの計画倒れに終った。また、日本人が長期の戦争に倦みアメリカ占領軍に武力抵抗する動きもなかった。このため、アメリカ占領軍の検閲体制も徐々に縮小していったのではないだろうか。

「サロン」掲載計画については、江藤が発掘した「大和事件の経緯」（昭和二十四年七月九日）という資料と、いくつかの「メモランダム」、吉田満の「占領下の「大和」」（『戦艦大和』角川文庫　昭和四十三年）が詳しい。それらによると、「サロン」掲載後一カ月あまりは平穏に過ぎたので、予定通り単行本の準備にかかった。単行本には、発禁になった文語体のものも収録することが考えられていたが、初版では見送られた。ところが、発売、二、三日前になってCCDから発売「しばらく待て」の指令が飛び込んできた。

　CCD出版課で銀座出版社の編集長は「軍艦大和」（「サロン」掲載）の各章を示され、当該書籍を印刷にまわす前に編集部の手で大幅な削除を行うように指示された。また、CCD当局は文語体の作品を印刷に付することを許可しない方針であることも申し渡された。そして、今後はCCD当局に密接な報告を怠らないように念押しされた。

「メモランダム」（七月十八日）によれば、吉田満へは厳重注意であり、編集長に対しては、CCD当局に対する密接な報告のもと、大幅な削除を行えば出版を認めるというようにも解釈できる。

　このような吉田満の出版へのこだわりを、先に指摘したように江藤淳は死者との絆を求めるものとして高く評価したのである。

『戦艦大和ノ最期』初出の問題

　江藤淳は吉田満を評価した「死者との絆」を書いた約一年半後に、「『戦艦大和ノ最期』初出の問題」（「文學界」昭和五十六年九月号）を書いている。「文學界」のこの号には、資料として、吉田夫人とプランゲ文庫の許可のもとに「『戦艦大和ノ最期』初出テクスト」が掲載されている。ここで、江藤は吉田満批判に転じた。

江藤が問題にしたのは、初出テクストと現行流布版（講談社文庫『鎮魂戦艦大和』下）の、最終の三行であった。

初出テクストでは、

サハレ徳之島西方二〇浬ノ洋上、「大和」轟沈シテ巨體四裂ス　水深四三〇米
乗員三千餘名ヲ數へ、還レルモノ僅カニ二百數十名
至烈ノ闘魂、至高ノ錬度、天下ニ恥ヂザル最期ナリ

現行流布版では、

徳之島ノ北西二百浬ノ洋上、「大和」轟沈シテ巨体四裂ス　水深四三十米
今ナオ埋没スル三千ノ骸
彼ラ終焉ノ胸中果シテ如何

となっている。(22)

初出テクストは、美しい作品である。「ワレ」という主語は省かれて、徹頭徹尾、作者の眼に映ったものしか書かれていない。作者の主観を通した叙事詩といってもいい作品である。現行流布版のもとになった創元社版では「ワレ」という主語が入り客観的に書かれている。創元社版は昭和二十七年八月の発行であるが、作者がそれまでに見聞きしたこと、取材したことが書き加えられて、分量も初出テクストのほぼ倍になっている。

先に書いたように江藤淳は、探し求めていた吉田満の「戦艦大和ノ最期」の校正刷（初出テクスト）をアメリカのプランゲ文庫で発見する。それは雑誌「創元」第一輯に掲載が予定されていたが、占領軍の検閲で掲載禁止となったものだった。この校正刷の発見と、最終行の「至烈ノ闘魂、至高ノ錬度、天下ニ恥ヂザル最期ナリ」が、江藤を感動させたのである。そこには、日本軍兵士がアメリカ軍を相手に、死をも恐れず堂々と戦っている姿が活写されていた。

＊

江藤の吉田評価は「新潮」昭和五十五年二月号に「死者との絆」を発表した時がピークだったといえるのではないだろうか。「大和」の死者と自己とを一体化させて、死者との絆を生きる吉田満の姿から、江藤淳は自分の中に明治を生きた祖父・江頭安太郎と同じ血が流れていることを再認識する。江頭安太郎は日露戦争の時、大本営参謀・海軍大佐だった。

1952年発行の創元社版、吉田満『戰艦大和の最期』。オビ見出し「占領下七年を経て全文發禁解除」の下に、雑誌「創元」に掲載、発売寸前に占領軍の禁圧を受けたことを記し、英語版リーダーズダイジェストに翻訳されて異常なセンセーションを巻き起こしたと謳っている。
「諸家絶讃」として、跋文を寄せた吉川英治、小林秀雄、河上徹太郎、林房雄、三島由紀夫の名が並ぶ。

1981年発行の文藝春秋版、江藤淳『落葉の掃き寄せ』。オビに「著者自身の手で発掘され30年ぶりに甦る占領軍発禁文書の数々。封殺されていた占領下の言論と表現を材に、悲哀の色濃い独自の調子で語られる戦後の文学風景！」と謳い、付録として吉田満「戦艦大和ノ最期」の初出テキスト（全文）を収録と記す。

ところが、自分と同じ道を歩いていると思っていた吉田満だったが、江藤が昭和五十五年夏にアメリカから帰国して、「戦艦大和ノ最期」の変遷の過程を追っていくうちに、吉田も戦後に変質していると考えるようになる。「『戦艦大和ノ最期』初出の問題」を書いた「文學界」昭和五十六年九月号の前号に、平野謙批判の「改竄された経験」（同年八月号）を書き、平野謙の記憶の改竄を問題にしたことがそのきっかけだったのかも知れない。吉田にも、記憶の改竄があったのではないか、と。それが「戦艦大和ノ最期」の変遷の過程に明らかに読み取れると江藤は考えたのだろう。もしそうならば、吉田も二度敗北したことになる。はじめは洋上の「大和」において、二度目は「戦艦大和ノ最期」を改稿したことによって。

そうだったとして、私には江藤の気持ちがわからないでもない。しかし、文学作品の評価に自分のイデオロギーを先行させてはならないだろう。それよりむしろ、この吉田満の初出テクストと現行版は、それぞれ独立した作品として評価できるのではないか。一方は「死者との絆」を生きる糧とした吉田の叙事詩として、他方は客観描写に重きをおいた小説的作品として。

（22）『戦艦大和ノ最期』の最終部分、大和が轟沈した場所は、初出テキストでは「徳之島西方二〇浬」、現行流布版では「徳之島ノ北西二百浬」となっているが、これは現行流布版執筆時に新たに判明したした事実をもとに、書き換えられたものと思われる。

『鎮魂戦艦大和』序文と天皇の影

江藤淳が戦後派文学批判から「無条件降伏」論争へと進んでいったのは、昭和五十二年から五十三年にかけてのことである。その後、五十四年に渡米しアメリカ占領軍による検閲を第一次資料に基いて調査したことは先に書いたとおりである。

アメリカ軍の日本占領時におけるCCDによる検閲体制を調査するために渡米した江藤は、そこで、吉田満の「戦艦大和ノ最期」の校正刷を発見し感動する。だが、その感動は長く続かず批判に転じた。その批判に転ずる契機をよく表していると思われるのが吉田の『鎮魂戦艦大和』（講談社　昭和四十九年十二月）によせた序文である。そこにはこう書かれている。

ここでは英雄は、その乗組員であると同時に、戦艦大和そのものである。それは、乗組員が忠誠を誓い、熾烈な愛情を捧げている国家という全体の象徴であり、彼らが操る艦でありながら彼らの存在を超えたなにものかである。

その大和が特攻作戦に出撃し、「轟沈シテ巨体四裂」し、水底深く沈んだことほど、国家と時代の「終焉」を痛切に象徴する事件はない。この〝英雄〟とそれにまつわる人々の最期を、吉田氏はまことに適切にも、当時の公文書の文体である片仮名まじりの文語体で叙している。そして、そのことによって、これが個人的・断片的体験の告白ではなく、国家と民族の全的没落の叙述であることを明示しているのである。

本書を成立させている三十年の歳月は、慟哭と鎮魂がいまなお過去のことになり得ていないことを暗示している。眠れ、大和よ、三千の骸よ！

昭和四十九年十月三十日
宮中秋の園遊会において
陛下に拝謁を賜わりたる日に

ここでは、江藤にとって「大和」は、吉田ら三千余名の乗員が操る艦でありながら彼らの存在を超えた「国家という全体の象徴」となるのである。吉田は「大和」に対する鎮魂の賦を書いた。だが江藤にとって「大和」は鎮魂の対象ではなく、あくまで国家として屹立していなければならなかったのである。江藤にとって「戦艦大和ノ最期」は「国家と民族の全的没落の叙述」であってはならなかった。「大和」イコール「国家」なのであるから、「戦艦大和ノ最期」は「国家と民族」が雄々しく復活するためのドラマであらねばならなかった。

＊

祖父との血の絆を通して、自身を明治国家の幻影と重ねていた江藤にとって、吉田の「戦艦大和ノ最期」の「創元」第一輯校正刷から現行版への改稿の過程は、吉田の変節と映った。そのような江藤にとって、明治国家から一貫して変わらないものが天皇だった。『鎮魂戦艦大和』の「序文」の日付の後を「陛下に拝謁を賜わりたる日に」で締めくくった江藤には、明治国家へ、それを体現する天皇制へと回帰していく道しか残されていなかったのである。

御製か、お歌か

『閉された言語空間　占領軍の検閲と戦後日本』の第十章によると、江藤は（昭和）天皇御在位六十年奉祝事業の一環としてドキュメンタリー映画の監修を依頼される。そこで江藤は天皇の御製をできるだけ多く用いたいという構成案を出すが、御製という言葉は使わず「お歌」ということになっているというのが映画会社側の返答であった。江藤は怒りの感情を抑えて「幼稚園児の唱歌じゃあるまいし、天皇の詠じられた詩歌を、どうして〝お歌〟などという甘ったるい言葉で呼べるか」と主張したという。

この江藤の主張は個人の考えである。ところがこれを拡大して、江藤は次のように書く。

現在、天皇と皇室に関して、宮内庁の指導の下に放送・映画各社が行っている用語の自主規制は、もし事実とすれば、明らかに現行憲法のこの「検閲禁止」条項に抵触するではないか。それどころか、このことはさらに進んで、現行憲法の施行後もなお、冥々裡にCCDの検閲が続行していた占領下のそれと同質の言語空間が、少くとも天皇と皇室に関する限り、依然として日本人の自由な自己表現を拘束しつづけていることを意味するではないか。

天皇と皇室に限るとはいえ、「占領下のそれと同質の言語空間」が続いているとするのは江藤による論理の拡張であると思われる。渡米して占領下の検閲の実態を江藤淳が一次資料をもとに調査、研究したことは大いに評価できる。しかし、宮内庁や放送・映画会社の皇室用語に尊崇の念がないからといって、皇室に関する表現について占領下の検閲と同質の言語空間が「日本人の自由な自己表現を拘束しつづけている」というのはあたらない。それは役人と商業マスコミの事なかれ主義に発した自主規制にすぎないからである。

埴谷雄高の「八月十五日」

戦争中、埴谷雄高は宮内勇に頼まれて、丸の内の昭和ビルにあった雑誌「新経済」の編集に携わっていた。この昭和ビルから数ブロックしか離れていない大手町の麻生鉱業東京事務所に荒正人がいて、戦争末期には埴谷のところに情勢を聞きにくるのを日課としていた。埴谷は独自に情報収集をしていたのである。それについては松本健一（聞き手）による『埴谷雄高は最後にこう語った』（毎日新聞社　一九九七）に、次のように詳しく書かれている。

敗戦直前は、その情報収集に追われる日々でした。『中外商業新報』（現在の『日本経済新聞』）に高野善一郎という、外務省詰めの優秀な記者がいて、それのところへ、「今日はどうなった?」と、毎日聞きに行くのです。当時の同盟通信は、全世界の通信網とアメリカの短波放送の傍受を通じ情報を取っていたのですが、それが高野のところに極秘文書として届くのです。それを聞きに行くのが主要な仕事でした。

敗戦主義者であった埴谷の周辺のインテリゲンチャは、日本がいつ降伏するかと鈴木貫太郎内閣の動きを追い、広島への原爆投下以後は毎日集まり、御前会議での降伏決定もいち早く察知した。

戦争が終わって十年後、埴谷雄高は「八月十五日は私達のすべてに決定的な日であったが、私の家族にとってはまことに決定的な安息日であった」と、「『近代文学』創刊まで」（「近代文学」一九五五年十一月号）に書いている。

特高の訪問には慣れつつあったが、東條内閣成立（昭和十六年十月）後は憲兵政治が始まり、特高とともに憲兵からの監視も受けるようになった。憲兵の訪問時は「胸のなかは針が突き立ったような鋭い緊張に包まれて」いたという。特高は一応、左翼についての知識があったが、憲兵は左翼についての教育を受けておらず、彼らの見込みだけで活動していた。憲兵は武装していて独自の権限をもち、まかり間違えば拘束されて大杉栄らのように殺される可能性もあったからである。

戦争中、特高と憲兵の監視下におかれて生命の危険にさらされていた埴谷らにとって、文学表現を拘束する占領軍の検閲はいかにそれをくぐり抜けるかという問題に過ぎなかった。

「夏の花」の掲載事情

占領下、「近代文学」は時事を扱う雑誌のグループに入れられ、事前検閲の対象だった。第二号に載せる予定であった原民喜の「原子爆弾」は、創作欄に対して懐《いだ》いていた不安を解消するほどのいい作品であった。ところがこの作品が検閲にひっかかってしまったのである。

その経緯を、埴谷雄高は次のように書いている（同前）。

その頃は占領軍が原子爆弾の惨害について極度に神経質な気のつかい方をしているという不利な状況にあり、そしてまた、その占領軍に使われている日本人の検閲係が占領軍の気持ちを忖度して出来るだけ事を構えないようにしているという二重に不利な状況があって、内閲にだされた『原子爆弾』は何処かの個所を削除したら好いという性質のものでなく、全体として検閲に通りがたいという口上をつけて返されてきた。

また荒正人の「終末の日」(「近代文学」一九四六年四月号)という論文には、ところどころ二行分の空きがある。作者がこういう形式で書いたのかとも思わせるが、検閲の結果(削除)なのであった。

原民喜の作品について、埴谷は内閲に出さずにいきなり刷ってしまえばよかったと後で考えたというが、平野謙からは英訳して、はじめ米国の雑誌に載せ、それを逆輸入という形式にしたらどうかというような奇抜な提案を受けたという。結局、原民喜の作品は「夏の花」と改題されて、事前検閲のない「三田文学」に載せられたということだ。

検閲に対する埴谷のこのような考え方があったことを知って江藤の場合と比較してみると、江藤が第一次資料にあたって検閲の実態を研究しているのはいいのだが、江藤にはその資料(文書)を絶対視しているようなところがある。しかし埴谷らはその時代を生きただけあって、どうやって検閲をのがれるかということを考えてやってきているのである。江藤が占領軍の検閲を絶対視し、戦後の文学空間を「閉された言語空間」と固定化しているのに対し、埴谷のようにその時代を生きた者にとっては、検閲の抜け道を探すとか、「近代文学」以外の雑誌に掲載するとか、いろんな方法が考えられたのである。

小熊英二が踏んだ轍

小熊英二に『１９６８』上・下（新曜社　二〇〇九）という大部な本がある。これは一九六八年を中心とする新左翼運動を、その頃出された文書だけで再現する試みであった。彼は一九六二年の生まれで、この時代のことを知らず、インタビューも記憶違いの可能性があるとして、文書だけをもとにして書き上げた。そのために現実を生きた世代からは、事実誤認の個所も含めて「彼は運動のことを全くわかっていない」という非難をあびたのである。

私には小熊は江藤の轍を踏んだように思われる。江藤が占領軍の検閲体制と戦後日本における検閲の実態をアメリカにまで行って詳しく調査したことは、おおいに評価しなければならないだろう。江藤の先例にならって、横光利一を研究している十重田裕一もプランゲ文庫を訪れている。しかし、江藤は占領体制の実態を文書によって研究することに熱心なあまり、戦後日本の現実に対する想像力を欠いているところがある。

そして、歴史学者のようになって『占領史録』全四巻（講談社　一九八一〜八二）を編纂した。また、『海は甦える』第一部〜第五部（文藝春秋　一九八〇〜八三）を書いて戦後の惨めな現実と、それを結果した国家の運営と戦争指導の失敗に対置して、自らの祖父たちが関わった強き良き明治国家を理想化し、天皇・皇室崇拝に行き着いてしまったのではないだろうか。

第3章　火野葦平
文学的闘いと「戦死」

1999年1月、火野葦平の死後40年たって『葦平曼陀羅―河伯洞余滴―』と題した本が、「玉井家私版」として三人の子息によって刊行された。内容は、火野葦平選集全8巻の自作解説、自筆年譜、「革命前後」あとがき、ヘルスメモ（遺書）、写真80余枚、そして巻末に三人がそれぞれ短かい文章を寄せておられる。

1 「文学者の戦争責任」とは何であったか

小田切秀雄「文学における戦争責任の追求」

敗戦の翌年、小田切秀雄は「新日本文学」一九四六年六月号に「文学における戦争責任の追求」を発表した。そこでは主要な戦争責任者として二十五名の文学者の名前があげられた。菊池寛、高村光太郎、西条八十、斉藤茂吉、火野葦平、小林秀雄、亀井勝一郎、保田與重郎、林房雄、中河與一、尾崎士郎、佐藤春夫、武者小路実篤、吉川英治らで、横光利一の名前もあった。彼らは戦争を讃美し、人々に深刻、強力な影響を及ぼしたとされた。

小田切は「文学における戦争責任とは、他の何かであるよりも先づ吾々自身の問題だ。吾々自身の自己批判ということからこの問題は始まる」と書き、一見正当な問題意識を持っていたかにみえる。ところが、次の段になると、「日本文学の堕落のその直接の責任者」、「侵略権力のメガフォンと化して人民を戦争に駆り立て」た者、「自分の文学上の敵を」「特高警察へ売り渡した者」、「世の柔軟な心をもつ若い人々を戦争へ駆りたてた文学者」、「若い文学的世代を戦争肯定へ押しやるに力の大であったというような文学者」への感情的な糾弾口調になっていく。戦争中に権力へ迎合した者に対する、恨みつらみが「文学者の戦争責任」の追及になっているのである。

一九四五年十月には、いわゆる獄中「非転向」の共産党員、徳田球一、志賀義雄らが出所した。江藤淳が指摘しているように、九月からアメリカ占領軍による言論に対する検閲があったとはいえ、特高や憲兵隊による言論弾圧はなくなったのである。少なくとも、書いた文章が原因で獄に入れられ、死の危険を伴うということはなくなったのだった。小田切らの「文学者の戦争責任」の追及は、特高、軍隊の解体というような占領軍の解放政策を受けて、戦争中に権力に迎合したものに対する、感情的な批判になっている。

この感情的な批判を、文学の問題として検討しようとしたのが平野謙である。

平野謙の問題提起

平野謙は文学者の戦争責任について、なかでも火野葦平について「ひとつの反措定」（「新生活」昭和二十一年四、五月合併号）で次のように書いた。

おそらく火野葦平の戦争犯罪的摘発は免れがたいところだろうが、『麦と兵隊』を書いた当時の一青年作家としていかにういういしい柔軟な心情をいだいていたかは、中山省三郎にあてた当時の書簡に明瞭である。小林多喜二の生涯がさまざまな偏向と誤謬とを孕んだマルクス主義文学運動の最も忠実な実践者たることから生じた時代の犠牲者を意味していたのとちょうどうらはらに、『麦と兵隊』に出発した火野葦平の文学活動もまた、侵略戦争遂行のすさまじい波に流された一個の時代的犠牲ではなかったか。誤解をおそれずにいえば、小林多喜二と火野葦平とを表裏一体と眺め得るような成熟した文学的肉眼こそ、混沌たる現在の文学界には必要なのだ。

平野謙の問題提起は、マルクス主義文学運動下における小林多喜二と、侵略戦争遂行下の火野葦平の二人は、ともに時代というものに翻弄された文学者であったとした画期的なものだった。

平野はこの「ひとつの反措定」につづいて、「基準の確立」(「新生活」昭和二十一年六月号)、「政治と文学(一)」(「新生活」昭和二十一年七月号)、「政治と文学(二)」(「新潮」昭和二十一年十月号)と、戦後、矢継ぎ早やに「政治と文学」論を発表していった。

小田切秀雄の「新日本文学」での「文学における戦争責任の追求」は昭和二十一年六月号だが、その前の昭和二十一年一月に「文学時標」が荒正人、佐々木基一、小田切秀雄らによって創刊され、文学者の戦争責任が告発されていた。これに杉浦明平もくわわっていたことは、第一章の横光利一のところでも書いたとおりである。平野は「ひとつの反措定」で、感情的な文学者の戦争責任論を、「政治と文学」の問題として理論的に検討している。

平野は、文学者の戦争責任という問題が、「かつてのマルクス主義文学運動をいわばそっくりそのまま蘇らそうとする機運」で論じられている風潮に疑問をなげかけている。おそらく平野には、小田切秀雄による「文学における戦争責任の追求」にも、そのような匂いが感じられたのだろう。そこから「小林多喜二と火野葦平とを表裏一体と眺め得るような成熟した文学的肉眼」という言葉が生まれたのである。

自己批判による「基準の確立」

平野謙は、戦争責任の問題を文学的に解くには昭和九年二月の作家同盟解散の時期にまでさかのぼらなければならぬ、戦前のプロレタリア文学運動の解体、その延長線上にある転向文学の検討ぬきの文学者の戦争責任の追求は意味がない。文学者の戦争責任論は感情的なものではなく、理論的なものとして提出されなければならないと考えていた。

平野はこの「基準の確立」で「私の関心は、感傷を裏がえしにした安易な左翼的ヒロイズムへの倚りかかりによる戦争責任のアリバイ提出に対する警戒にかかっていた」と書く。さらに

「作家同盟解散前後の歴史的な経緯を今日当事者たちによって闡明される必要がある」、「戦争責任の文学的追究の方法が、転向問題を起軸として、自己批判による基準の確立に求めねばならぬ」と続けている。

平野の認識によれば、昭和初期から敗戦までの文学史は、前半を小林多喜二、後半を火野葦平に象徴させることができる。昭和五年から七年にかけて、作家同盟の蔵原惟人により「共産主義文学の確立、文学のボルシェヴィキ化、主題の積極性、唯物弁証法的創作方法の提唱など、芸術理論的に一歩一歩深化され、組織論的には文化連盟の結成とサークル組織とでピラミッド型にむすぶ整然たる組織形態が確立された」(「政治と文学(二)」)。ここにプロレタリア文学運動内における政治の優位性が確立されたのだったが、軍部は満洲事変に突き進み、国内では政府に反対する勢力に対する弾圧体制が一層強化され、佐野、鍋山の転向声明もあって、プロレタリア文学運動自体解体を余儀なくされた。

戦後の「文学における戦争責任の追求」には、これらの問題の自己批判的検討が欠落している、というのが平野の主張であった。

「ハウスキーパー」の自死

「ひとつの反措定」で平野が取り上げたのが「ハウスキーパー」という制度(?)と、杉本良吉、岡田嘉子のソ連への越境事件であった。平野が制度に（？）をつけているのは、共産党が「ハウスキーパー」なるものを公式に認めていなかったためである。

「ハウスキーパー」というのは、共産党員や活動家が一人で住んでいると権力に怪しまれるので、男の活動家を支援するための女性を一緒に住まわせるというものである。食事、洗濯等の身のまわりの世話も勿論だが、ひとつ屋根の下に住んでいるので男女の関係になることも多かった。世に知られているのは熊沢光子である。彼女は大泉兼蔵の「ハウスキーパー」であった。大泉兼蔵は一九三四年十二月の「日本共産党スパイ査問事件」で、小畑達夫とともにスパイとして査問された。小畑達夫は査問中に急死し、大泉は逃亡をはかったが警察に検挙された。熊沢光子も捕まり、自分が「ハウスキーパー」を務めた大泉がスパイであったことに絶望し、獄中で自死した。この大泉兼蔵は、埴谷雄高が獄中にいた時に、喫茶店をやっていた埴谷の妻に、自分の「ハウスキーパー」にならないかと迫ったこともある。埴谷の妻は、夫がいるということでこれを拒否した。

杉本・岡田のソ連越境事件

昭和十三年一月、杉本良吉は岡田嘉子を伴って樺太からソ連へ越境した[23]。杉本はプロレタリアート解放のために闘ってきた、築地小劇場の劇団員だった。杉本は日本の強権的政治をのがれてソヴィエト潜入を決意したのだが、その手段として、杉本に惚れ抜いていたであろう岡田嘉子という可愛げな年増女優を利用したのだった。「杉本良吉は困苦にたえて単身ソヴィエト潜入を決行すべきではなかったか」（「政治と文学（二）」）というのが平野の主張である。

これには、平野が岡田嘉子を二度、目撃していることも関係している。一度目は、神田・冨山房の前、二度目は新宿・中村屋で食事をしているところであった。いずれも彼女はひとりで、映画で見るよりは綺麗で意外に小柄だったという。

この越境事件が報じられると、築地小劇場の表廊下に杉本良吉の除名処分の声明書が劇団の名で掲げられた。平野が問題にしたのは、この杉本良吉の行動が「目的のためには手段をえらばぬという」政治の特徴と同時に、マルクス主義芸術運動に抜きがたく内在する女性蔑視であった。

執行猶予中だった杉本良吉は、日中戦争が開始されたことで、召集を受ければ身の危険につながると考え、ソ連に理想郷をみて越境したが、その当時、ソ連はスターリンによる大粛清の真っ只中であり、杉本は二年後、日本のスパイとして銃殺された。岡田嘉子もスパイとされ、獄中生活をおくったが生き延び、一九七二年、日本に帰国したが、一九八六年にはソ連に戻り、一九九二年、モスクワの病院で八十九歳で死去した。

*

この杉本、岡田の越境事件に女性蔑視をみた平野は、続いて小林多喜二の「党生活者」の笠原のえがき方に、「ハウスキーパー」的な人間蔑視をみる。だが、これはひとり、小林多喜二の罪ではなく、マルクス主義芸術運動全体の責任であるとする。このように非合法下の共産党員の活動の中に女性蔑視、人間蔑視をみる平野に対して、反論したのが中野重治であった。

(23) 杉本・岡田のソ連越境事件について。
川西政明は、澤地久枝「杉山智恵子の心の越境」(『昭和史の女』文藝春秋　一九八〇)を参考にして、『新・日本文壇史　第八巻』(岩波書店　二〇一二)でこの樺太からのソ連越境事件を取り上げている。それによると、杉本良吉にソ連への越境を迫ったのは岡田嘉子のほうからだったらしい。杉本は、昭和七年十月に宮本顕治からモスクワへ密航するよう指令を受けていたが、タイミングが合わず実現しなかった。

杉本は昭和八年七月検挙され、激しい拷問を受けた。十年十一月、転向して出所し演劇活動を続けることになる。その後、女優の岡田嘉子と知り合い深い仲になった。しかし、岡田嘉子には竹内良一という夫がおり、杉本良吉にも正式には結婚していなかったものの杉山智恵子という妻がいた。

杉山智恵子は結核を患っていたものの、東京赤坂のダンスホール「フロリダ」でダンサーの待遇改善要求を掲げたストライキでリーダー役を務めたほどの強い女だった。嘉子は杉本の中にある智恵子の幻像に苦しめられていた。この状況を突破すべく、智恵子にはできない樺太越境を杉本に迫ったのである。もちろん嘉子はロシア語の堪能な杉本のソ連への亡命願望と、なし得なかったモスクワ密航指令を知ったうえでのことである。杉本は越境は時期尚早と考えていたが、状況はますます悪化すると考え、嘉子との越境を決断したという。

越境を先に口にしたのは岡田嘉子であるが、杉本も越境の意志を持っていたので、どちらかが相手を利用したとはいえない。このことが事実であるとすれば、平野謙の主張した杉本が越境するにあたって嘉子を利用し、その根底には女性蔑視があったという説は崩れることになるが、当時の限られた情報のなかで、平野がそのように考えたこともやむを得ないだろう。

中野重治の反論

中野重治は「批評の人間性　一」(「新日本文学」一九四六年七月号)で、死んだ者、外国にいる者を引き合いに出すことは、「批評家本人の弱さと彼自身の理論的不安との白状である」と書いて平野謙を批判した。それは平野への理論的批判というよりも、その人間性を問う感情的なものであった。つまり、死んだ小林多喜二について、平野は何を知っているのかと、言いたかったのだ。

「小林多喜二と火野葦平とを表裏一体と眺め得るような成熟した文学的肉眼」についても、平野の知ったかぶりにすぎないとして、次のように書いた。

天皇は戦争をしかけてそこへ二等兵を引き入れることで「犠牲」であった。二等兵は戦争を命ぜられて死へ引き入れられることで犠牲であった。小林は革命文学と民主主義とのためにその敵に虐殺されたことで犠牲であった。火野はこの敵のため更にその道をひらいたことで「犠牲」であった。平野が彼の「成熟した文学的肉眼」にやにさがることは勝手である。しかしやにさがりたさに二つの「犠牲」の質の差を消そうとすることは誤りであり下司である。

ここで中野が天皇と火野についてはカギカッコに入れ、二等兵と小林については犠牲にカギカッコを付けていないことに注目しておきたい。

小林多喜二を敬愛していた中野にとって、小林と火野葦平を同列に見ることは、もとよりできない相談であった。中野が感情的になって、平野に下司という言葉を投げつけたのは分かるような気がするが、それは文学的態度ではなかった。

平野謙の「政治の優位性」論批判

平野は「「政治の優位性」とは何か」（「近代文学」昭和二十一年十月号）を書いて、中野の反論に答えた。平野はあらためて、戦前の「小ブルジョア・インテリゲンツィアによるプロレタリア文学の樹立！」、すなわち、文学に対する政治の優位性論を批判し、その優位性論の辿りついた頂きが小林多喜二の「党生活者」であり、それ故に小林は虐殺されなければならなかったと主張した。

平野は、「「過去のいわゆるプロレタリア文学運動」が今日現在「民主主義文学運動の名」のもとに復活したのは、「運動の一歩後退」とはまさに反対に、「運動の正規の成功、発展」にほかならぬ」という中野重治の考え方に対して、「一党派の当面している政治的課題をそのままその芸術的活動に課題する「前衛の観点」など問題にならぬ。一口に言って、「政治の優位性」を原理的要請とすることは誤り」ではないか、「総じてプロレタリアートのヘゲモニイと「政治の優位性」という旗じるしは最大の錯誤にすぎなかった。小林多喜二の血はむなしく流された特攻隊員のそれにひとしかった」と書いて、戦前のプロレタリア文学運動と戦後の民主主義文学運動を、直接につなぐことに反対した。

本多秋五「無疵の立場は無名ゆえ」

本多秋五は「人間」昭和二十一年四月号の座談会「文学者の責務」で、自分たちは無疵の立場にあったが、「戦争責任はまたわれわれ自身の問題」であるとして、控えめに次のように述べている。

一応われわれは戦争責任という点で無疵の立場にあるということが云われるとしても、それはどういうところから来ているかといえば、簡単にいえば、われわれが無名であったということから来ている。（中略）文学界に於ける戦争責任の問題について、なんらかの発言をしようとするのに際して、われわれが局外に立っていた人間というふうに考えないで、われわれも亦、その毒風の物理的化学的影響の浸潤を受けていた人間であることを忘れず、戦争責任はまたわれわれ自身の問題でもあることを忘れたくないと思うのです。

本多は、自分らが文学者の戦争責任について無疵の立場にあるとされるのは、単に無名であったからにすぎないと認めている。戦前、戦中に無名であったからこそ、彼らの書いたものは批判の対象にならなかったわけである。だからといって、積極的に戦争に反対したわけでも、抵抗したわけでもないことを率直に認め、無疵の立場にあったにしても文学者の戦争責任について自分自身の問題として考えたい、と謙虚な態度を示した。

「転向」と文学者の戦争責任

次に、この座談会は「転向」の問題に移る。本多自身、プロレタリア文学運動にかかわり獄中体験があった。彼も平野同様、戦前のプロレタリア文学運動の遂行者が、戦中に戦争に協力した文学者を声高に批判し、自らの立場をかえりみることなく「民主主義文学」者として蘇ることに疑問を感じていたのである。

本多は、戦争反対のために命をかけて闘ったものはいなかったが、命がけの反戦論者はいたとした。彼らは獄中に捕らわれていき、多くの者が已むなく転向を余儀なくされたと考えていた。戦争反対を論じた者には戦争責任はないが、彼らの多くは転向した。この「転向」という現象と文学者の戦争責任は表裏一体であるのに、共に十分解明されていないというのが本多の主張であった。

小田切秀雄はこの本多の主張を受けて、戦前、戦中の転向は「非人間的な社会制度というものに対する戦い、その戦いからの転向であったのにたいして、今度は侵略戦争への協力、或いは鼓吹、それからの転向」であるから、この転向には十年以上かかると述べた。つまり、戦前、戦中の転向はいわば権力から強制されたものだったが、戦争協力は、無意識的自発的な部分があるので、それからの転向には、深い自己省察が求められるため時間がかかるだろうとしたのである。

吉本隆明の「二段階転向論」

それから十年後の昭和三十一年に吉本隆明、武井昭夫の『文学者の戦争責任』（淡路書房）が刊行されたのであるが、その中に収められた「民主主義文学批判―二段階転向論―」で吉本は、小田切的な温和な転向の反省に対置して、独自の転向についての考えを述べた。

わたしのかんがえでは、（まだ充分な資料が発掘されていないが）プロレタリア文学運動の挫折は、昭和十二年〜十五年を境にして、二つの段階にわかれる。前期は、いわば弾圧によって、運動史的な欠陥をつかれ、孤立し、後退し、転向していった過程であり、後期は、かつてプロレタリア文学最盛期に習いおぼえた腕っぷしと理論をつかって権力に迎合し、その文芸政策を合理化した積極転向の過程である。前期の転向は、小林多喜二の専制主義による虐殺に象徴されるように、弾圧がその主要原因であり、後期は、これを権力の弾圧にきすることができず、いわばプロレタリア文学運動自体がもっていた文学理論、実作、組織論、の欠陥が自己転回して再生産されていった過程である。

そのうえで吉本は、戦後の「民主主義文学」派はこのような転向の二つの段階に無自覚であったとした。そのためアメリカ占領軍によって「専制主義」が倒れると、いわば自分たちの上を覆っていた雲が晴れたかのように、戦前のプロレタリア文学運動理論の欠陥を自己批判することなく、「民主主義文学」を謳歌しようとしたのである。このようなときに共産党の徳田球一によって「占領下の平和革命論」が提起されて、「民主主義文学」派はアメリカ占領軍の民主化政策に迎合し、徳田の「占領下の平和革命論」を歓迎したのであるとした。

徳田球一の「占領下の平和革命論」

吉本によれば、徳田の「占領下の平和革命論」とは次のようなものであった。

吉本は、まず「前衛」(昭和二十一年四・五合併号)から徳田球一の「一般報告」を引用する。

従来から聯合軍はわれわれにとりまして、日本人民大衆にとりまして、民主主義革命の解放軍としての役割をすすめてきたのでありますが、四国管理委員会の成立はこの役割をして、一層向上せしめるであろうと信じられるのであります。(中略)すなわち、平和的民主主義的方法によってブルジョワ民主主義的革命を遂行することはわれわれの目的である。

この徳田の「連合軍＝解放軍」という規定は、占領下においても、平和的民主主義的方法によって、ブルジョア民主主義革命を遂行しうるという政治声明だった。「民主主義文学」派はこの声明の線にそって活動を行った。

このように吉本は、戦後の「民主革命」と「民主主義文学」を重ねて批判対象としている。

吉本の中野評価と平野批判

吉本隆明は窪川鶴次郎、壺井繁治を「二段階転向」の典型として批判したが、中野重治への批判にはいくらかの留保をおいた。吉本は中野重治を、政治的プログラムが弾圧された後も芸術的プログラム（すなわち、「文学」）によってあたうかぎりの後退戦を展開したと評価する一方、「芸術的評価の窓はアプリオリにマルクス主義的視点を持つ」という蔵原理論から逃れられなかった、と正しく指摘した。

吉本によれば、このために中野は「民主革命」（占領下の平和革命論）を擁護し、それを背景にした「民主主義文学」運動を正当化した。中野は蔵原理論（政治の優位性論）に屈服したために自己の文学の自立的な展開ができなかった。旧プロレタリア文学運動の自己検討を抜きにして、「文学者の戦争責任」の追及[24]を、文学反動との闘いとして位置づけてしまったのだった。

このようにして、「新日本文学」で「文学者の戦争責任」を追求[24]した側が、若き吉本によって、戦前、戦中の転向を「二段階転向」として批判され、旧プロレタリア文学運動の再検討を迫られるはめに陥ったのである。

さらに吉本は、返す刀で「文学における戦争責任の追求」を批判した平野謙の「小林多喜二と火野葦平とを表裏一体と眺め得るような成熟した文学的肉眼」にも、こう斬り付けた。

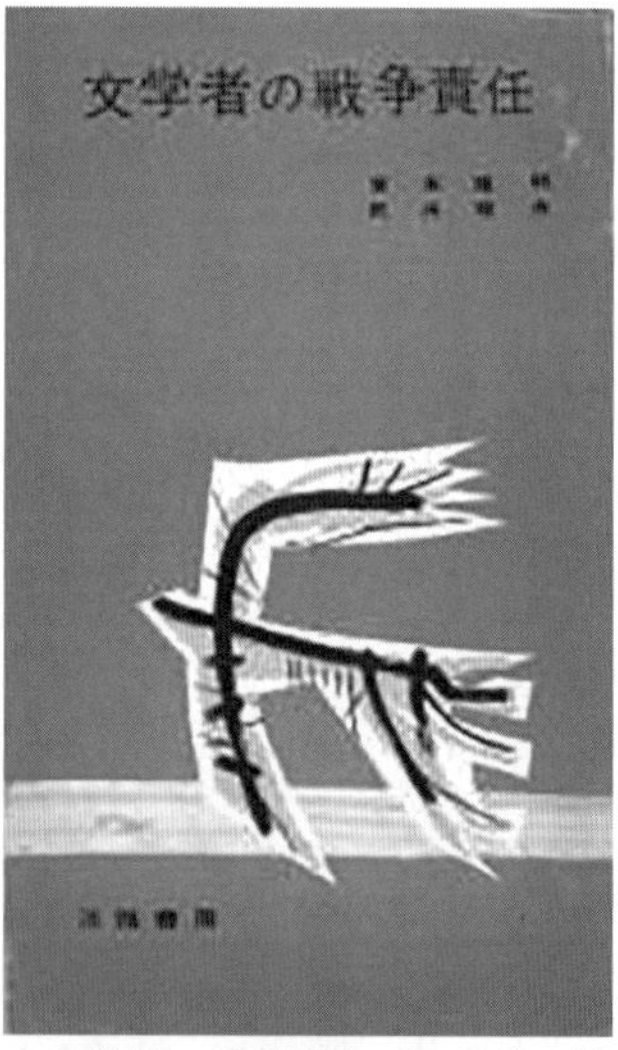

吉本隆明・武井昭夫『文学者の戦争責任』淡路書房、1956

平野は主体性論争のはじめから、「政治と文学」の問題を軸として、昭和文学史は、十一年ごろを境に二つに分けられ、前期はマルクス主義文学側からの「政治と文学」の問題提起がその中心にすえられ、後期は軍閥、官僚、それをとりまく「革新的」文学者側からの「政治と文学」が重心になることを主張し、小林多喜二と火野葦平を、ひとしく政治のギセイ者として表裏一体と眺め得る「成熟した文学的肉眼」が必要だと力説したが、同じ成熟した文学的肉眼を強調するなら、小林多喜二が生きていたら、火野葦平になったかもしれない可能性を指摘して、プロレタリア文学の転向過程の二段階説を唱えるべきであった。

さすがに吉本もこれは言いすぎであろう。旧プロレタリア文学運動の担い手であった人たちにとって、特高に虐殺された小林多喜二が転向することなど考えられなかったに違いないからである。本多らよりひと回り以上年下で「皇国少年」であったと標榜していた吉本が、自身を先験的に無疵だったと考えていたとしても、である。

吉本自身は当初、軍に志願する気であったが、戦争では弾にあたって死ぬとは限らない、塹壕の土が崩れて死ぬこともある、戦争はきれいごとではないと父親に説得され、志願せず上級の学校へ行くことにしたということだ。

米沢工業高校では黒シャツを着た「東方会」の連中が、軍へ志願せよと情宣に来たが、学問でお国の役に立つことができると反論している。東京工業大学に入学してからは、富山県魚津の日本カーバイトの工場で、ロケット戦闘機の燃料に使う過酸化水素をつくるための電気分解装置の建設という軍事研究に動員されていたという（「敗戦に泣いた日のこと」、「文藝春秋」二〇〇九年二月号）。

（24）「追求」と「追及」について。

小田切秀雄の「文学における戦争責任の追求」では、追求という語が使われている。中野重治は「批評の人間性　二」で、「戦争責任の追及」と追及という語を使っている。中野の使い方にみられるように追及には政治的意味が含まれているようである。これにたいして小田切の場合は、追求と一見文学的な課題としてとりあつかおうとしているかにみえるが、感情的な責任追及となっている。平野謙は先にふれた「基準の確立」で「追尋」、「追求」、「追究」、「追及」と四つの語を使っていて興味深い。このような用語の使い方をみれば「文学者の戦争責任」の追求が、論者によって統一した問題意識として共有されておらず、論争がかみあっていなかったことがわかる。

平野謙の「不十分に終わったテーマ」

平野謙は「政治と文学（一）」で書きたかったテーマとして、「戦争中、情報局文藝課、大政翼賛会文化部、日本文学報国会の三位一体が遂行した文藝政策のうちに、マルクス主義文学における「政治と文学」の問題をいわば裏返し的に、だが国家的規模において卑俗化した足跡をたどることで「政治と文学」という問題のプラス・マイナスを対照的に描きだしたいと希った」が、不十分に終わったと書いている。

だが、このテーマの設定には初めから無理があったのではないか。第二章の江藤淳のところでみたように、平野自身が三位一体のひとつである情報局に勤めていたのだから。

ところで、平野が設定したこのテーマを、まさに裏返し的に生きて戦争中の文学のスターになったのが火野葦平だった。文藝春秋（菊池寛）、小林秀雄、そして陸軍報道部に押し出されて。

2　小林秀雄の場合

先にあげた「文学者の戦争責任」リストに、菊池寛、高村光太郎、亀井勝一郎、林房雄らが名指しされているのは理解できる。菊池寛は文藝春秋の社主として「ペン部隊」を戦線に送っており、高村光太郎は戦争詩を書いた。亀井勝一郎、林房雄は転向して国粋主義的な文章を書いている。では同じリストに載った小林秀雄の場合はどうだったのだろうか。小林秀雄は満洲などを訪れてその報告を書いているが、戦争を煽ったというほどのことはない。

「僕は無智だから反省などしない」

「近代文学」昭和二十一年二月号に「コメディ・リテレール——小林秀雄を囲んで——」という座談会が収録されている。そこで本多秋五が「日本がこんなになっているのに、この戦争が正義かどうかというようなことをいうのはどうだとか、国民は黙って事態に処した、それが事変の特色である。そういうことを眺めているのが楽しい、あとは詰らぬ、という風におっしゃったのですが、事変を必然と認めておられたんですね」と聞いてきたことにに答えて、小林は次のように発言した。

僕は政治的には無智な一国民として事変に処した。黙って処した。それについて今は何の後悔もしていない。大事変が終った時には、必ず若しかくかくだったら事変は起らなかったろう、事変はこんな風にはならなかったろうという議論が起る。必然というものに対する人間の復讐だ。はかない復讐だ。この大戦争は一部の人達の無智と野心とから起ったか、それさえなければ、起らなかったか。どうも僕にはそんなお目出度い歴史観は持てないよ。僕は歴史の必然性というものをもっと恐ろしいものと考えている。僕は無智だから反省などしない。利巧な奴はたんと反省してみるがいいじゃないか。

なお、この座談会は「近代文学」の同人が、蔵原惟人、中野重治、宮本百合子らを戦後すぐに呼んでおこなったシリーズの一環で、小林秀雄は三回目だった。これらの座談会は単行本『近代文学の軌跡』（豊島書房　一九六八）に収録されているが、小林のここに引用した発言は全面カットされている。それほど小林にとっては不用意な発言だったのだろうか。ただし、小林死後に発行された『文芸読本　小林秀雄』（河出書房新社　一九八三）では復元されていて読むことができる。

小林の死後、江藤淳は「文化会議」昭和五十八年九月号に収録された「小林秀雄と私」という講演で、小林のこの発言を引用した後、「これは本当に考え抜かれた第一声であって、小林さんはこの立場を少しも崩さずに、その後の占領時代を過ごされたのであります」と語った。この「近代文学」の座談会の数カ月後、小林は「新日本文学」で戦争責任者に指名されたのであるが、そのことが小林にとってどんなに重荷になったかわからないと、江藤は続けている。

「正銘の悲劇を演じた」

小林秀雄自身、「政治と文学」（「文藝」昭和二十六年十月～十二月号）という題で収録された講演で、この発言について次のように述べている。

「私の言いたいことは極く僅かな事である。ひそかに常識だと信じているところを告白するに止まるのです。大戦直後、私は、或る座談会で、諸君は悧巧だから、たんと反省なさるがよい、私は馬鹿だから反省などしない、と放言し、嘲笑されたことがある」と。

先に引用した発言だけが独り歩きして大げさに伝わったということだろう。ただ、小林はここで、「ひそかに常識だと信じているところを告白する」と言っているわけで、「放言」などではなく、考え続けていたことを発言したことだったのは間違いない。

この講演では『きけわだつみのこえ』（日本戦没学生の手記―筆者注）について述べているところが興味深い。小林によると、「手記は、編輯者たちの文化観に従って取捨選択され、編輯者たちによってその理由が明らかにされていたからである。戦争の不幸と無意味を言い、死に切れぬ想いで死んだ学生の手記は採用されたが、戦争を肯定し喜んで死に就いた学生の手記は捨てられた」のだという。

小林は、戦争について文化人たちが、戦後、したり顔に述べた反省に対して、次のように不満をあらわにしている。

文化を論ずる事を好む人々が、ジャアナリズムの上で、申し合わせでもした様にやってきた事は、私達みんなが体験した大戦争を、ただ政治的事件として反省した事だ。（中略）日本人がもっと聡明だったら、もっと勇気があったら、もっと文化的であったら、あんな事は起らなかったのだと言っている。私達は、若しああであったら、こうであったであろうという様な政治的失敗を経験したのではない。正銘の悲劇を演じたのである。

過去の玩弄

小林は吉田満の『戦艦大和の最期』（創元社　昭和二十七年）の「跋文」でも、次のように書いていて興味深い（原文は旧字体）。

僕は、終戦間もなく、或る座談会で、僕は馬鹿だから反省なんぞしない、利巧な奴は勝手にたんと反省すればいゝだろう、と放言した。今でも同じ放言をする用意はある。事態は一向変らぬからである。

反省とか清算とかいう名の下に、自分の過去を他人事のように語る風潮はいよいよ盛んだからである。そんなおしゃべりは、本当の反省とは関係がない。過去の玩弄である。これは敗戦そのものより悪い。個人の生命が持続しているように、文化という有機体の発展にも不連続というものはない。

自分の過去を正直に語る為には、昨日も今日も掛けがえなく自分という一つの命が生きているということに就いての深い内的感覚を要する。従って、正直な経験談の出来ぬ人には、文化の批評も不可能である。

小林が言いたいのは「正直な経験談の出来ぬ人には、文化の批評も不可能である」ということである。自分の過去の表面的な反省ですむ話ではない。「昨日も今日も掛けがえなく自分という一つの命が生きていることに就いての深い内的感覚」、つまり（日本の）文化の連続性を問題にしているのである。だから、終戦後、手のひらを返したように小賢しい反省の言葉を述べる風潮を許せなかったのである。あの座談会での発言は、江藤も言うように「考え抜かれた」ものだったのである。

陸軍報道班員、今日出海の戦争

小林秀雄が戦争をどう考えていたのかについては、今日出海《こんひでみ》の証言（「拾った命」『自伝抄Ⅱ』所収、読売新聞社　一九七七）がある。今日出海は陸軍報道班員として、昭和十九年末にフィリピンへ派遣された。火野葦平と今日出海が先発する予定だったが、火野葦平は仕事の都合がつかず、代りに里村欣三が今日出海とフィリピンへ向かった。フィリピンに着いた直後、アメリカ軍がルソン島に上陸したため、今日出海は五カ月間、ルソン島の山中を逃げ回ることになる。里村欣三は今日出海の制止にもかかわらず前線を視察に行き、敵襲を受け、至近弾の爆風で腸がずたずたに切れて敢えなく死亡した。

アメリカ軍は昭和二十年一月にルソン島に上陸し、二月にはマニラに突入した。日本陸軍（山下奉文《ともゆき》大将）は山中に後退し、持久戦の方針を取った。だが大本営と海軍陸戦隊はマニラを死守しようとした。マニラは大市街戦となり、市民約十万人が犠牲になったといわれている。このためにフィリピン人の対日感情は悪く、戦後、遠藤周作がフランス留学時（一九五〇年）に船がマニラに立ち寄った際は、日本人の上陸は生命の危険があるとして許されなかった。

今日出海はマニラを脱出した翌日、乗っていた自動車がアメリカ軍の機銃掃射に遭って炎上、持ってきた荷物はすべて焼けてしまった。偶然、フランス語のアラン『政治論』、斎藤茂吉『万葉秀歌』だけが残ったという。あとは敵のP38戦闘機の銃撃から逃げ惑う毎日だった。低空で操縦席から身を乗り出して日本兵を捜しているアメリカ兵の髯の剃り跡が蒼く見えたという。玉蜀黍《とうもろこし》やタピオカを食べることができたが、栄養失調状態であった。

その時、台湾からフィリピンの戦況を探るために日本の偵察機「新司偵」がやってきた。この飛行機は後部に銃弾を受けていたが、応急修理のうえ台湾へ戻ることになった。この飛行機に兵団長の好意で今日出海は搭乗をゆるされ、フィリピンから台湾南部へ脱出した。翌日、汽車で台北に向かった。

台北にしばらく滞在し、軍の報道部長が今日出海に同情して日本行きの飛行機に乗る許可を出してくれたので、沖縄がすでに戦場になっているのにもかかわらず飛行し、命からがら福岡の雁《がん》ノ巣《す》飛行場にたどり着いた。この半年に亘るルソン島放浪と戦後の栄養不足で、今日出海の歯はほとんど抜けてしまったという。

「日本は絶対に負けぬ」

今日出海はこの徴用の時に、困ったことがあれば親友の小林秀雄に相談するよう妻に言いのこしていた。命からがら日本に戻ることができたが、東京は空襲で灰燼に帰していたので妻の実家のある逗子に向かい、そこで家族と再会した。今日出海の妻は小林秀雄が「日本は絶対に負けぬ」と言ったので、疎開の準備もせずにいて空襲に遭い、家財道具も蔵書もすべて焼けてしまったのだった。

戦後、しばらくしてから今日出海が小林秀雄に「俺もお前が日本は負けぬ、疎開なんかせんで、よろしいと言ったのを、もっともだと思ったが、何のことはない焼夷弾で蔵書というものをみんな焼いてしまった。しかし今じゃお陰で晴ばれしているよ」と話すと、小林秀雄は「戦争している時に負けはせぬかとくよくよしたり、この戦争はきっと負けると小利巧に考える奴は何をやっても必ず負ける奴の意気地のねえ言い草だ。本なんて焼けた方がいいんだよ」と、答えたという。

「僕は政治的には無智な一国民として事変に処した。黙って処した。それについて今は何の後悔もしていない」という言葉通りの言い草である。じたばたせずに、時代が一国の国民に課した運命を生きたということだろうか。

小林秀雄の戦争中の行動

小林秀雄の戦争中の行動を年譜（『小林秀雄全集』別巻2　新潮社　一九七九）から拾い上げてみる。

昭和十三年三月、火野葦平に芥川賞を授与するために杭州に行き、その後、南京、蘇州へ赴く。十月から十二月にかけて、岡田春吉と朝鮮、満洲、華北を旅行。昭和十四年八月、「文芸銃後運動」朝鮮・満洲班に参加し、釜山、大邱、京城、平壌、新京、奉天、大連、ハルビンを旅行。昭和十六年十月、朝鮮で講演旅行。昭和十七年十一月、第一回大東亜文学者会議発会式に参加、評議員となる。岡山、四国で文芸報国講演会を行う。日本文学報国会評論随筆部会常任幹事に選ばれる。昭和十八年八月、第二回大東亜文学者決戦大会の講演会で講演、などとなっている。

文学講演、文学報国会などで全国に出かけ、朝鮮、満洲へも行き、文学報国会の幹事にも選ばれている。本多秋五が指摘したように、無名でなかった小林秀雄は積極的ではなかったろうが様々な戦争協力を行った。だがこれは時代が小林にしからしめたことであり、「一国民として事変に処した」小林は「何の後悔もしていな」かったのである。

3　「糞尿譚」で芥川賞受賞

「文学者の戦争責任」のリストに載ったなかで、兵士であったのは火野葦平だけである。火野葦平は、私の若い頃は論じられる機会も少なく、わずかに萬屋錦之介や高倉健主演で、何度も映画になった『花と龍』の原作者として知られていたくらいであった。

ところが、NHKが二〇一三年八月十四日にNHKスペシャル『従軍作家たちの戦争』、十二月七日にETV特集『戦場で書く〜作家火野葦平の戦争〜』で取り上げた頃から徐々に火野葦平という存在に注目が集まるようになった。社会批評社は「火野葦平戦争文学選」全七巻及び別巻を二〇一三年から二〇一六年にかけて刊行した。集英社からは『インパール作戦従軍記――葦平「従軍手帖」全文翻刻』が二〇一七年に出版されている。

いま、火野葦平は戦争中、中国戦線で兵士として戦い、その後、報道班員として多くの戦争文学を書いた国民的作家であったという事実に、再び光が当てられつつある。

「火野葦平」こと玉井勝則伍長

平野謙は『昭和文学史』の中で火野葦平を、敗戦後の動乱が押し出した大岡昇平、武田泰淳、堀田善衞らと比較している。敗戦後の動乱がなければ大岡昇平は一介のフランス文学の翻訳家、武田泰淳は中国文学の研究者、堀田善衞は詩人・ジャーナリストとして終わったかも知れないと書いている。「糞尿譚」によって第六回芥川賞を受賞した火野葦平についても「日華事変への出征ということがなかったら、火野も沖仲仕の親方となって、ひそかにその文学趣味を満足させるだけだったかもしれない」と書いている。

「昭和十三年四月下旬に火野葦平こと玉井勝則伍長は「文藝春秋」特派員小林秀雄の手によって、西湖湖畔杭州において芥川賞賞品を受領し、その所属する部隊では祝賀会が催された」。「時の勢いに乗じれば、才能もふくれあがり、そうでなければあたら能才も凋《しぼ》んでしまう」と、平野謙は時の勢いを指摘している。

日中戦争は最初、北支事変と呼ばれ、戦線が拡大するにつれて支那事変といわれるようになった。日支事変といわれることもある。戦後、「支那」という言葉には日本人の差別意識があるとかで、一時、日華事変ともよばれたようである。華は中華民国の華である。

そもそも芥川賞は商業ベースのものである。売れる作品、話題性をもった作品が優先されるのは、昔も今も同じであろう。

「日本一くさい小説」

「糞尿譚」を書きあげた経緯については、火野葦平自身が東京創元社発行の『火野葦平選集』第一巻（一九五八）の解説に詳しく書いてる。この八巻からなる選集は全巻、火野自身が「解説」を書いていて興味深いものがある。

火野葦平の父（玉井金五郎）は世話好きだったので、玉井組にはいろんな人物が出入りしていた。その中に糞尿汲取を業とする「公清舎」という看板をあげた藤田俊郎がいた。この男は、山林田畑を失ってまでウンコ業に精を出す酒好きの好人物だったようである。火野はその藤田のために、父の依頼で市当局や有力者に配る嘆願書を書いてやったことがあったという。その嘆願書を書いているうちに、この人物を主人公にして小説を書いてみようという気持ちが高まっていったのだった。

火野自身が「日本一くさい小説」と言った「糞尿譚」は、かつては豪農の家系であったが今は没落しつつある小森彦太郎という男が、山林を抵当に借金して始めた糞尿汲取事業を面白おかしくえがいた小説である。彦太郎は市による経費削減、同業者による値下げ競争、塵芥処理業者との軋轢、新しい糞尿処理場がなかなか完成しないという困難にぶつかりながらも、糞尿汲取業に邁進していく。

考えてみれば、糞尿汲取処理業とは工業が発達して都市化が進行していく過程で発生したものである。かつて糞尿は都市近郊の農村で肥料としてリサイクルされていた。それが都市の膨張と人口増によって農村では処理しきれなくなり、臭い無用なものと化したのだった。このような問題に着眼したところに、玉井組の後継者に生まれながらも下層庶民に対する愛着をしめしている火野葦平の原点を見ることができる。

蘆溝橋事件の勃発と召集

「糞尿譚」を書き出してすぐ、昭和十二年七月七日、支那事変（蘆溝橋事件）が勃発した。軍籍にあった火野に召集令状が来ることは確実だった。「糞尿譚」は六、七十枚のつもりで書き始めたがなかなか終わらなかった。

九月、従弟にあたる者が上海で戦死した。火野は、病臥中の父の代理として松山に行かねばならなくなった。従弟は海軍（上海を守備していた海軍特別陸戦隊に所属していたと思われる）だったので火野が佐世保軍港でその遺骨を受取り、門司からの定期船で松山に向かう船の中でも原稿を書き進めた。九月七日、松山高商にいた末弟の下宿先で、「アカガミキタ、一〇ヒニユウエイ、スグカエレ、チチ」という電報を受け取った。若松へ帰る夜の船中でも書き継ぐ。

八日、若松の家の前には百本を越える「祝出征　玉井勝則君」の幟が立ち並び、玄関には四斗樽が何挺も並んでいた。「父は若松の顔役だったので、長男で、玉井組の後継者たる私を送る派手さは言語に絶していた。帰るとすぐに、酒盛である」。「客は座敷に氾濫し、次々と押しかけて来る」。「閑を盗んでは二階の書斎にかけあがり、三行、五行と書いた」が、すぐに誰かが呼びにくる。「ペンを走らせていると、母があがって来て、「遺言なら、わたしにも書いといておくれよ」といって、声をあげて泣きだした」という。

方々からの歓送宴の申し出は断わったが、翌九日夕刻の文学仲間の壮行会には出席した。この壮行会の最中に別室で「彦太郎が憤怒の形相すさまじく、糞尿をばらまいて、黄金仏となる」最終場面を書き終えたということだ。凄まじい集中力である。原稿は同人誌「文學會議」第四冊（以下、号と表記）に掲載されることになった。

この「文學會議」二号には、玉井組の石炭の粉だらけの詰所で印半纏を着て書いたという「山芋」が掲載され、三号には「河豚」が掲載されていた。二号と三号に火野葦平の作品が載ったので、次号には池田岬の作品が発表されることになっていた。ところが、火野の出征が決まったことで、同人の了承のもと急遽、「糞尿譚」が掲載されることになった。この「文學會議」四号の「糞尿譚」が芥川賞の銓衡《せんこう》の対象となったのである。「文學會議」はこの四号で終刊となっているので、偶然とは恐ろしいものである。

ともあれ、こうした経過をたどっての芥川賞受賞であった。しかもこのことから、戦場文学者・火野葦平の誕生となっていくのである。

「興行価値百パーセント」

久米正雄の選評によると、それまで芥川賞は本来の趣旨であるところの新進作家にではなく、苦節十年という作家に贈られていた。そこで新進作家に贈るという賞本来の目的を勘案して、火野葦平の「糞尿譚」に決定した。地方の文芸雑誌に載ったというのも面白いということであった。

佐藤春夫によると、久米正雄はこの作品を推賞しながらも「お座敷へ出せる品物だろうか」と、少し躊躇したという。が、「地方の同人雑誌から文字通りの新人を抜擢することの有意義を考えると、美に対する既成観念は吹っ飛ばされ」るとして賛成した。

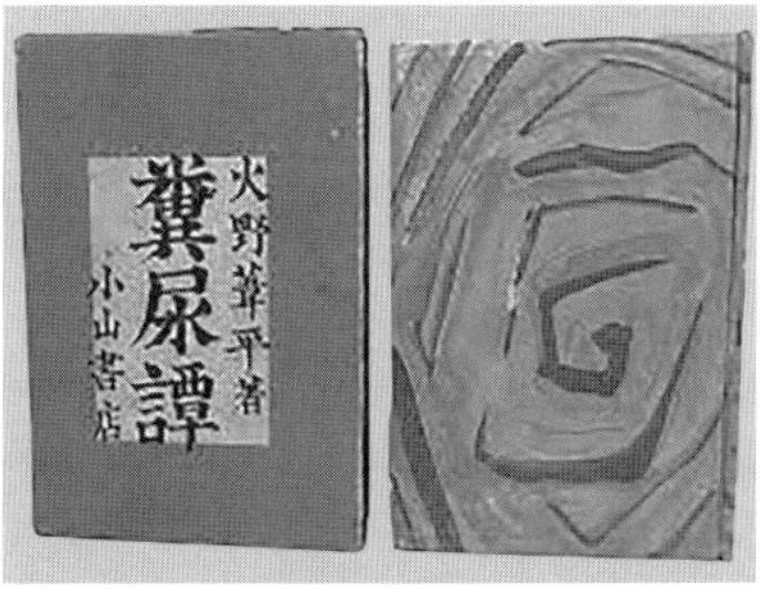

『糞尿譚』小山書店、1938。左が箱、右が表紙。装丁は火野が指名した画家、青柳喜兵衛。

菊池寛は芥川賞が「糞尿譚」に決定した後、「文藝春秋」の「話の屑籠」に次のように書いた。

芥川賞は、別項の通り、火野葦平君の『糞尿譚』に決定した。無名の新進作家に贈り得たことは、芥川賞創設の主旨にも適し、我々としても欣快であった。作品も、題は汚ならしいが、手法雄健でしかも割合に味が細かく、一脈の哀歓を蔵し、整然たる描写と云い、立派なものである。しかも、作者が出征中であるなどは、興行価値百パーセントで、近来やや精彩を欠いていた芥川賞の単調を救い得て充分であった。この作品を委員会に推薦してくれたやはり芥川賞の鶴田知也㉕君に改めて感謝する。自分は、真の戦争文学乃至は戦場文学は、実戦の士でなければ書けないと云う持論であるが、火野君の如き精力絶倫の新進作家が、中支の戦場を馳駆《ちく》していることは、会心の事で、我々は火野君から、的確に新しい戦場文学を期待してもいいのではないかと思う。

菊池寛は芥川賞の「興行価値」を重視し、戦場文学が先行きもてはやされることを予見していたのだろう。

(25) 鶴田知也（一九〇二―八八）は福岡県出身。アイヌ独立戦争の英雄をえがいた『コシャマイン記』で第三回芥川賞（昭和十一年）を受賞している。

4　生い立ちと左翼体験

火野葦平（本名、玉井勝則）の生い立ちを、葦平自身の手になる年譜や、三歳年下の弟・玉井正雄の『兄・火野葦平私記』（島津書房　一九八一）によって簡単にみていく。

父と母

火野葦平の父・金五郎は愛媛県の生まれ。生家は代々農家で、蜜柑山造りもやっていた。金五郎は家業の手伝いをし、養子に出されたこともあるという。小学校は卒業していない。二十四歳の時、郷里をとび出し門司港で石炭仲仕になった。母・マンは広島県の農家の生まれで、父が女に学問はいらぬといって小学校教育も受けさせなかった。農業の手伝いをし、煙草工場でも働いた。十九歳の時、家をとび出し門司港で石炭仲仕になった。長兄が早くから家を出、門司で仲仕をしていてマンを呼び寄せたらしい。

門司で金五郎とマンは結ばれたが借金で首が回らなくなって夜逃げし、鹿児島本線を線路伝いに歩いて戸畑港まで流れてきた。二人は底辺の浮浪労働者として、身体を張って生活の道を求めていた。

金五郎は戸畑港では石炭荷役の小頭、永田組に平の仲仕として入ったが、次第に頭角を現した。小頭の永田浅吉が酒におぼれ仕事に身を入れないので、戸畑の請負業者であった田中春吉の頼みで、永田組の仲仕たちを引き受けて若松港に移り、そこで玉井組の看板をあげた。

この若松で長男・勝則は生まれた。しかし、父母は若松に戸籍を持たなかったので、勝則は永田浅吉の三男として届けられた。その後、養子として玉井家の戸籍に入り、さらに戸籍を訂正して勝則は正式に金五郎・マンの長男となった。母・マンは十人の子を生んでいる。

その後、永田とその女房は玉井家で面倒を見ることになった。永田は女郎屋をやるつもりで満洲に渡って失敗して帰って来たこともあるという。戸籍の問題といい、満洲に渡るといい、この頃の時代を表すエピソードである。

若松という町

日本最大の筑豊炭田を後背地にもつ若松は石炭の積出港として栄えた港町だった。そこでは石炭荷役の利権をめぐって大小の顔役がひしめきあっていて、血まみれの抗争をくり返していた。金五郎も闇討ちで重傷を負っている。また、金五郎はのちに連続六期若松市会議員を務めたが、市議会は民政党と政友会に分かれて争っていて、選挙のときはピストルと短刀をふところに入れていたという。

『花と龍』（昭和二十七〜二十八年「読売新聞」に連載）は、この若松で玉井組の看板をあげ、石炭荷役を業としていた父・玉井金五郎の波乱万丈の生涯をえがいた小説である。

　火野葦平の『思春期』（現代社　一九五四）によれば、家には刀剣が少なからずあり、中には五郎入道正宗と書いた白鞘の一尺二寸もあった。これらの刀は商売柄、喧嘩道具であったらしい。天井裏にあった刀を触っていたら、抜き身が出てきて指を切ったこともあったという。このように若松は血腥い風が吹いている町だった。

「初めての人がこの土地に上ったら、刺青を入れた荒くれたごんぞうたちが酒くさい息をはきながら、団栗眼をぎょろつかせているのを至るところで見ることであろう」

　石炭仲仕のことを地元ではごんぞうあるいはごんぞと、やや蔑んで呼んでいた。「沖のごんぞが人間ならば　蝶々トンボも　鳥のうち」という唄もあったという。

　金五郎も両肩から腕にかけて龍の刺青をいれ、左手の骨の関節には桃の実と葉を彫っていた。

　金五郎は闘鶏や賭博をやる一方で、盆栽、書画、骨董を集め、家族を歌舞伎に連れて行くという面もあった。義太夫をうなり、自分も出資した銭湯が開業するときには壁に貼る宝船の絵を描いたり、子供のために作った手製の大凧に武者絵を描いたりするような多趣味な人物でもあった。

文学に開眼

金五郎が小倉中学に入学した勝則と弟の正雄を連れて、郷里の松山に帰ったときのことである。松山には勝則の従兄の菅義則がいた。菅は文学青年で、勝則に夏目漱石の作品を読むことを勧め、『坊っちゃん』に登場するいくつかの場所を案内した。勝則は小倉中学に入学したときは画家志望だった。ところが松山から帰ると、菅によって文学に開眼したかのように文学書を読みあさった。後の火野葦平の自筆年譜には、このとき読んだ作家としてダヌンチオ、ツルゲーネフ、ドストエフスキー、芥川龍之介、佐藤春夫、武者小路実篤、北原白秋、日夏耿之介、萩原朔太郎の名前があげられている。

中学三年のときに早稲田大学の文科に入ることを決意、中学四年で早稲田第一高等学院に合格した。大正十二（一九二三）年の関東大震災のときは、夏休みで母の郷里、広島の山奥の祖父・谷口善助のところに滞在していた。この間に「月光礼讃」という五百枚くらいの小説を書いている。

学校は関東大震災の罹災を免れたが一カ月休校になったので若松に帰り、「ぬらくら者」（のちに「思春期」と改題）を五百枚書き、上京してから「山の英雄」（のちに「山」と改題）二百枚を書き、自筆年譜で「十七歳三部作」としている。相当な創作力である。のちに三十歳で予備役召集をうけて壮行会が開かれているなかで「糞尿譚」を書き続け完成させることができたのは、十代後半にこれだけの枚数の小説を書いていた実績があったからであろう。

早稲田大学に入学

大正十五（一九二六）年四月に早稲田大学英文学科に入学し、すぐに仲間たちと同人誌活動を始め、多くの小説を書いている。また詩の同人誌にも参加している。その一方で、左翼の友人の影響でマルキシズムに興味を持つようになっていく。

火野葦平が早稲田大学に入学した頃は、戦前の左翼運動の絶頂期であるとともに、権力の弾圧も激しくなっていた。早稲田では軍事教練をめぐってひと騒動があり、また昭和三（一九二八）年三月十五日には共産党に対する大弾圧があった。この事件をもとに小林多喜二が「一九二八年三月十五日」を書いている。自筆年譜には「家業が沖仲仕であったせいもあって、次第に労働運動に関心を抱きはじめていた。滔々とマルキシズムの波が高まっていた時代で、周囲の友人たちにも左翼がいたため、私の赤化の速度は早かった」と記されている。

幹部候補生として入営

昭和三年二月一日、火野葦平は福岡歩兵第二十四聯隊に幹部候補生として入営する。一年休学して、除隊後復学するという制度を利用したのである。幹部候補生は十カ月目に除隊する時には、見習士官への道が開けていた。この頃、軍隊は鍛錬の場とみられていて、「軍隊の飯を食って来なかった奴は筋金が入っとらん」という風潮が世間にはあったのだ。

『青春の岐路』（光文社　一九五八）には「昌介はこの不気味な軍隊生活を、全面的に否定するよりも、人間の可能性の煉獄として、一つの発見をしようと努力したのである」と書かれていて、火野も自己の鍛錬の場として入隊したようである。しかし、現実は違った。軍隊の中は不合理な矛盾が横行する非人間的な世界でもあった。鍛錬の場と考えていたものの、早く除隊を望むようになっていった。

四月ごろ、レーニンの「第三インターナショナルの歴史的地位」、「階級闘争論」の訳本を隠し持っていたことが、誰かの悪意ある作為で見つかってしまった。軍隊は思想問題に厳しかったが、中隊長のはからいで憲兵隊には引き渡されずにすんだ。しかし除隊時には軍曹から伍長へ降格されてしまった。

『青春の岐路』には、若松の石炭仲仕や坑夫と炭坑主の生活の比較から、左翼的な考えに傾斜していく過程が書かれている。「筑豊炭田の炭坑地帯でも、坑夫は人間として最下底の暮らししかしていないが、どこに行っても、炭坑主の屋敷は城のように宏壮で、美麗だ。妾を二人も三人も蓄え、旅先ではお大尽になって芸者遊びをしている。しかも、石炭仲仕や坑夫の労働によって、資本家の存在は支えられ、その犠牲によって富が築かれているのだった」。素朴なヒューマニズムによる資本主義体制に対する違和感である。軍隊では別の幹部候補生から、お前は石炭仲仕ではなく、小頭という中間搾取階級の倅だから、労働運動をする資格はないと言われてショックを受けている。

悩ましかった天皇制批判

また、天皇制も火野を悩ませた問題の一つであった。当時の共産党はコミンテルンの傘下にあって、無批判にその方針を受け入れていた。そのひとつが天皇制打倒である。

家では子供の頃から「足を東方にむけるなよ」、「朝起きたら、かならず、東の方を拝みなさい」、「男の子は、自分の子であって、自分の子ではない。天子さまからのおあずかりものだから、立派に育てて、お返ししなくてはならない」という言葉を聞かされてきた。母は戦争末期に末弟が戦死したときには「あの子は陛下にお返し申し上げた」とつぶやいたという。家父長的天皇制が庶民の間にも浸透していたのである。

ロシア革命ではニコライ皇帝が殺害された。しかし火野にとって、天皇を搾取の親玉としてこれを憎み、殺すなどという発想はどこからも出てこないのである。むしろ、天長節の旗の波を見るとそれを美しいと思い、天皇の誕生日を祝う気持ちになるのであった。

沖仲仕組合書記長に就任

十二月に除隊すると、父が大学に休学届ではなく退学届を出していたことがわかった。長男の葦平に玉井組を継がせるためであった。彼はこのことを逆手に取って、若松港で労働運動に取り組む決心をする。東京から持って帰った数千冊の文学書を売り払い、マルクス、エンゲルス、ブハーリンの本に替えた。そして、文学廃業宣言をして書くことを止め、プロレタリア文学を読み出した。

昭和五年に、若松の芸者だった徳彌《とくや》(日野良子)とかけ落ちのようにして結婚する。彼女は葦平の子を身籠っていた。生まれた子供は、労働運動に熱中していたときだったので闘志《たけし》と名づけた。

昭和六年には若松港沖仲仕労働組合を結成して書記長に就任する。父が若松港汽船積小頭組合長をしていたので、歩調を合わせて三菱炭積機建設反対、仲仕失業による転業資金獲得闘争を展開する。筑豊にも機械化の波が押し寄せ、石炭仲仕の仕事《ごんぞう》がなくなってきていたのである。

転業資金二十五万円を要求したが、三井、三菱、麻生の大手や、中小炭鉱の資本家で結成している石炭商同業組合は拒否した。半年間の交渉で決着がつかず、ゼネストによって洞海湾の荷役をストップさせたため、石炭商組合は転業資金六万円、争議費用六千円を出すことで解決した。

このゼネストは秘密裏に共産党傘下の全協（日本労働組合全国協議会）と連絡をとってのものであった。その後、この転業資金の分配をめぐって、小頭組合と仲仕組合が対立し、火野は板挟みになって苦労したらしい。この転業資金獲得闘争は後年、谷川雁が指導した大正炭鉱の退職金獲得闘争を思わせる。

昭和七年一月に第一次上海事変勃発（356頁の注29を参照）。苦力がストライキを起こしたため、二月に玉井組が上海へ派遣された。こちらはいわば、スト破りであった。

二月末、上海から帰ってくると、全国的な共産党検挙があり、火野も特高の手によって若松警察署に連行された。火野は北九州文化連盟、その他合法面の担当者であったが、沖仲仕組合と全協との関係を隠し通すことができて一週間ほどで釈放されている。しかし、この検挙にあって共産党とコミュニズムに疑問を抱き転向を決意、文学に還る気持ちになっていった。

こうして火野葦平は再び文学に還り同人誌活動を再開し、「糞尿譚」による芥川賞受賞へとつながっていく。

5　戦場の火野葦平

昭和十二年九月、三十歳の火野葦平は予備役召集を受けて小倉百十四聯隊に入営、第十八師団として門司港を出港し十一月五日、杭州湾北沙に奇襲上陸した。次いで南京総攻撃に左迂回隊として参加し、南京陥落に一歩遅れて十二月十七日に入城式だけを済ます。すぐに杭州攻略を命ぜられ、同二十六日に杭州に入城した。この杭州湾奇襲上陸から杭州攻略戦の過程は、のちに『土と兵隊』としてえがかれることになる。

陣中授与式

翌昭和十三年二月、杭州駐留中の火野に「糞尿譚」による芥川賞受賞の報が入る。この火野の芥川賞授賞には小林秀雄が「文藝春秋」特派員として杭州までおもむき、陣中で授与式を行った。

小林秀雄は二月二十七日に杭州において当時陸軍伍長として中国戦線にあった火野葦平に第

六回芥川賞を渡し、四月二十八日に帰国した。この間、小林は上海から八時間半かけて杭州に着き、授与式の後、南京に向かい、蘇州にも立ち寄っている。

火野の芥川賞授与式は、中隊全員が本部の中庭に整列し、師団司令部から参謀、報道班員らも出席し「いかにも陣中らしく真面目な素朴な式」（小林秀雄「杭州」）であったという。

式では小林が芥川賞の祝いを述べた後で、「これからも、日本文学のために、大いに身体に気をつけて、すぐれた作品を書いていただきたい」と、あいさつした。ところが、このことで一悶着が起きた。祝賀の宴になってから、一人の中隊下士官が、抜刀して小林を難詰したのである。「兵隊の身体は陛下と祖国にささげたもの、陛下と祖国のために武運長久を祈るならわかっているが、文学のためにとはなんじゃ」といきまいて、日本文学のために身体を大切にしろと言ったことがけしからんというのであった。まわりの者が止めに入って何とかその場は収まった。

「土鼠退治の勇士」

小林秀雄はその祝賀の宴で、「はばかりながら、小生の管見にしたがいますと、『糞尿譚』は、これまでの芥川賞中、随一の作品と思います」と言って、火野を喜ばせた。小隊長があの小説は臭くてと言いかけると、小林は「あれが臭いというなら、文学がわからないんだ」と擁護した。火野は、糞尿の話を書いて、臭くなく、美しく書いたと考えていたので、小林の言葉に感激していた。

こうして、小林と火野はすぐに打ち解け、支那人の船を雇い、一緒に湖水めぐりをしたという。火野のズボンの尻には色の変わった大きな継ぎがあてられ、靴も膏薬だらけだった。火野は「この靴は三百里歩いとるからの」と言って靴の底を小林に見せた。火野は小林に戦闘時の様子を次のように話している（小林秀雄「杭州」）。

今から思えば、死ななかったのが不思議な様な目に屡々《しばしば》会ったが、そういう場合でもまるで平気だった。冗談を言ったり女の話をしていたりしていた。だが、その全くの平静さが、今から思えばどうもおかしいのだ。例えば敵のトーチカを、危険に曝され乍ら観測する時でも、少しもあわてやしない、悠々と正確に見て取る。処が、占領後しらべてみると、非常に遠方にあるトーチカを直ぐ眼の前にあるとその時思っていた事が判明する。

上海郊外に残っている国民党軍の黒焦げになったトーチカ。ブログ「秘境・上海情報」（白い恋人）から。

火野は部隊長から「土鼠《もぐら》退治の勇士」と言われていた。土鼠とはトーチカのことである。上海で苦戦していた日本軍は杭州湾奇襲上陸で突破口を開いた。上海と杭州の中間くらいの嘉善付近ではトーチカの数はコンクリートのもの百三、堆土のもの四百という膨大な数だったが、それを四日間で強引に突破したという。戦闘のさなかでは、遠くの敵のトーチカも目の前にあるように感じて突撃するのだという。実際の戦闘では、それくらいの実感がなければ攻めるのは困難だろうが、自身をも非常な危険にさらすことになる。ともあれ玉井伍長は、その戦闘を戦いぬいて杭州へ入城したのだった。

従軍記者・小林秀雄の見聞

小林秀雄は帰国してから「杭州」、「杭州より南京へ」、「蘇州」、「支那より還りて」、「従軍記者の感想」、「火野葦平「麦と兵隊」」という文章を発表している。小林も支那事変以後、文筆家として時局に巻き込まれざるを得なかった。

「文學界」後記（19）には、「日支事変が拡大し、新聞雑誌は悉く編輯の大革命を強制されている」とことわった上で、「ある雑誌から時局に鑑み、支那文化に就いての意見を問われた。戦争が始ったのを期として僕の支那文化に関する貧弱なる知識が突然豊富になるなどという奇蹟は起り得ないから、断った」というエピソードを紹介している。「文學界」後記（20）には「事変の報道戦は、益々激しくなる。今にジャアナリズムも読者も疲れて来るだろう。ニューズを追いかけて狂奔している間は、刻々に疲れている癖に疲れを知らぬ。やがて、空しさを感ずる時が来るだろう。文学などが何んだなぞと言ったのを恥じる時が来るだろう」と書いている。「文學界」後記（21）では、妻が送ってくれた「文學界」を戦地の最前線で手にすることができ感慨無量という未知の兵隊から編輯部宛の手紙を紹介している。

戦場に来て、増して我が戦闘部隊なぞで、ひもどく「文學界」を読んだ後、捨てる気もせず、誰彼と貸して、表紙もなくなったものを、今でも背のうちに大切そうにしまっている。上海附近の戦闘、南京攻略戦、徐州攻撃戦、更に◯◯攻撃に前進中なり。未だもって命があるのが不思議でならぬほどです。

支那事変が激戦であったことがわかる手紙である。本土には中国大陸で快進撃しているように伝えられていたが、日本軍にも多数の死傷者がでていたのが実態である。戦争から超然としていたような感がある小林も、知らず知らず時局に巻き込まれていたことがわかる。「杭州より南京へ」では、南京市内の見聞を書いている。

南京の所謂難民区という特別の区画は既になく、今は開放された四十万の人々が、この大都会にちりぢりとなり、思い思いに生活を営んでいるわけだが、二階の僕の部屋の窓から見ると、直ぐ眼の下の広場にも、バラック建ての一団があり、恐らく非常な忍耐力で生活の一歩を踏み出している様が見られる。（中略）

南京も近頃は非常に明るくなったと言う。戦を見たものはそう思うに違いないし、又事実そうに違いない。併《しか》し杭州から来た僕の眼には、戦のあった街となかった街はこうも違うものかと映った。市街の破壊された跡には上海の廃墟を見た後では別段驚かなかったが、人々の眼差しの相違は心に滲みた。車夫に裏街の狭い道ばかり歩かせてみたり、腕章をとって車夫と一緒に汚い茶店で茶を飲んだりしてみたが、何処でも眼附は同じであった。

この南京は、日本軍の南京入城の三、四カ月後の情景である。検閲があるので控えめな書き方だが、南京市街の破壊された様子より、庶民の「眼附」を問題にしているのは小林秀雄らしい。おそらく日本人に対する恨みのまなざしであろう。火野葦平自身も、南京攻略戦の後、南京に入っているが城内の様子には触れていない。

陸軍報道部への転属

火野葦平は芥川賞受賞後、中支那派遣軍報道部へ転属となった。杭州湾上陸以来、生死をともにしてきた兵士と別れるのが嫌だったので、最初転属を拒否したが、上海から来た馬淵逸雄中佐の、分隊長として戦闘する兵隊は他にもたくさんいるが、文章を書いて芥川賞をとる兵隊は他にはいない、君は銃をもって働くよりもペンをもって奉公するほうが十倍も百倍も意義があるのだという説得に応じた。こうして彼は報道班員として徐州会戦(昭和十三年五月)に従軍することになる。

徐州会戦をえがいた火野葦平の「麦と兵隊――徐州会戦従軍記」は昭和十三年七月、「改造」八月号に発表され、九月に改造社から単行本として刊行され百万部を超えるベストセラーとなった。先に書かれた杭州湾上陸から南京戦をえがいた『土と兵隊』は同じ改造社から遅れて十一月に刊行された。

『麦と兵隊』によれば、火野が所属した部隊は徐州会戦の激戦の中で孤立し、火野は九死に一生を得る。

「支那軍は主力を徐州北東方面に置いて攻勢をかけており、優勢な一部をもって派遣軍の北上を阻止しようとしていた。支那軍は隴海《ろうかい》線と徐州、永城、亳《はく》県道に沿う地区を死守すると判断された」(川西政明『新・日本文壇史』第六巻　岩波書店　二〇一一)。

昭和十三年五月十五日、吉住部隊と行動を共にしていた火野の部隊は簫《しょう》県城付近、孫圩《そんう》で混戦になり、輜重兵連隊と通信隊が師団主力から分断されてしまった。火野はこの通信隊にいた。支那軍は輜重隊と通信隊に戦闘力がないことがわかると、猛攻撃をかけてきた。そのときの心境を「生死の境に完全に投げ出されてしまった。死ぬ覚悟をしている。今までに変に大胆であったように思えたことが根拠のないもののように動揺している」と火野は書いている。歴戦の勇士も進退窮まっていた。

迫撃砲弾は幾つも身辺に落下し炸裂する。その度に何人も犠牲者が出て、血の色を見せられる。ただ、その砲弾が、私の頭上に直下して来ないという一つの偶然のみが、私に生命をあたえている。貴重な生命がこんなにも無造作に傷つけられたということに対して激しい憤怒の感情に捕われた。（中略）穴の中に居た時、私は兵隊とともに突撃しようと思った。我々の同胞をかくまで苦しめ、かつ私の生命を脅している支那兵に対して、劇しい憎悪に駆られた。私は兵隊とともに突入し、敵兵を私の手で撃ち、斬ってやりたいと思った。

戦闘の中で、小林秀雄のことも思い出している。「私は母のつくってくれたお守袋を握ってみた。私は日本に居る肉親の人たちのまごころが自分を救ってくれるかも知れぬと思った。私は、今ここにいる全部の兵隊も私と同じまごころに護られているに違いないと思った。しかも、それらの兵隊はどんどんやられて行く。私は、ふと上海で、小林秀雄君が来た時、戦争と宗教と、戦争心理学とまごころとの話をしたことを思い出した。それは、ただ、そういう話をしたことを思いだしただけだ。解決の方法など考える気もしなかった。思いがけなく、何か音を立てたように、走馬燈のように、あらゆる思い出が脳裏を去来した」と、戦火にさらされている時の心情を正直に吐露している。徹底したリアリズムである。

またこの激戦で、小林が杭州まで持って来てくれた芥川賞の懐中時計は硝子が滅茶滅茶に壊れて、短針が飛び、五時十四分で止まってしまった。この懐中時計は修理を繰り返し、日本に持ち帰られたが、戦後、火野葦平の遺品展の搬送の際に紛失したという。

『麦と兵隊』の最後は、捕虜となった三人の支那兵を斬首して処刑するところで終わっている。

甚《はなは》だしい者は此方《こちら》の兵隊に唾を吐きかける。それで処分するのだということだった。従いて行ってみると、町外れの広い麦畑に出た。ここらは何処に行っても麦ばかりだ。前から準備してあったらしく、麦を刈り取って少し広場になったところに、深い濠が掘ってあった。縛られた三人の支那兵はその濠を前にして坐らされた。後ろに廻った一人の曹長が軍刀を抜いた。掛け声と共に打ち降すと、首は毬のように飛び、血が簓《ささら》のように噴き出して、次々に三人の支那兵は死んだ。

私は眼を反した。私は悪魔になってはいなかった。私はそれを知り、深く安堵した。

凄惨な戦場を体験しても自分は悪魔になっていなかったと言えたのは、火野葦平にとって救いだったであろう。

『麦と兵隊』と検閲

ところで、『麦と兵隊』のこの最後の場面は「改造」八月号と直後に刊行された単行本では軍による検閲で削除された。捕虜の斬首という行為自体が「皇軍」においてはあってはならなかったのである。火野葦平は戦後刊行された『火野葦平選集』第二巻（戦争小説集〔戦前〕）の自作解説で、当時の軍の検閲基準七項目をあげている。それを簡単に記してみる。

①日本軍が負けているところを書いてはならない。

「麦と兵隊」が掲載された「改造」1938年8月号

②戦争の暗黒面を書いてはならない。③戦っている敵は憎々しくいやらしく書かねばならない。④作戦の全貌を書くことを許さない。⑤部隊の編成と部隊名を書かせない。⑥軍人の人間としての表現を許さない。分隊長以下の兵隊はいくらか性格描写ができるが、小隊長以上は、全部、人格高潔、沈着勇敢に書かねばならない。⑦女のことを書かせない。——火野葦平はこのような制限がありながらも『麦と兵隊』を書きあげた[26]。

中支那派遣軍報道部では、『麦と兵隊』があまりにもリアルに書かれているので、戦意高揚どころか厭戦気分を助長するのではないかと危惧したが、南京、徐州占領に湧き立つ国民には熱狂的に迎えられた。

ただ、『麦と兵隊』では火野自身が検閲を意識して書かなかった場面も相当ある。弟の玉井正雄は『兄・火野葦平私記』(前出)に次のように書いている。

「麦と兵隊」は波のような麦畑の中を行軍する兵隊たちの姿が印象的だが、あのとき兵隊に食っついて軍の慰安婦たちが、ギラギラ照りつける太陽の下、白い手拭を頭からかぶり、埃ッぽい道を兵隊とともに歩いていた。あれが書きたかったのだが当時はかけなかった、と、兄が洩らしていたことがあった。私には、そのイメージの方が鮮烈である。

悪魔にならなかった火野葦平は慰安婦にも気を配っていたのだった。

『麦と兵隊』は昭和十三年七月「改造」八月号に発表され、異例の増刷を重ねて九月、改造社から単行本として刊行されて大ベストセラーになった。

（26）「麦と兵隊」の削除訂正について。
火野葦平は前出の自作解説で、「改造」昭和十三年八月号を手にしたときのことを次のように書いている。

「改造」で、活字になった「麦と兵隊」を、私は涙のにじむような思いで読み返した。扉絵を中山が描いていた。読んで行くうちに、いたるところ改訂削除されているのに気づいた。しかも、削除された部分は、（ここ何字削除）或いは（ここ何行削除）とやらず、黙って削除しておいて、前後をくっつけてしまってある。このため、意味が通じなくなっているところがある。ひどいのは最後で、三人の支那兵を斬首するところが十数行削られていて、ポツンと、

「私は眼を反《そら》した。私は悪魔になっていなかった。私はそれを知り、深く安堵した。」

という最終行がくっついているので、感銘がひどく弱まっている。しかし、その軍の検閲について、私はなにを抗議する力もなかった。私の計算したところでは、二十七ヶ所が削除訂正されていた。

『土と兵隊』のリアル

杭州湾上陸から南京戦をえがいた『土と兵隊』は昭和十三年十一月に「文藝春秋」に発表後、ただちに改造社から出版された。

『土と兵隊』は、火野が兵士として南京攻略戦に投入されている時の、弟への手紙という形式で書かれている。徐州会戦従軍記の『麦と兵隊』では一時、生命の危険にさらされたが、火野は報道班員として従軍していたので、広い視野で客観的に書かれている。『土と兵隊』では兵士としての自分の身のまわりのことしか見えていない感じがするが、そのためリアリティにおいては勝っている。

いくつかの節は、日付と現在地を書いて、「まだ死ななかった。又、便りが書ける」で始まっている。最後は「全くの走り書で、まるで読めそうもない字を書いた。判読してくれ。兄さんは、少し眠りたい」で終っている。

行軍の途中でクリークの濁った水を飲む場面もある。水筒に汲んで浄水液を入れて飲み、その後、クレオソートを五粒飲むという描写である。昭和十二年十一月十一日、上海から南京への移動の途中だろ

火野葦平『土と兵隊　麦と兵隊』社会批評社、2016

うが、火野らの部隊は一度も食糧の配給を受けていない。「私達は空腹を感じたけれども米が無い。一体上陸以来の我々の前進路はお話にならぬ悪路嶮道であったため、我々の食糧を積んだ大行李小行李等の車輌部隊が我々にどうしても追いつかないのだ」と書かれているが、ここでの車輌部隊とは、人力か馬で曳く大八車のことである。

第一次世界大戦をほとんど経験しなかった日本軍は、日露戦争当時の装備、補給方式で戦っていた。上海から南京までの三百キロの行軍も、当然のことながら徒歩である。このような状態で日本軍は、あの広大な中国大陸で戦争をしていたのである。最初の頃は、行軍が辛いので、少しでも背嚢の重量を減らすために米を捨てることもあったという。ただ、火野の部隊は幸いにも戦場が芋畑であったため、芋を掘って食べることができた。もちろん、この芋は中国人の農民が自分たちのために作ったものであった。

火野らの部隊も南京を目指したが、部隊が左迂回隊として戦っている間に南京は陥落した。火野は南京入城式には参加したが、南京での戦闘には参加していない。この後すぐに杭州攻略に向かい、杭州駐留中に小林秀雄から芥川賞を手渡されるのである。

田中小実昌「岩塩の袋」

行軍中に米を捨てるという話は、田中小実昌の「岩塩の袋」(「海」一九七八年六月号　中央公論社、『ポロポロ』所収）にも出てくる。田中小実昌は昭和十九年の十二月末に召集され、軍用船で釜山まで行った。朝鮮半島、南満洲、華北を通って列車輸送で南京まで運ばれて行き、そこから徒歩で湖南省に向かった。

この田中の部隊の装備が貧弱であるのには驚く。背嚢が革製ではなくズック製で、足は地下足袋、飯盒はなく竹製の弁当箱、ゴボウ剣はあったが銃は分隊（約十人）に二挺だったという。この時に召集された兵隊は、内地での食糧不足の結果、栄養失調気味で体力がなかった。そのため、ある兵隊は一日目の行軍の二時間目に倒れて死んでしまった。彼らのズック製の背嚢は完全軍装の半分の目方なのだが、目的地までは一日五、六里から八里を歩いて二カ月かかるのだという。

田中はまず、銃弾をこっそり捨てる。次に分隊の米も捨ててしまった。とにかく荷物を少なくしないと、体力が尽きて死んでしまうのだ。この頃の中国戦線では敵兵を見ないというのが常識らしかった。但し、落伍すると敵のゲリラに狙われると言われていた。日本軍は広い中国の点だけしか確保できず、点から点へ歩いて移動していたのである。この「岩塩の袋」は、それでも米の分量にして三合分の岩塩は捨てずに中国の奥地まで運んだという物語である。奥地になると海がないから、塩がない。塩がないと人間は生きられない。田中も銃弾と米は捨てても岩塩は捨てなかったのだ。ところが目的地に着いてみると、せっかく運んだ岩塩が雨水や汗で塩気が抜けてしまって役にたたなかったというのが物語のオチであった。

火野葦平のインパール作戦従軍記『青春と泥濘《でいねい》』にも、塩がなくなるという話がある。塩がなくなって、まず馬が死んでいった。そのために兵隊たちはお互いの汗を舐め合って塩分を取ったという、涙が出るような話がある。日本軍は大陸で、このような条件下で戦争をしていたのである。

＊

火野葦平の作品がベストセラーになったのは、日本国内にいる人達が、戦場の具体的な事実を知りたかったからである。特に、身内が出征している場合は、安否と同時に、戦場はどうなっているのかと心配していたのだった。このことを以って、火野葦平の作品が戦意高揚のために書かれたとするのは不当であろう。火野はあくまで自分が兵隊として生死の境で経験した事実に基づいて小説を書いたのである。

改造社から発行された火野葦平、兵隊三部作初版。中川一政画

6　石川達三の戦場　「生きてゐる兵隊」と検閲

即日発売禁止

火野葦平の『麦と兵隊』は昭和十三年九月に改造社から出版されベストセラーになった。これに先立つこと半年、石川達三の「生きてゐる兵隊」が「中央公論」三月号に発表されたが、こちらは即日、発売禁止になった。

昭和十二年七月、支那事変勃発後、七月三十一日に陸軍省令第二四号が華北に施行された。「新聞掲載事項拒否判定要領」には、許可しないものとして「支那兵又ハ支那人逮捕訊問等ノ記事写真中虐待ノ感ヲ与フル虞アルモノ」となっている。また「旅団以上ノ部隊ニ関シテハ部隊長ノ姓ノ長短ニ拘ラス「〇〇部隊」「〇〇部隊長」トシタルモノ」は許可する。旅団以上は隊長の姓が一字でも三字でも一律に「〇〇部隊」とせよ、聯隊以下の場合は隊長の姓を具体的に用いてよい。ただし、「「〇〇部隊」ノ「某部隊」等指揮系統を示スコトヲ得ス」となっている。

中公文庫『生きている兵隊（伏字復元版）』（一九九九）の半藤一利の解説によれば、昭和十二年の蘆溝橋事件をきっかけに、新聞・雑誌は戦時協力の体制をとるようになった。「各雑誌は作家の現地特派という企画で競い合うことになる。『中央公論』は七月には早くも尾崎士郎、林房雄を中国に派遣している。同じく『主婦の友』も吉屋信子を送った。九月には『日本評論』から榊山潤がでかけ、その報告がそれぞれの誌面を派手に飾った」。「文藝春秋」、「改造」などもそれに続いた。

一方で、言論統制も強化されていった。内閣報道部が設置され、大本営内には陸海の両報道部が設けられた。

このような中で「毎日読む記事が画一的なんで腹が立ちました。戦争というものは、こんなものではない。自分の目で確かめたいと思っているところへ、中央公論特派員の話があったのです」ということで、石川達三は「おれが全然こんなのとは違った従軍記を書いてみせる」というひそかな野望をもって中国戦線へ従軍することとなった。

石川達三は南京陥落半月後の昭和十二年十二月二十五日に東京を出発して上海に向かった。昭和十三年の元旦を船上で迎え、上海で二泊、蘇州で一泊して、南京に一月五日に着き八日間滞在した。南京陥落は前年の十二月十三日であるので、約三週間後に到着したことになる。一月末に帰国し、その後、二月一日から書き始め、十日間で三百三十枚を書きあげた。

「中央公論」三月号の発売日は二月十九日だったので、著者校正をする時間的余裕はなく、実際に伏字を行ったのは編集部であった。石川達三は『経験的小説論』（文藝春秋　一九七〇）に「生きてゐる兵隊」の「或る部分は編集者が発売禁止をおそれて、自分の判断で無二無三に削った。まるで編集者が私たちの作品を削除する権利をもっているのかと疑われる程でもあった」と書いている。

河原理子『戦争と検閲』

河原理子《みちこ》『戦争と検閲　石川達三を読み直す』（岩波新書　二〇一五）では石川達三の南京行きをもう少し詳しく考証している。警視庁検閲課の「聴取書」によると、中央公論社が石川達三の派遣を決定したのが昭和十二年十二月二十五日、出発は神戸からで二十九日、軍用船に乗ったらしい。十三年一月五日上海上陸、七日蘇州着、八日南京着、十五日南京発上海着、二十日上海発、二十三日東京着となっている。

発禁になる過程を詳しく見ていくと、「中央公論」の毎月の発売日は十九日と決定されており、配本は十七日であった。おそらく一月十七日には内務省や検事局に納本されていたと思われる。発売前夜の十八日になってもお咎めがなく、検閲を通過したのだと考えて出版関係者は夜にささやかな祝宴を開いたという。ところが、十八日付で発売禁止処分が出され、十九日には書店の店頭から、警察によって「中央公論」が続々と押収された。発行部数は約七万三千部、そのうち約二千部は寄贈され、五万四千三百五十二部が差し押さえられたという。つまり一万八千部余りが差し押さえを逃れたことになる。

のちのことであるが、この差し押さえをまぬがれた三月号掲載の「生きてゐる兵隊」は、中国語、英語、ロシア語に翻訳され、とりわけ中国では「活着的兵隊」、「未死的兵」という題名で出版（海賊版）されている。このことが石川達三、中央公論社の立場をより悪くした。

差し押さえられた「中央公論」三月号は「生きてゐる兵隊」の部分を切り取り、日曜日をはさんで、二十一日月曜日に「切除ノ上分割還付」が許可され「改訂版」のスタンプが押されて再発売された。朝日新聞に載せられた「中央公論」の広告によれば、最後に「創作に事故あり、陣容を新たにして／近日発売！　それまで

「生きてゐる兵隊」が掲載された「中央公論」昭和13年３月号。発売前日の２月18日に発禁処分が出されて配本済みの書店から押収された。

御待ちあれ！」と書かれてあって、広告も急遽差し替えられたことがわかる。

「生きてゐる兵隊」の入稿は三日も遅れていた。そこから大急ぎで編集部総出で伏字の作業となったのだが、伏字をほどこした校了刷を見て発行人の牧野武夫は、「これではとても〔検閲を〕通らない」と判断して、輪転機を止め、鉛版を削ったという。削られた個所は空白となって印刷された。このため、「中央公論」三月号の「生きてゐる兵隊」には複数のバージョンができてしまったのである。三種類の版があったと言われている。そのうち、故意か偶然か削りの多いバージョンが当局に納本されたのである。当然、これを知った当局は故意と判断し、悪質な検閲目くらましとみなされたのだった。

新聞紙法違反で起訴

石川達三は新聞紙法違反事件（安寧秩序紊乱）、「虚構の事実を恰も事実の如くに空想して執筆したのは安寧秩序を紊すもの」として起訴された。裁判は東京区裁判所で八月三十一日に開かれて、一回で結審した。区裁判所は比較的軽い罪にあたる事件を扱う所である。九月五日の判決は、石川と「中央公論」編集長・雨宮庸蔵が各禁錮四月執行猶予三年、発行人・牧野武夫は罰金百円だった。

この判決を聞いて、平野謙は「虚構の事実を恰も事実の如くに空想して執筆」ということが

犯罪になるならば、小説が成立しないと感じたという。（『戦争文学全集』第二巻「解説」毎日新聞社　一九七二）

「公判調書」によれば、石川達三は次のように述べている。

日々報道スル新聞等テサヘモ都合ノ良イ事件ハ書キ真実ヲ報道シテ居ナイノテ、国民カ暢気ナ気分テ居ル事カ自分ハ不満テシタ。

国民ハ出征兵士ヲ神様ノ様ニ思ヒ、我軍カ占領シタ土地ニハ忽チニシテ楽土カ建設サレ、支那民衆モ之ニ協力シテ居ルカ如ク考ヘテ居ルカ、戦争トハ左様ナ長閑ナモノテ無ク、戦争ト謂フモノノ真実ヲ国民ニ知ラセル事カ、真ニ国民ヲシテ非常時ヲ認識セシメ此ノ時局ニ対シ確乎タル態度ヲ採ラシムル為メニ本当ニ必要タト信シテ居リマシタ。

殊ニ、南京陥落ノ際ハ提灯行列ヲヤリ御祭リ騒ヲシテ居タノテ、憤慨ニ堪ヘマセンテシタ。

私ハ戦争ノ如何ナルモノテアルカヲ本当ニ国民ニ知ラサネハナラヌト考ヘ、其為ニ是非一度戦線ヲ視察シタイ希望ヲ抱イテ居タノテス。

「調書」にあるように、石川が現地を見たいと中央公論社に伝えたところ、嶋中雄作社長から「現地報告よりも小説を書く目的で行って貰いたい」と要望されたのだった。

実在した「西沢聯隊」

「生きてゐる兵隊」には「前記」がある。そこには「日支事変[27]については軍略その他未だ発表を許されないものが多くある。従ってこの稿は実戦の忠実な記録ではなく、作者はかなり自由な創作を試みたものである。部隊名、将兵の姓名などもすべて仮想のものと承知されたい」と書かれている。

「生きてゐる兵隊」は、北支で戦っていた架空の高島本部隊の転戦の動きを追ったものである。部隊は石家荘まで十五里を行軍し、そこから汽車で北京、天津、奉天を通過して大連に着く。大連からは船で上海をめざし、揚子江に入り上海の北西約七十キロの地点に上陸する。

昭和十二年七月、蘆溝橋で勃発した支那事変は上海に飛び火し、上海の日本軍は優勢な中国軍に苦戦していた。この局面を打開するために、北支でも増援部隊が集められ上海に送られたのである。この増援部隊が第十六師団だった。

白石喜彦『石川達三の戦争小説』（翰林書房　二〇〇三）の考証によれば、高島本部隊は実在の第十六師団に該当する。高島本部隊の西沢聯隊は、歩兵第三十三聯隊に該当する。それぞれの移動、戦闘経歴が一致するという。一九九一年には歩兵第三十三聯隊に所属した塚田年夫（仮名）元伍長が私家版の従軍日記を発行しており、その日記の記述と「生きてゐる兵隊」に記されている戦闘場面と一致する個所が、相当あると書いている。

従って石川達三は歩兵第三十三聯隊の兵士から細かい部分までを聞き取り、それを脚色して小説化したのであろう。石川達三は南京戦を戦った兵士に取材して「生きてゐる兵隊」を書いていたのである。

石川が取材した第十六師団は十一月十三日に、上海西北の白茆口《はくぼうこう》に上陸した。それより前、十一月五日に、後にふれることになるが第十軍が上海南方の杭州湾に上陸している。この上海の北方と南方に上陸した部隊が競って南京をめざすことになる。

(27) 事変の呼称について。
日本では盧溝橋事件から「支那事変」としていたが、昭和二十一年頃からGHQの意向により「支那事変」ではなく、「日支事変」、「日華事変」と称されるようになった。ただ、小林秀雄は先に取り上げた「文學界」後記（昭和十二年十月号）では「日支事変」という言葉を使っている。

「生きてゐる兵隊」の伏字

「生きてゐる兵隊」には、国に帰りたい兵隊の心情や、民間人を殺傷するところ、捕虜を殺す場面などが書かれている。中公文庫『生きている兵隊（伏字復元版）』では、「中央公論」昭和十三年三月号掲載時に伏字とされた個所には傍線が引かれている。たとえば、「「生肉の徴発」という言葉は姑娘を探しに行くという意味に用いられた」という文章の「生肉の徴発」には傍線が引かれ、発行当時、伏字であったことがわかる。その少し前の、「勤務で出られない兵がどこへ行くんだと問うと彼等は、野菜の徴発に行ってくるとか生肉の徴発だとか答えた」というくだりでは「生肉の徴発」は伏字になっていない。「生肉の徴発」が姑娘狩りを連想させるところは伏字になっており、実際の生肉をさす場面では伏字になっていない。

他にも、「生命とはこの戦場にあってはごみ屑」、「それと同時にだ、われわれが如何に支那全土を占領しようともだ、彼等を日本流に同化さすなんどということは、夢の夢のまた夢だ」というような思想的な文章にも傍線が引かれていて、伏字となっていたことがわかる。

十一章、十二章では全文に傍線が引かれている。この章は下士官の引率で兵隊が芸者買いに行く場面である。そこで、兵隊たちが中国の女を殺したときの話をしていると、芸者が「女を殺すなんてよくないわ」と言い出したので、酔っぱらった兵隊が芸者めがけて発砲してしまったのである。幸い傷は浅かったので、彼は憲兵隊に一夜留められただけで処分保留のまま釈放

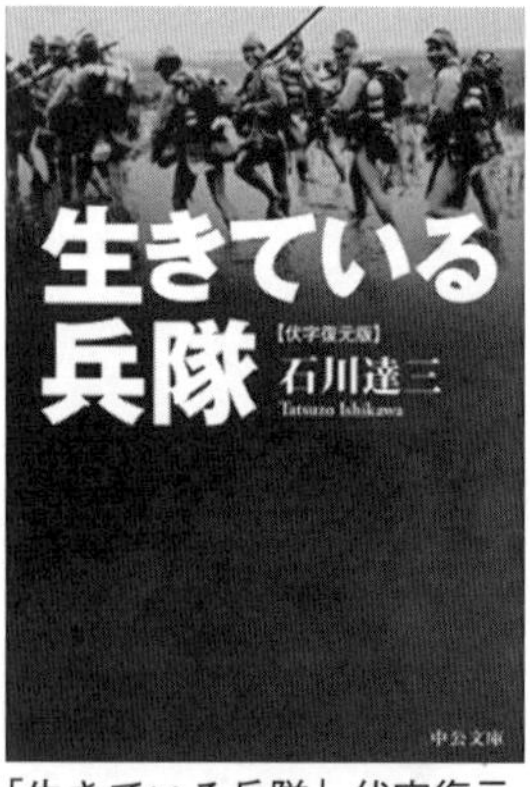

「生きている兵隊」伏字復元版、中公文庫、1999

されたという話である。

中公文庫『生きている兵隊（伏字復元版）』には凡例に「伏字には傍線を付し」と書かれているので、二つの章が全部伏字となったのかと思ってしまうが、河原理子によると十一章、十二章は「掲載当時はすべてカットされ」、「代わりに末尾に〈……〉を二行置いた」と、ののちに石川達三自身によって書かれているとのことである。なお、時代的にこの作品では中国軍については、敵軍、支那軍と表記されている。支那、支那人という言葉も散見される。

『生きてゐる兵隊』の出版

単行本『生きてゐる兵隊』は昭和二十年十二月に河出書房から刊行された。そこに「誌」と書かれた序文がある。その初めに石川達三は次のように書いている。

此の作品が原文のままで刊行される日があろうとは私は考えて居なかった。筆禍を蒙って以来、原稿は証拠書類として裁判所に押収せられ、今春の戦災で恐らくは裁判所と共に焼失してしまったであろう。到るところに削除の赤インキの入った紙屑のような初校刷を中央公論社から貰い受け、而来七年半、深く筐底に秘していた。誰にも見せることのできない作品であったが、作者としては忘れ難い生涯の記念であった。

『生きてゐる兵隊』が戦後すぐ、石川達三の原文のままで刊行されたのは、以上のような経緯で（中央公論三月号の―筆者注）「到るところに削除の赤インキの入った紙屑のような初校刷」が作者によって保管されていたからにほかならない。

河原理子は朝日新聞の記者だったこともあって、石川の長男・石川旺《さかえ》とは懇意で勉強会で一緒になったこともある間柄であった。最初、彼は父・達三のことを話すのを避けていたのだが、ある日偶然、路面電車で出会ってから話が動き始めたのだという。発禁になった「生きてゐる兵隊」の掲載誌「中央公論」も、裁判記録、警察の「聴取書」、「意見書」も彼が保管していたのだった。さらに石川旺の姉・竹内希衣子も、第一回芥川賞記念の懐中時計や海軍省発行の「従軍許可証」、未発表の原稿「南京通信」を保管していた。これらの資料の多くは秋田市立中央図書館明徳館の「石川達三記念室」に寄贈されているという。

未発表の「南京通信」

「南京通信」(28)は河原の『戦争と検閲』で初めて公表されたものであろう。最初に、石川が戦地に行きたかった理由が書いてある。兵隊の中に入って八日ばかり起居を共にすることができたことが幸運であったとしながら、次のように書いている（引用は河原理子『戦争と検閲』による。

石川の原文は旧仮名遣いである）。

けれども私のノートにはまだ発表を許されない様な記事ばかりが一ぱいで、是非とも書きたい気持と書いてはならぬ事実とが相克している有様であった。

私は恐るおそる筆を執った。発表を許される範囲に於て、しかも戦争の真実なものに触れなくてはならぬ欲望も生かしながら。かくまでにして敢て危険を冒した事には□一つの原因もあった。即ち、内地の人々に戦争というものの本当の姿を告げ知らせたい欲望であった。（□は判読不能の文字）

兵隊は気が立っている。殺さなければ殺されるという戦場に投げ入れられて、勇敢かつ慈悲ぶかくありうるわけがない。「南京なんて訳なく陥ちちゃったなあ」という様な新聞報道にみられるおめでたい戦争認識を、石川は正したかったのである。さらに「南京通信」で、石川は発禁になった後で考えたことを次のように書いている

作家は戦時にあって如何にあるべきか。戦える国の作家は如何にあるべきか。

私は非国民的な一片の思想をも書いた覚えはなかった。〔略〕戦時にあって作家の活動

はやはり国策の線に沿うてかくものでなくてはなるまい。その点に関しては誤りがなかったと信ずる。しかし作家の立場というものは国策と雖もその中に没入してしまってよいものではない。国策の線に沿いつつしかも線を離れた自由な眼を失ってよいものではない。この程度の自由さえも失ったならば作家は単なる煽動者になってしまうであろう。

(28) 未発表原稿「南京通信」について。

用紙の升目の罫の下に「中央公論原稿紙」と右から小さい文字で書かれた二百字詰め原稿用紙八枚分で、題名の下に(旧稿)とあり、石川達三という署名の上には数本の棒線が引かれている。河原理子は、石川が南京から帰った一九三八年に書かれたもので、「生きてゐる兵隊」を書く前の、文字通りの旧稿と推測している。

再度の従軍取材

石川達三は、早くも判決の翌週の九月中旬に再び中国へ従軍取材に出かけている。中央公論社は名誉回復をかけて再び石川達三を戦地に派遣しようとしたが、いったんは検事側に拒否された。しかし、弁護士を通じて東京控訴院検事局に検事長を直接訪ね、談判のうえ石川の派遣を認めさせた。河原理子はこの中央公論社の動きを、単に石川の名誉回復だけではなく、内閣情報部による「ペン部隊」構想に後れを取ってはならないという考えがあったからだという。

昭和十三年八月二十三日に「ペン部隊」構想が決まった。音頭を取ったのは「文藝春秋」の社主・菊池寛である。菊池寛、丹羽文雄、林芙美子、吉川英治、深田久弥、佐藤春夫、吉屋信子らが陸海軍両ルートで上海へ向かった。この年の春には杭州出征中の火野葦平が芥川賞を受賞していた。菊池寛は「作者が出征中であるなどは、興行価値百パーセント」と語り、小林秀雄を派遣して戦地で盛大なパフォーマンスをしていた。「改造」の八月号は火野の「麦と兵隊」を掲載し大きな話題になった。

石川達三の「生きてゐる兵隊」も世に出ていたら話題になったであろうが、発禁になった以上、偶然、手に入れて読むことができた者でも、読んだということを話題にすることすらできなかったであろう。「生きてゐる兵隊」という作品は存在しないも同然だった。

「生きてゐる兵隊」の評価

平野謙は『昭和文学史』で石川達三の「生きてゐる兵隊」について、彼の筆力を認めつつ次のように書いている。

ただ「生きてゐる兵隊」はその筆力旺盛の裏に一種の類型性を含んでいた。戦場の残酷がいわば常識的な残酷として、制作以前に前提されている趣きがあった。この程度の残酷が戦争につきものであるのは知れきったことだ、ともすれば簡単に割りきりたがるこの作者の「逞ましさ」を、ここから抽きだしたとしても、あながちに牽強附会の説ではないのである。（中略）戦争の残酷を残酷として文学的に十分追及していない作の中味に即して、そういいたいのである。「生きてゐる兵隊」は、さまざまな人間類型を一応描きわけ、それらの人間的な哀歓慈苦を非情に押しながす戦争のすさまじいメカニズムを主題にえらびながら、その非情を安易にひとつの必然と肯定することによって、一種の戦争風俗小説以上にぬけでることができなかった。しかも、そういう作柄自体が告発起訴というような筆禍事件をよびおこしたのである。

平野謙によると、「生きてゐる兵隊」の筆禍事件は公表し得る戦争文学の限界をいやおう無しに作者と編集者に思い知らせずにはおかなかった。この石川達三の筆禍事件と同時期に、宮本百合子、中野重治、戸坂潤らが内務省警保局から執筆禁止の措置を受けていた。戦争の進展とともに文化部門に対する弾圧は進んでいたのである。このため、中央公論社は起死回生の手段として、再び石川達三を漢口攻略戦に派遣したのである。

控訴中に書いた「武漢作戦」

帰国後、石川達三は「中央公論」昭和十四年一月号に「武漢作戦」を発表した。この作品では戦争の経緯をルポルタージュ的に追いながら、その時々の日本軍兵士の姿を浮かびあがらせている。筆禍にあった石川には当局に抵抗するような姿勢はなかったが、戦場の現実を可能なかぎり明らかにしようとしている。「二度目の従軍には困難な条件がついていた。もう一度同じような（犯行《ママ》）をくり返したら、執行猶予はとり消されて禁錮刑を受けなくてはならない。私は当時、検事控訴中の被告であり、私の仕事は始めから制限されていた」と『経験的小説論』に書いている。それでも発表された「武漢作戦」にはおびただしい伏字があった。

昭和十二年十二月に南京を攻略した日本軍は、続いて華北と華中をつなぐ交通の要衝、徐州を翌十三年の五月に攻め落とし、さらに揚子江中流の武漢に兵を進めた。武漢の占領は十月であった。武漢とは武昌、漢口、漢陽の三都市を含む地域の総称である。

日本軍は南京に続いて、蒋介石ひきいる国民党軍の主力を大包囲網をしいて殲滅せんと漢口に向かったが、蒋介石軍は日本軍との決戦を避け、さらに重慶まで退いた。このため日中戦争は泥沼化し、容易に解決できない事態になった。

南京のその後

石川達三は十三年九月に羽田を飛行機で出発し、十一月に帰国している。したがって「武漢作戦」の前半は聞き書きであり、後半は軍と行動を共にしている。南京への途上の光景を石川は次のように書いている。

汽車の沿道いたるところ、ひろびろとした田畑、縦横にクリークをめぐらしたかつての日の戦場はトーチカや塹壕のあともなく畦に横たわる白骨もなくて、満目みどりに茂った稲田に働く支那人たちの姿がある。その平和な風景は汽車で過ぎる人々の眼にむしろ不思議でさえもある。しかしここでは戦争は一年前のことであった。その後、汽車で通過する兵隊はあっても一発の銃声を聞くこともなくて、戦争がどこで行われているかも、農民は知らないでいるのだ。

また、南京城内の光景を次のように書いている。

城内はもう物資も豊富になり日本人の商店街も中央では賑わっていた。南京はもう復興できまいと言われたほど破壊しつくされたこの街も、バラック風な料理屋や酒場からはじまって、凄惨な焼跡も整理され、街には黄包車をひく支那人があふれ、とも角も人の住む街のすがたになっていた。

このように「生きてゐる兵隊」でえがいた南京のその後というような風景を書いて、抵抗の姿勢をしめしている。一方で、漢口に南から進撃する途上にあった九江という要衝の街をえがく場面では、さりげなく西洋とキリスト教を批判している。

街にあるフランスの天主堂、孤児院、学校、病院、アメリカの婦幼院、生命活水院という慈善団体を、石川は「彼等は神の口をかり慈善の温容をたたえながらこの厖大な国土を蚕食してゆく」と書く。「支那の軍隊」の数個師団がこの街を不意に襲い、数千人の住民を追い出し寝所と食糧を奪った。難民となった住民がフランスの天主堂、アメリカの慈善病院を頼ったが拒否された。石川は「住民の心にふかく根をおろしていた外国への信頼はこの窮迫の場合にいたってみごとに裏切られた。クリスト教国家の慈善団体はあさましくもその馬脚を現わした。数千の難民を収容して聖なる教会を踏み荒されることは神の許し給わぬところであった」と書くことで当局に迎合的な面も示している。

日本兵については、「敵が幾十万居ようとも、どれほど堅い陣地があろうとも攻めさえすればどこだって陥ちると思っていた。戦争というものは進むだけのものだと思っていた」と、そのたくましさを強調している。

全体としては当局の意に沿う形をとりながら、所々で戦争に対する批判的な観点をだしているが、石川達三にとっては、これが精一杯の抵抗であったのだろう。

小田切秀雄は「新文学創造の主体――新しい段階のために――」(「新日本文学」昭和二十一年五・六月合併号)で「「転向」の時期にすぐつづいて来るファシズム支配のこの十年間における日本文学の空前の堕落・崩壊のさなかを、文学者はめいめいどのように生きて来たか」と問いかけ、「石川達三が「生きてゐる兵隊」をこんにち再刊することで自分がもとから民主主義者だったような顔をするあのむきつけなあつかましさを、たとえむきつけでない形でも自身がつゆ持っていないと断言できるか」と、石川を批判した。単行本『生きてゐる兵隊』に関しては、当時、このような見方もあったのである。

7 義和団の乱、日露戦争から満洲事変へ

一九三七年七月の蘆溝橋事件に始まる日中戦争を考える場合、その時の中国の状況と、日本

が起した満洲事変後の情勢を考えておかなければならない。さらに長い眼で見れば、日中戦争から日米戦争へと到る過程は、その端緒を一九〇〇年の義和団の乱、一九〇四年〜〇五年の日露戦争に求められるだろう。

義和団の乱

日清戦争後、日本および欧米列強による中国への経済的政治的進出が強まった。義和団は山東省付近を根拠とする義和拳を操る集団であったが、列強の侵略によって生活を破壊された多数の農民と結びついて、大規模な反キリスト教的排外主義運動に発展した。「扶清滅洋」（清朝を扶《たす》け、外国を滅ぼす）をスローガンとしたため、清朝もこの運動を支持した。その結果、約二十万人に膨れ上がった義和団は北京を占拠、北京の各国公使館は五十五日間にわたって孤立した。

イギリス、ロシア、ドイツ、フランス、アメリカ、日本、イタリア、オーストリアの八カ国は連合軍を組織して、北京から義和団を放逐した。刀、槍を主要な武器とする義和団は列強の近代兵器の前に敗れ去った。この中でも、日本、ロシアが多くの兵力を動員し、ロシアは義和団の乱後も満洲を占領し、容易に撤兵しなかった。このことが、後の日露戦争の遠因となっていく。

私はこの義和団の乱を扱った映画『北京の五五日』（一九六三年、監督ニコラス・レイ、主演チャールトン・ヘストン）を、中学生の頃に見ている。この映画では義和団が連合軍（映画では米英軍が主力とされた）に虫けらのように殺されていき、各国公使館が解放されるところでは他の観客同様、拍手をしていたと思う。この映画での中国人の扱いは、アメリカの西部劇でのアメリカ先住民の扱いと同じであった。今となっては苦い思い出である。

欧米列強と日本の派兵

義和団の乱の結果、欧米列強及び日本は、北京の公使館が義和団に再度包囲されるような事態を防止するために、北京と海岸との間の要所に駐兵する権利を清国に認めさせた。さらに天津全市への駐兵権が追加された。当初、日本に割り当てられた兵数は一五七〇人であったが、日本は清国側の抗議を無視して兵力を五七〇〇人以上に拡大し、支那駐屯軍として天津から北京郊外まで駐兵区域を拡大していった。

その後、日本は日露戦争の勝利の結果、ポーツマス条約で遼東半島をロシアから譲渡させ、関東州とした。また同じくロシアから東清鉄道を譲渡させ、それを基礎に南満洲鉄道株式会社を設立し、大連から長春までの鉄道の権益を獲得した。同時に、南満洲鉄道一キロメートルにつき十五人以内の守備兵を置く権利も持った。このようにして日本は租借地、鉄道沿線に一万四千人を派兵し、これが関東軍となっていくのである。

辛亥革命、国共合作、上海クーデター

一九一一年、中国では孫文らの指導によって辛亥革命が起こり、翌年、中華民国臨時政府が南京に成立して清朝が倒れた。しかし、南京臨時政府およびその最高責任者であった孫文には、政権の維持能力がなかった。革命派の統一軍が存在しなかったのである。このため、大総統の地位を北方軍閥・袁世凱に譲らざるを得なかった。

一九一六年の袁世凱の死後、北京政府（国民党は「北洋軍閥」とよんだ）は、安徽《あんき》派の段祺《だんき》瑞《ずい》、直隷派の馮国璋《ふうこくしょう》、奉天派の張作霖の三者が勢力を競った。このような中で、国共合作と軍閥連合とを秤にかけ、大総統につこうとしていた孫文が一九二五年、北京で病死した。

孫文の死の前年、一九二四年にはコミンテルンの主導で国民党と共産党の協力関係（第一次国共合作）が成立していた。孫文の後継者を自負していた蒋介石は、国民党の中央には入らず、黄埔軍官学校の校長に就任する。この学校はソ連の支援下で創設されて、共産党員の周恩来も教官を務めていた。日本やソ連で軍事教育を受けていた蒋介石は、黄埔軍官学校を基盤にして一九二六年に国民党の実権を握り、中国統一を目指し第一次北伐を開始する。この北伐には蒋介石直系の軍だけでなく、様々な軍事勢力も加わっていた。共産党との関係も複雑で、合作、

敵対を繰り返した。

一九二七年三月二十二日、共産党は上海でゼネストから武装蜂起し自治政府を成立させた。この動きに対して蔣介石は国民革命軍によって四月十二日、大弾圧を加え、共産党勢力を一掃した（上海クーデター）。七月、国民党と共産党の合作は破綻した。この「上海クーデター」で共産党の労働者部隊は大打撃を受け、以後、中国共産党内では農民を基盤とする毛沢東の革命運動論が力を持つようになっていく。

蔣介石の北伐と張作霖爆殺事件

一九二八年四月、蔣介石は第二次北伐を開始した。北方には張作霖らの軍二十万がいたが、六十万にふくれあがった北伐軍の敵ではなかった。

日本軍は、南北両軍が交戦状態のまま東三省（黒龍江省、吉林省、遼寧省）に入った場合は両軍に武装解除を求めると通告した。国民政府は、張作霖軍が東三省に撤退するなら、原則それを追撃しないと伝えた。張作霖は北伐軍に抵抗せず奉天へ撤退することを日本側に伝え、一九二八年六月三日、北京を出発した。これを待ちかまえていたのが、関東軍高級参謀河本大作らの謀略部隊だった。六月四日早朝、張作霖は奉天に到着する直前に列車ごと爆殺された。日本側にとって用済みと判断されたのである。

爆殺事件が起きたとき、息子の張学良は北京にいたが、迅速に行動し後継体制を整えた。国家的統一と民族的独立を意識していた張学良は、国民政府を中国の正当政権と認めた。こうして、国民政府は張学良を東北辺防軍司令長官に任命し、東北政権の内政に干渉しないこととし、一方で、外交権は国民政府が掌握することとなった。

満洲事変（柳条湖事件）

一九三一年九月十八日、関東軍が柳条湖事件(29)を引き起こし、満洲全土を支配する。このとき、蔣介石は約三十万の軍を率い、江西省を本拠地とする中国共産党・紅軍と戦い、湖南省において国民党内の汪兆銘《おうちょうめい》らを中心とする反蔣勢力とも戦っていた。一方、張学良は華北の石友三軍が起した反乱に、東北軍十一万五千で鎮圧にあたっていた。その後、体調を崩し、北平（北京）で療養中であった。関東軍は蔣介石、張学良が戦闘に忙殺されている間に事変を起したのである。

事変の一報を受けて張学良は奉天の部下に、堪忍《かんにん》自重し紛争を起こすなと下命した。事変の二カ月前、朝鮮人移民の長春への入植をめぐって、地元中国人農民と大きな衝突（万宝山事件）があり、また大興安嶺で情報収集活動をしていた日本軍人のスパイ容疑殺害事件（中村大尉事件）の処理がこじれ、日本との外交問題で東北地域は緊張状態が続いていた。蔣介石もまた、張学良に「日本軍が東北で事を構えたとしても、我々は不抵抗を旨とし、衝突を回避する」ように命じていた。中国側は、この事変をあくまで小競り合いと考えており、日本軍が満洲全土を制圧する意図をもっているとは考えていなかったのである。

関東軍は朝鮮軍（朝鮮に駐屯していた日本軍）に増援を依頼し、朝鮮軍は軍中央の裁可なしに独断で国境線を越えた。日本軍は四カ月半で満洲全土を支配し、「満洲国」を建国した。一九三三年二月には、隣接する熱河省へ侵攻、「満洲国」に編入した。その後も華北へ進出を図り、傀儡の冀東《きとう》防共自治政府を成立させ、国民政府も「満洲国」との間に冀察《きさつ》政務委員会（一九三五年）をつくり緩衝地帯とした。

一九三六年、蒋介石は張学良によって監禁され（西安事件）、国共合作に同意した。こうして、中国では曲がりなりにも国共合作（第二次）への道がつけられ、日本軍と全面戦争に入っていくのである。

(29) 柳条湖事件と第一次上海事変について。
昭和六年九月十八日、奉天郊外の柳条湖で南満洲鉄道の線路が爆破された。これは、板垣征四郎大佐、石原莞爾中佐による謀略で、この事件をきっかけに日本軍は満洲全土に兵を進めた。これに憤激した中国人民は各地で立ち上がった。特に南京では十二月十七日、三万人の学生が蒋介石に北上抗日を要求した。翌年一月十八日、上海で五名の日本人僧侶が中国人に襲われ、これをきっかけに、上海在留の日本人が、中国側に一撃をくわえるよう海軍陸戦隊をけしかけた。このため、一月二十八日、上海で日中両軍が衝突し、戦闘は三月三日まで続いた。この戦闘は、昭和十二年八月から上海で始った日中両軍の全面的な交戦と区別して「第一次上海事変」と呼ばれている。

日本のシベリア出兵

本節の冒頭で日中戦争へと到る過程の端緒は義和団の乱、日露戦争にあると書いたが、一九一七年のロシア革命の影響も見逃せない。ロシア革命が起こると、日本はシベリアに出兵した。一九一八年十一月から二二年まで、総数七万五千の兵力を展開し、一時はバイカル湖付近にまで進出したが、三千五百人の戦死者と二万人以上の負傷者を出して撤退した。シベリアに取り残されたチェコスロバキア軍を救出するという名目であったが、共産主義の脅威に対抗する、防共という目的も含まれていた。関東軍が満洲事変を起こしたのも、日本の農村の余剰人口を入植（中国農民からの土地の掠奪）させるという目的もあったが、ソ連の脅威に対抗するためでもあった。

ドイツのソ連侵攻もウクライナの穀倉地帯を占領することが第一の目的であったが、その裏には共産主義の絶滅という目的があったのではないか。一九一七年にロシア一国で起こった社会主義革命が、日中戦争だけでなく、全世界を巻き込んだ大戦の要因となったことは否定できない。

8　日中戦争　蘆溝橋事件から第二次上海事変、南京事件へ

ここで、日中戦争とは何だったのかについて考えてみたい。参考にするのは手元にある四冊の本、古屋哲夫『日中戦争』（岩波新書　一九八五）、小林英夫『日中戦争　殲滅戦から消耗戦へ』（講談社現代新書　二〇〇七）、加藤陽子『満州事変から日中戦争へ』（岩波新書　二〇〇七）、大杉一雄『日中十五年戦争史　なぜ戦争は長期化したか』（中公新書　一九九六）である。

昭和十二年七月七日

日中戦争（支那事変）の始まりは、昭和十二年七月七日の蘆溝橋事件である。北京郊外、蘆溝橋付近で夜間演習をしていた日本軍の一個中隊に、十時四十分ごろ、十数発の小銃弾が打ち込まれた。日中の軍事的衝突を誘発しようとした共産党軍の陰謀という説もある。ただ、この

事件をきっかけにして日本が軍を進めたことは間違いない。

　日本政府は蘆溝橋事件が起こると「北支事変」と呼ぶことにしたが、戦火が上海にまで拡大すると「支那事変」と改称する。戦争ではなく事変としたのは、宣戦布告をして戦争となると戦時国際法が適用されて、アメリカなどの第三国からの軍事物資獲得が困難になるからである。一般的に事変でなく戦争になると、軍事同盟を結んでいる国は同盟国としてその国の戦争に参加しなければならなくなる。ところが事変であれば同盟国には戦争に参加する義務はない。

「現地解決・不拡大方針」

　日本が事変としたのは中国とは全面戦争には至らないという軍部の見通しがあり、軍事的一撃で問題が解決すると考えていたからである。この時、日本政府も軍中央部も「現地解決・不拡大方針」を決定した。しかし「現地解決」とは事件の責任を中国側に押し付け、中国軍の撤兵および謝罪を要求することによって日本の勢力範囲を拡大することであった。

　この蘆溝橋事件の停戦交渉の相手は冀《き》察《さつ》政務委員会委員長・宗哲元であり、衝突したのも宗哲元麾下の第二十九軍であった。先述したように、冀察政務委員会とは満洲事変以後、日本軍の華北進出による軍事的圧力によって国民政府軍が撤退を余儀なくされた結果、中立地帯に成立したものであった。それ以後、日本の現地軍部は宗哲元と冀察政務委員会を中央の国民政府から切り離して従属化させ、そうして日本の主導権を国民政府に追認させせようと画策していた。「現地解決・不拡大方針」とは、このように日本軍による従属化政策に応じれば事変を拡大しないというものであって、相手が応じなければ打ち懲らしめるために軍事行動を拡大するということになる。

なし崩しの戦線拡大

要するに、日本側にとって日中戦争とは「現実には全面戦争へと向う戦争の拡大にあたって、これまでの、現地政権の分離と傀儡化をめざす「現地解決」の成果を確保し、なし崩し的侵略方式を継続するという、いわば全面戦争を回避する形での戦争目的が立てられていた」（古屋哲夫『日中戦争』）のであった。しかし日本政府が東京で不拡大の方針を示しても、現地解決方式では、結果的に軍事的圧力をかけ続けることになって戦線が拡大していくのである。

このような状況に対して蒋介石は七月十七日、次のように演説した。

もし蘆溝橋が占領されれば北京は第二の瀋陽（奉天）になってしまうし、そうなれば河北省、察哈爾《チャハル》省も東北四省（満州国）になるであろう、さらに南京が北京の二の舞いを演じないわけがあろうか。この事変をかたづけるかどうかが最後の関頭の境目である。我々はもとより弱国ではあるが、わが民族の生命を保持せざるを得ないし、祖宗・先人が残してくれた歴史上の責任を背負わざるを得ない。中国民族はもとより和平を熱望しているが、ひとたび最後の関頭に至れば徹底的に抗戦するほかない。

しかし今回の事件が戦争にまで拡大するか否かはまったく日本政府と日本軍隊の態度にかかっているが、和平が絶望に陥る一秒前まででも、我々はやはり和平的な外交の方法によって、この事変の解決をはかるよう希望する。

（大杉一雄『日中十五年戦争史』）

先にも述べたように、冀察《きさつ》政務委員会（冀は河北、察は察哈爾のこと）が満洲と国民政府との間の緩衝地帯として成立していた。これは蒋介石が関東軍による日本の傀儡政権がこれ以上広がるのを恐れて先手を打ったもので、表面上は日本が要求している北支自治運動の形式を取りながら、実態は国民政府の制御下にあった。冀察政務委員会は日本軍に対しては面従腹背であった。日本軍の要求をのむような振りをしながら、国民政府の影響が強く、交渉はなかなか進展しなかった。

冀察政務委員会と満洲国の間には冀東《きとう》防共自治政府が成立していた。こちらは日本の傀儡政権であったが、冀察側からは冀東保安隊に対して抗日決起の働きかけが行われていた。蒋介石の演説にみられるように、日本軍に対する抗日意識は中国全土に高まり、冀察政権も態度を強硬化し小競り合いが続いた。

　昭和十二年七月二十七日、日本政府は内地三個師団の派兵を決定した。七月二十五日には北京、天津間の廊坊で、二十六日には北京城広安門で日本軍が攻撃されていた。中国軍勝利の知らせを受けた冀東保安隊が反乱を起こし、二十九日には通州の日本軍守備隊と特務機関を攻撃して民間人を含む日本人二百人以上を惨殺した（通州事件）。こうして「現地解決・不拡大方針」は破綻し、戦線は上海にも飛火した。

　この間に紛争解決の手がなかったわけではない。満洲事変の立役者、石原莞爾は支那事変に関しては不拡大派の中心人物であった。石原は「この際思い切って華北の全軍を山海関の満・中国境にまで後退させ、近衛首相自ら南京に飛び、蔣介石と膝詰で両国の根本問題を解決すべきであると進言した」（大杉一雄『日中十五年戦争史』）。が、広田外相は熱意を示さず、風見章書記官長が飛行機の準備までしたが近衛首相は消極的であった。わずかに近衛は宮崎滔天の長男・龍介を中国に派遣しようとしたが、これを察知した陸軍強硬派によって宮崎が憲兵隊に勾留され計画は挫折した。

戦線は華北から上海へ

　華北での戦線が拡大すると、日本政府は揚子江沿岸の日本人に上海に集結するよう命じた。

当時、上海だけでも三万人もの日本人居留民がいた。

上海への戦線の拡大に反対していた石原莞爾は、日本人居留民の上海からの引き揚げを主張した。石原の考えは、支那軍は昔と違って軍事的に格段に進歩しているので、居留民を海軍だけで保護することはとうてい不可能というものであった。それより、居留民が蒙ることになる損害を一億でも二億でも補償した方が戦争するより安くつくと考えていた。戦火が上海にまで拡大すれば中国全土におよぶ全面戦争になる恐れがあった。

しかし、石原にしても、三万人もの上海日本人居留民に長年営々として築き上げてきた財産や権益を捨てて引き揚げさせるという政治力はなかった。

こうして戦線拡大に反対した石原莞爾は参謀本部第一部長を更迭され、関東軍参謀副長として転出した。石原の考えは、あくまでソ連にいかに対抗するかということだった。

八月九日午後五時頃、上海西部の虹橋《ホンチャオ》飛行場付近を車で通行中の海軍西部巡遣隊長大山中尉が、運転していた斎藤一等水兵ともども中国保安隊によって射殺されるという事件が起こった。当時、虹橋飛行場は中国空軍が使用していたため付近は厳重に警備されており、大山中尉の行動は中国側からみれば偵察行為であった。中国側の停止命令を無視したため中国保安隊が先に発砲したという説と、海軍が中国を挑発して事を起こして、陸軍を上海に派遣させるために大山中尉が囮になったという海軍謀略説（笠原十九司『日中戦争全史』上・下　高文研　二〇一七）

■藤田拓之『居留民の上海—共同租界行政をめぐる日英の協力と対立』、日本経済評論社、2015　から。

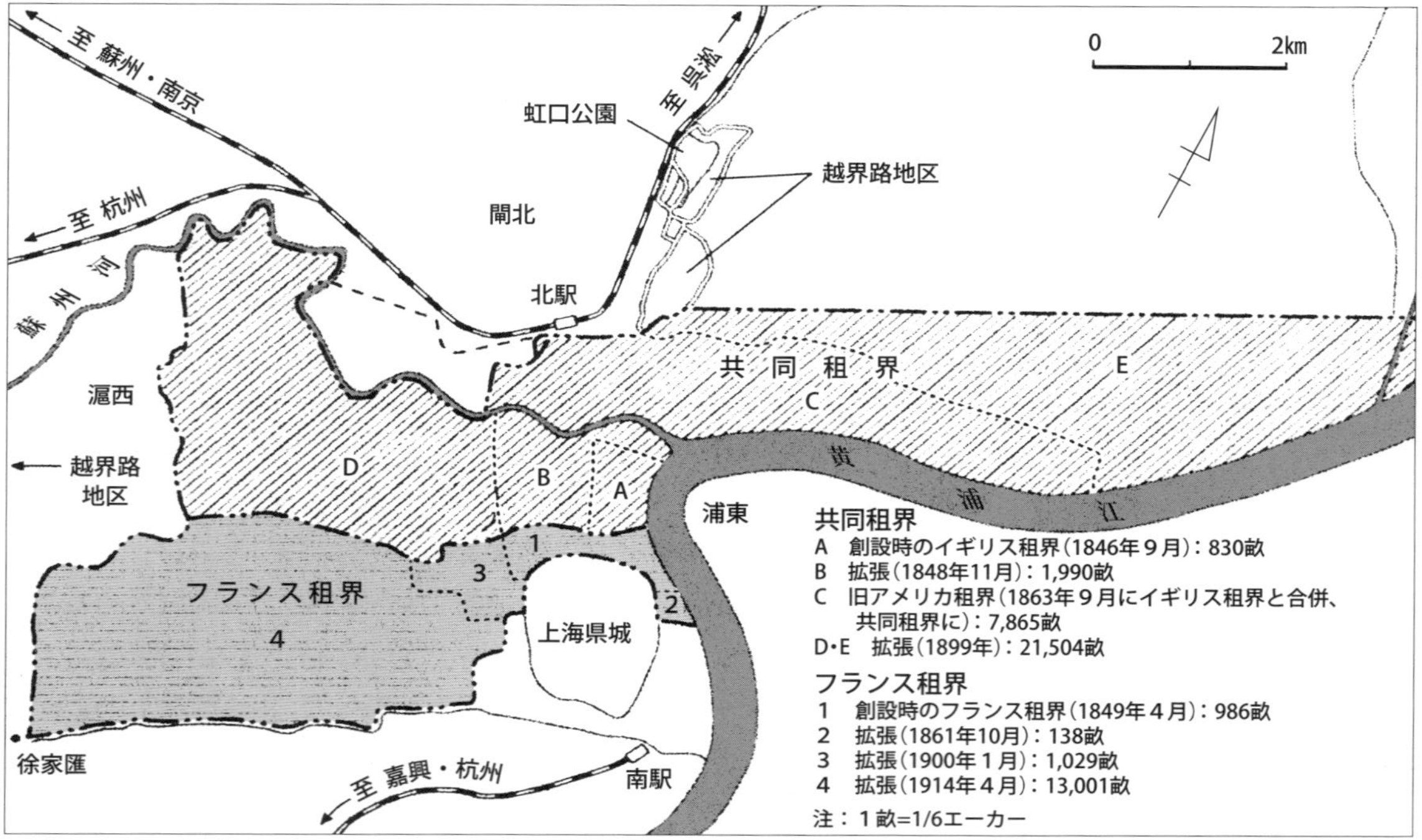

※越界路は、租界拡張の手段とした通路。虹口公園は1932年４月29日に重光葵が負傷したところで、周囲に多くの日本人が居住していた。近くに陸戦隊本部もあった。

がある。このため上海でも日中両軍は一触即発の事態に陥った。

第二次上海事変

上海と揚子江流域には、蒋介石がドイツ人顧問団とともに育成した精鋭部隊八万を含む三十万の中央軍が配備されていた。日本陸軍は対ソ戦しか想定していなかったが、中国側は一九三四年からドイツ人顧問団の指導により対日戦の準備を開始し、一九三六年四月には独中借款条約を結んでいた。ドイツは武器輸出総量の五七・五パーセントを中国に集中させ、国民政府軍はドイツ製の武器で武装し、ドイツ製のダイムラー・ベンツのトラックで輸送するという体制にあった。

日本の中国大陸における権益の守備展開は、華北は鉄道輸送を主軸とする陸軍によって、華中・華南は揚子江の水運による海軍によって担われていた。上海には海軍特別陸戦隊が置かれ、戦車、装甲車、榴弾砲、速射砲等を装備していた。

この八月における上海付近における双方の戦力は中国軍十二万に対し、日本側は海軍特別陸戦隊二千五百であった。

八月九日の大山中尉らの射殺事件をうけて、十一日、海軍は揚子江上の第三艦隊を急遽、上海市内の黄浦江に進出させ一千人の陸戦隊を上陸させた（大杉一雄『日中十五年戦争史』）。そして横須賀と呉から特別陸戦隊千四百人が十八日朝に、佐世保から特別陸戦隊一千人が十九日夜に上海に到着したが、すでにこの時点では中国軍の攻撃が開始されていた。

中国軍は八月十二日に共同租界のすぐ外の四川路にあった海軍陸戦隊本部を取り囲むように布陣し、十三日には陸戦隊本部北側の八字橋付近で攻撃を開始した（森山康平『図説 日中戦争』河出書房新社 二〇〇〇）。十四日には、中国空軍は黄浦江上の戦艦「出雲」他の艦船に対して爆撃を敢行したが正確さを欠き、共同租界やフランス租界の「大世界」娯楽センタービル付近に着弾して多くの死傷者を出した。

このため、日本の近衛内閣は八月十五日、「暴支膺懲」、すなわち「支那軍の暴戻《ぼうれい》を膺懲し以て南京政府の反省を促す」という声明を発表、十七日に「不拡大方針」を破棄した。九月二日にはそれまでの「北支事変」から「支那事変」に呼称変更することを決定した。

日本も中国軍に対抗して、海軍航空隊が八月十五日に長崎県大村飛行場から南京飛行場を、台北からは南昌飛行場を爆撃した。この爆撃は非武装都市への不法爆撃と非難された。その後も、海軍航空隊は南京の軍事施設、参謀本部を爆撃した。このように戦場から遠く離れた敵国の後方拠点を爆撃する「戦略爆撃」は、日本海軍航空隊がおこなったのが最初だと言われている。海軍航空隊が九月から十月の一カ月間に投下した爆弾は四千九百五十発に達した。

十倍以上の中国軍に囲まれた陸戦隊だったが、当初は双方とも英米の共同租界、フランス租

挿図第九

上海付近戦闘経過要図（その一）

（昭和十二年八月下旬～九月末）

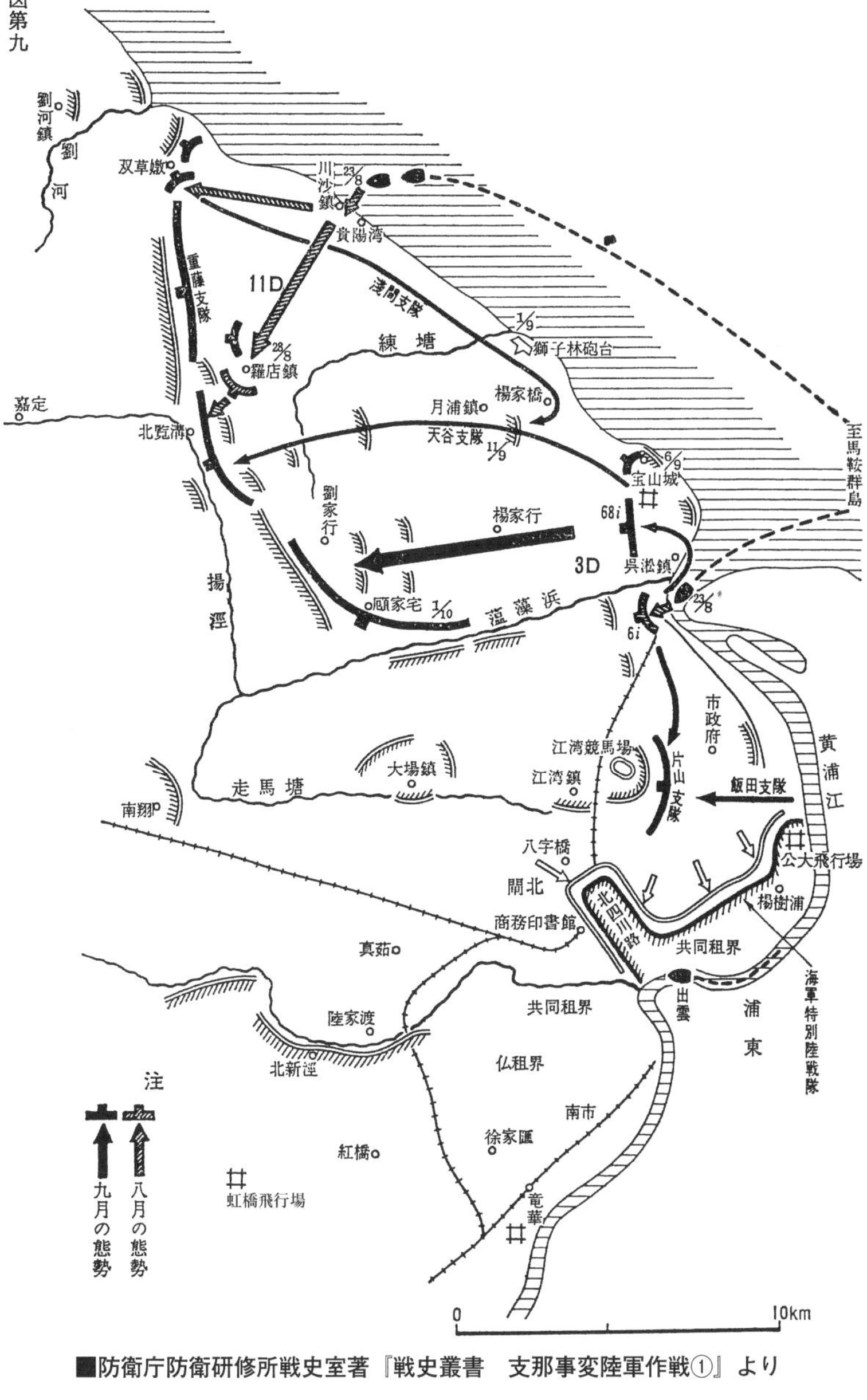

■防衛庁防衛研修所戦史室著『戦史叢書　支那事変陸軍作戦①』より

界に戦火を及ぼすことのない限定的な戦いだった。陸戦隊は苦戦したが、火器で上回り、空母「加賀」などの航空部隊の援護もあって、かろうじて陣地を死守した。

陸戦隊が陣地を死守している間に、八月二十三日、陸軍の上海派遣部隊が到着した。この部隊は第三師団（名古屋）と第十一師団（善通寺）で、二十歳から二十一、二歳の現役兵が中心で、軍司令官は予備役召集の松井石根《いわね》大将だった。この部隊の任務は上海居留民の保護だったが、松井はひそかに、南京への攻撃と、蔣介石を下野させることまで考えていた。

一方、中国では九月に第二次国共合作が成立し、国民政府は華北の共産党軍を国民革命軍第八路軍として組み入れ弾薬、資金を提供した。

こうして、日本と中国は全面的な戦争状態に突入していったのであるが、日本側には明確な戦争計画はなく、国民政府に「反省」を求めている以上、国民政府を消滅させることまでは考えていなかった。そのため、現地軍の場当たり的な対応と、軍司令官の野心が日本の命運を決したのであった。

陸軍の上海派遣部隊は上海北方の揚子江沿岸、呉淞《ウースン》南方海岸と、そこから十四、五キロ北方の川沙《せんさ》鎮《ちん》に上陸しようとしたが、中国軍は強固な陣地を構築して待ち構えていた。日本軍は上陸用舟艇に乗り移るときから猛烈な射撃を受けた。第三師団は呉淞に上陸したものの十七日間で三キロしか前進できず、その後も大小のクリークに阻まれて一日に百メートルから六百メートルしか進めなかった。第十一師団は川沙鎮に上陸し、五日間で六キロ前進し羅店鎮《らてんちん》を占領したが、それ以上は一カ月間も前進できなかった。日本軍は多くの死傷者を出し、中には十日間で戦力が三分の一になった聯隊もあった。その多くが現役兵であった。

このため、三個師団が新たに投入され、九月末から十月初めにかけて相次いで上海に上陸した。この中の第百一師団と第十三師団は多少の予備役を加えた後備役中心の編成だった。年齢は三十代半ばで、とても精鋭とはいえない部隊だった。それほど日本は中国軍の抵抗にうろたえていたのである。

中国軍は毎日のように増援部隊を送ってきたが、日本軍は制空権をにぎり、戦場は艦砲射撃の範囲内にあった。重砲兵部隊が増強され、激戦の末ようやく大場鎮《だいじょうちん》を占領した。押されていた海軍陸戦隊も前進を開始したため、中国軍は租界内の蘇州河南岸まで後退した。

上海市内に上げられた、呉淞の激戦地、大場鎮占領を知らせる日本軍のアドバルーン。杭州湾上陸に際しても同様のものが上げられた。

上海戦の終結から南京攻略へ

このころ、日本から新たな軍団が上海南方六十キロの杭州湾に向かっていた。第十軍である。

挿図第十八

上海付近戦闘経過要図（その二）
（昭和十二年十月～十一月中旬）

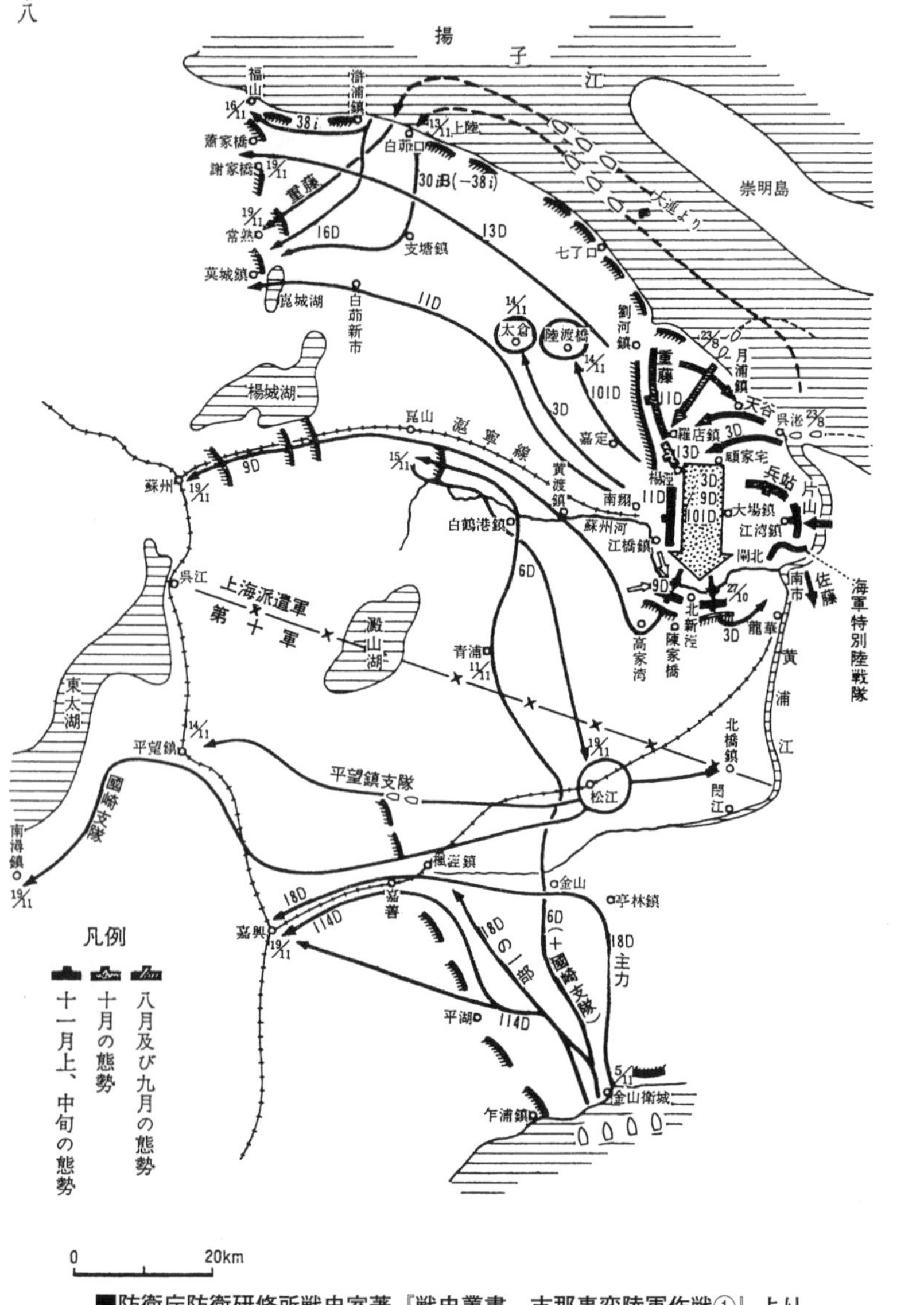

■防衛庁防衛研修所戦史室著『戦史叢書　支那事変陸軍作戦①』より

この中の第十八師団には玉井勝則（火野葦平）もいた。第十軍はほとんど抵抗を受けずに杭州湾・金山衛《きんざんえい》の上陸に成功した。

上海には九個師団という大兵力が集結して中支那方面軍が設けられ、松井石根大将が司令官に就任した。上海での戦闘は八月から十一月まで続き、この間の日本側の損害は戦死者約一万人、負傷者約三万人に達している。中国側も延べ七十万人を動員し、そのうち十九万人が犠牲になったといわれている。

十一月五日、第十軍が杭州湾上陸に成功すると、軍司令部は上海市内に「日軍百万上陸杭州北岸」（実際は十万）のアドバルーンをあげた。これをみて蘇州河南岸で日本軍と戦っていた中国軍は背後を脅かされることを恐れて撤退をはじめた。約三カ月にわたった上海戦はこうして終わった。

中支那方面軍の任務は「海軍と協力して上海付近の敵を掃滅し、上海ならびにその北方地区の要線を占領し、帝国臣民を保護すべし」というものであった。だが、前線にある現地軍は南京政府の反省を促すという政府声明を批判し、南京政府を屈服あるいは崩壊させなければ事変は解決しないという考えだった。

日本政府の方針は、南京政府に反省を促し、蒋介石の面子を立てた上で講和に移行するというものであったから、現地軍（中支那方面軍）はそこで戦線を収束しなければならなかった。

しかし、中支那方面軍は、蘇州、嘉興にとどまれば敵の戦力の再整備を促す結果となり、敵の戦争意思を挫折させることを困難にするので、事変解決のためには首都南京を攻略しなければならないと考えるようになっていった。

参謀本部は結局、現地軍の攻勢を追認し十二月一日、「敵首都南京を攻略すべし」との命令を発せざるを得なくなった。松井軍司令官は上海戦線で総崩れになった中国軍を追って南京への追撃戦を開始することになった。中支那方面軍の各部隊は先陣争いを演じ、補給もないまま南京へ向かった。これが〝南京の悲劇〟を引き起こすことになった。

＊

蘆溝橋事件に端を発した支那事変だったが、何故、戦線は上海に飛び火し全面戦争になったのだろうか。蔣介石にとっては、上海の方が補給が容易だったこともあるが、上海で戦火を拡大すれば日本の侵略行為を租界（治外法権地区）の列強にアピールでき、しかも列強、とくに英米の介入が期待できた。蔣介石は単独では日本に勝てないと思っていたが、数年後に英米の対日参戦を予想していたと言われている。

日本側は、上海で戦果をあげて南京を攻略すれば、日本側にとって好条件で講和に漕ぎ着けられると考えた。あわよくば蔣介石に代わる傀儡政権の樹立も期待できた。しかし、これは日本が当初からそのような見通しをもって戦争をはじめたのではなかった。日本の軍中央はあくまでも不拡大方針であったが、現地軍はなし崩し的に戦線を拡大していった。こうして日本側は当面の戦いには勝利できても、広大な中国大陸の点と線を維持するのみで泥沼の戦いに引きずり込まれていったのである。

対中強硬派だった米内光政

昭和十二年二月の林銑十郎内閣で海軍大臣に就任した米内光政は、六月の第一次近衛内閣でも海軍大臣に留任した。米内は支那事変においては強硬派だった。陸軍の派兵を強く主張し、近衛内閣の「国民政府（蒋介石）を対手《あいて》とせず」という声明（昭和十三年一月）を引き出す役割を果たした。

昭和十五年一月に内閣総理大臣に就任した米内光政は陸軍の要求する日独伊三国軍事同盟（九月）に反対し、そのために陸軍が大臣を引き上げて内閣総辞職に追い込まれた（七月）。対米英戦争についても「勝てる見込みはありません。日本の海軍は米英を相手に戦争ができるように建造されておりません」と述べて反対した。

このような経歴から、米内光政は戦犯に指名されなかったが、対中強硬派として中国での戦線の拡大には大きな役割を果たしている。日本が対米英戦争に引き込まれたのは、アメリカの要求する中国からの撤兵を拒否したからである（後に、このアメリカの中国からの撤兵要求には満洲が含まれていなかったのではないかという議論もある)。対米英戦争が日中戦争から始まっていると考えれば、対中強硬論をとなえて実行した米内光政の「戦争責任」は大きいものがあるだろう。

殲滅戦と消耗戦

小林英夫『日中戦争　殲滅戦から消耗戦へ』は、日中戦争を日本軍の殲滅戦略による戦争と、中国軍の消耗戦略という観点からとらえている。日本軍の得意な殲滅戦に対して、中国軍は日本軍を消耗戦へ引き込むという戦略的な視点でこれに対応した。上海での敗北後は、中国軍は正面からの徹底抗戦を避け、南京から後退しながら重慶に遷都し、軍事力を鍛錬・再編していく方針に転換した。

日本軍はこの中国軍の戦略転換に対応できないまま、上海から南京へ、徐州、そして武漢へと泥沼の戦争に引き込まれていくのである。南京、徐州、武漢でも日本軍は中国軍を包囲殲滅しようとしたが、何れも中国軍はその前に撤退している。蔣介石は重慶に退き抗日戦を継続していくことになる。

＊

小林英夫は「十五年戦争」という呼称はふさわしくないとしている。「十五年戦争」だと、

「あたかも日本が、満州事変から数えれば十五年間にわたって自覚的に長期戦を戦ったかのような印象を強く与えすぎる」からである。たしかに、「十五年戦争」という言い方では地域が明らかにならず、どこと戦争したのかもわからなくなってしまう。

安岡章太郎の戦争

この「十五年戦争」という呼称について、安岡章太郎は『僕の昭和史Ⅰ』（講談社　一九八四）で次のように書いている

「十五年戦争」という言い方は、戦後になって出来たもので、当時は誰もこんな戦争がこれから十五年間もつづくだろうとは、夢にも思っていなかった。いや、僕自身の実感からいっても、シナ事変と大東亜戦争は一体のものと考えられるが、満州事変とシナ事変との間には、ほんの数年間にしろ平和なインターヴァルがあって、それを戦争とは呼べない気がするのだ。

安岡は戦争と平和、戦時の中の日常についても次のように述べている。

召集されて戦場に行っている兵隊でさえ、大部分の者が日常の大半を平時と同じ感覚で送っているのだ。いかにそれが苦渋にみちた平和であろうとも、戦争とは係わりのない時間が戦場にだって流れている。そのことは後に僕自身、軍隊に入ってみて実感したことだ。中隊にいる間、初年兵の僕らは忙しくて、とても「戦争」のことなど、憶い出しているヒマがなかった。

補給無視の日本軍の戦争

安岡のいうように、戦時に日常があったことに自覚的であることは大切である。しかしこの間にも、現地では断続的に局地戦が行われていたのである。その局地戦も長期的な観点に立って作戦が実施されたのではなく、現地派遣軍の行き当たりばったりの戦いであった。

上海から南京まではおよそ三百キロ、東京から名古屋までの距離にあたる。補給部隊もないなかで南京攻略は困難であるという声が強かったが、参謀本部の武藤章や中支那方面軍司令官の松井石根らは南京攻略をもって事変の解決を図ろうと南京への進軍を決行した（のちに武藤章と松井石根は東京裁判で死刑になっている）。もちろん、徒歩での行軍であって、その間、満足な補給もなく行く先々で食糧の現地調達、すなわち掠奪をするしかなかった。そもそも日本がトラックの量産を開始したのは昭和十二年ころからで基本は馬と人による大八車で補給していたと思われるので、補給が間に合うはずがない。

後備兵率の高さが犯罪に直結

加藤陽子の『満州事変から日中戦争へ』は、いろんな資料を活用して、日中戦争の実態を浮かびあがらせている。加藤によると、上海戦の終盤になると、ドイツ人顧問団によって訓練されドイツ製の兵器で装備した国民政府中央軍の近代的戦闘部隊は、ほとんど消耗してしまった。兵力が足りなくなり、急遽、地方軍が戦線に投入された。つまり、南京の守備兵は練度が低い地方軍が多数を占めていたと考えられる。一方で、日本軍も参謀本部の意向によって、ソ連の動向を警戒するあまり、現役兵率の高い精鋭部隊は満洲に温存し、上海・南京戦に投入しなかった。

陸軍省の統計によると、一九三八年八月時点での中国戦線における日本軍に現役兵が占める割合は十六・九％、予備兵が二十八・三％、後備兵が四十一・五％、補充兵が十三・五％となっている。中国戦線の実に四割が後備兵からなっていた。後備兵率の高さは、戦場での犯罪の多さに直結する。この後備兵率の高い日本軍が南京戦に投入されたのである。

予備役には現役を終えた軍人が一定期間（五年四カ月）服するもので、普通、現役兵と予備役で常備兵となる。予備役を終えた軍人は後備役となり、十年間召集に応じる義務がある。後備役となれば現役兵に比べ年齢も高く、兵役と縁が切れたと思ったころに召集されることになり戦意も旺盛ではなく、年長者のため軍紀に従わず、うさを晴らすために戦闘が終わった後に犯罪に走る傾向があったのだろう。

補充兵は現役兵の欠員を補充し、また戦時の要員に充当するために、必要に応じて召集される。大岡昇平は昭和十九年、三十五歳で九十日間の教育召集受けた後、補充兵としてフィリピンに送られている。

南京攻略戦の実態

中国軍も上海戦では蒋介石の信頼が篤い陳誠《ちんせい》が総指揮をとったが、南京では現代戦の指揮経験のない唐生智《とうしょうち》が南京防衛軍司令長官となっていた。中国軍の幕僚たちは南京死守を放棄し、ある程度の抗戦を行った後、自ら撤退し長期持久戦に持ち込むことを蒋介石に進言した。しかし、蒋介石は一定期間、南京を死守する作戦に固執した。蒋介石は軍事委員会の人員をモスクワに派遣し、中国が有効な軍事的抵抗を見せれば、一九三七年十二月頃にソ連の対日参戦の可能性があると考えていた。

南京の城壁の高さは約十八メートルあり、外側には水濠があった。このような防御に適した城壁都市はいったん、敵に侵入された場合、守備軍が退却するのには適さない。指揮経験のない唐生智は撤退の時期を誤り、十二月十二日夜から十三日の朝にかけて、約十五万人の中国兵が退却を試みたが、日本軍の包囲網を破ることは困難であった。このため中国兵の一部は軍服を脱ぎ捨てて庶民の中や、国際安全区（難民区）へ逃げ込んだ。このため南京城内外は大混乱に陥った。南京城の背後、揚子江に逃げた兵士たちは、日本軍の機関銃で掃討された。

日本軍は捕虜の扱いを心得ていなかった。そもそも自分たちの食糧の補給もおこなわれなかったので、捕虜に分配する食糧があるわけはなかった。そのうえ、この日中戦争は宣戦布告のない日支事変であったので日清、日露戦争時の宣戦の詔書中にはあった「国際法規を遵守」というような文言も徹底しておらず、捕虜の扱いは現地軍に任されていた。十分な補給のないまの追撃戦、練度の低い後備役・補充兵率の高い兵士構成、それに中国人への蔑視感情が加わって、後に「南京事件」といわれる事態をまねいたのである。

9　小津安二郎の戦争

一年志願兵

先に、火野葦平が一年休学して、除隊後復学するという制度を利用して福岡歩兵第二十四聯隊に幹部候補生として入営した話を紹介したが、小津安二郎も大正十三年、二十一歳の時に一年志願兵の制度を利用して入隊している。

「一年志願兵とは、中学以上の学校を卒業した者は、一年分の食費と被服費を前納すれば、通常二年の兵役を一年間で除隊できる制度。小津のような中学卒は少数で、大学卒が多く利用したらしい」（田中眞澄『小津安二郎周遊』文藝春秋　二〇〇四）。前納金は二百四十円、松竹蒲田の監督の月給が百円で、撮影助手小津安二郎は三十円だったので、経済的余裕のある家の子弟でなければ利用できない制度だった。小津は伍長となって除隊した。

予備役で毒ガス戦訓練

予備役伍長の小津は、昭和八年九月十六日から十月一日まで約二週間、演習召集で三重県の陸軍歩兵第三十三聯隊に入隊している。そこで主として毒ガス戦の訓練を受けた。この召集を終えて、小津は京都で山中貞雄に出会っている。

この頃、小津は深川区の父の家に住み、蒲田の撮影所に通っていた。撮影が忙しくなると、当然、家には帰らないこともあった。また、湯河原で脚本部員とシナリオを書くこともあった。小津は昭和八年には『東京の女』、『非常線の女』、『出来ごころ』の三本の映画を完成させ、日本映画の先頭に立っていた。

この年は波乱の年であった。二月には日本は国際連盟を脱退し、小林多喜二が虐殺され、八月には共産党幹部、佐野・鍋山の転向声明が獄中から出され、十二月には共産党スパイ査問事件が起きている。

後備役で上海へ

小津安二郎は昭和十二年七月七日の蘆溝橋事件、支那事変の勃発から中国大陸での戦火の拡大にともなって、九月九日に召集令状（後備役）を受け取っている。

その二週間前に山中貞雄監督の名作『人情紙風船』が封切となったが、山中は当日に召集の報に接している。山中は北支から中支、さらに揚子江を遡行して南京攻略戦に加わっている。かなりの激戦を体験したようである。翌年九月、山中は開封の病院で急性腸炎のために二十八歳で病死した。

小津は近衛師団歩兵第二聯隊に入隊、上海派遣軍直属の野戦瓦斯《ガス》第二中隊（甲）に配属されたらしい。毒ガス使用を前提とした部隊である（田中眞澄『小津安二郎と戦争』みすず書房　二〇〇五）。九月二十九日に、上海へ上陸、十七名の部下を持つ分隊長として泥濘の中をトラックで後方連絡、輸送にあたっていた。

小津は手紙や日記で戦地の報告をたびたび書いているが、その中には「慰安所」についての記述もある。

昭和十三年四月の手紙では「慰安所心得」の抜粋を書いている。「次期作戦準備ノタメ戦力ノ保持上如何ナル撒毒地帯ヲモ突貫シ得ル如ク防具ノ装着ヲ確実ナラシムルコト」、「戦闘後ハ別室ニ設ケタル洗滌《せんでき》室ニ於テ兵器ノ手入ヲ行フベシ」と、性行為を戦闘になぞらえているところが活動屋らしい。時間は正午から七時までで、兵隊は三十分以内、一円五十銭となっている。

昭和十四年一月の日記には湖北省応城の「慰安所」について書かれた個所がある。そこには「半島人三名支那人十二名」がいたと書かれ、各部隊ごとに利用する曜日が割り当てられていたという。田中眞澄は、このような施設は小津のスタイル、美意識に合致しないので利用しなかったであろうと推測している。

火野葦平が杭州湾奇襲上陸したのは、『土と兵隊』によれば十一月五日だから、小津安二郎は火野の約一カ月前に上海に上陸していたことになる。

小津安二郎の動静は新聞記事でも伝えられている。それによると小津の所属部隊は「松井部隊森田部隊吉沢隊」で、中支那方面軍松井石根司令官直属の部隊であった。また小津の葉書には「去る十二月十五日に蘇省鎮より揚子江を渡り、揚州儀徴と第一線に前進し二十日◯◯に入城しました」という文面がある。

田中眞澄は『小津安二郎周遊』で、この◯◯を南京と推定している。当然ながら、この葉書には南京の様子は書かれていない。

この本で興味を引くのは、松竹大船撮影所に国防婦人会が結成されていることで、会長に田中絹代、副会長に飯田蝶子がなっている。撮影所にも日中戦争の影響は及んでいたのである。

小津安二郎の戦場体験

『小津安二郎と戦争』には何枚かの写真が載せられている。小津はライカで四千枚の写真を撮影したらしいが、焼失して五点しか残っていない。その中には、上海に向かう輸送船の船内を写したもの、馬に曳かれた大八車が河を渡っている写真もある。小津自身の軍服姿の写真もある。「修水河渡河戦時の小津」の写真では、合羽を着ての完全軍装である。この本には小津の戦場での体験の談話も載っている。温厚そうに見える小津安二郎の過酷な戦場体験談話である。

敵の弾を初めて経験したのは滁《じょ》県、情けないがビクリと来ました。が段々なれて来ました。全く最初は何となく酒ばかりやりましたが、考えてみると幾分その辺り精神の働きでしょう。しまいには平気です。人を斬るのも時代劇そっくり。斬るとしばらくじっとしている。やアと倒れる。芝居は巧く考えてありますネ。そんな事に気がつく程余裕が出来ました。(中略)

部隊一同が敵の応戦の執拗さに、怒髪天を衝いてカンカンになった時、必ず、支那兵が吶撃《とつげき》して来る。おのれ、と、こちらも塹壕を飛出して白兵戦になる。そうなれば、しめたもので、必ず我軍の勝利だ。(中略)

こうした支那兵を見ていると、少しも人間と思えなくなって来る。どこへ行ってもいる虫のようだ。人間に価値を認めなくなって、ただ、小癪に反抗する敵――いや、物位に見え、いくら射撃しても平気になる。

体験ならではのことが語られている。まさに戦争は人と人との殺し合いである。切られた人間がすぐに倒れないとか、「支那兵」を虫のように見て、人間として見なくなるという、戦場での心理が表現されている。映画監督の小津であってもこのような心理から逃れられなかったのである。幸い、小津安二郎は二十二カ月の軍務を務め上げ、無事、帰還した。

＊

小津が昭和二十三年に撮った作品に『風の中の牝雞』という田中絹代主演の映画がある。主人公の女性は夫の復員を待つ間、生活が困窮する。そのような時に子どもが病気をして、医者に診てもらうために一度だけ身体を売ってしまう。復員してきた夫がそれを知り、怒りの余り妻を階段から突き落とすという筋書で、小津にしては珍しく時局をえがいた映画である。この映画はあまり評判が良くなかったらしい。その次の年には、名作『晩春』を撮っている。これ以後、小津は戦後、家庭という形が崩壊していく有様を静かなタッチで、えがいていくことになる。このような小津作品には、見えない形で彼の戦争体験をうかがうことができるのではないだろうか。

昭和二十八年に制作された名作『東京物語』にも、強調はしていないが戦争の影がさしている。尾道から出て来た笠智衆、東山千栄子が演じる老夫婦の面倒を献身的に見るのは、原節子が演じる紀子である。この紀子が戦死した次男の嫁という設定になっている。

10　報道班員としての火野葦平

国民的英雄「火野葦平」

平野謙は戦時の火野葦平について『昭和文学史』に次のように書いている。

「糞尿譚」一篇によって昭和十二年下半期の芥川賞を授賞された無名の作家は、なかば偶然にさいわいされて、一朝にして「麦と兵隊」の作者として、その名を全国に喧伝されることとなった。火野葦平というペン・ネームはほとんど国民的英雄にもひとしい意味を持ったのである。

『麦と兵隊』は昭和十三年五月四日から五月二十二日にいたる徐州会戦の従軍日記の体裁をとっている。『麦と兵隊』が何故、国民的熱狂をもって迎えられたかについて、平野は次のように評価している。

それ（「麦と兵隊」—筆者注）がほかならぬ実戦者の手記であるということ、私小説ふうに読者の文学翫賞眼にしたしみやすく書かれてあること、孫圩《そんう》の戦闘におけるような九死に一生を得た体験が一篇のクライマックスとして書きこまれてあること、などが戦闘の実際を知りたいと希っていた「銃後」の国民に多大の感銘を与えたのである。しかし、「麦と兵隊」一篇のもたらした花々しい文学的成功の原因は、中野重治のいうように「人間らしい心と非人間的な戦争の現実とを、何とかして調和させたいという作者の心持によってつらぬかれている」ためである。

中野重治の火野葦平評

平野が引用している中野重治の文章は、昭和二十七年四月に発行された『現代日本小説大系』第五十九巻（河出書房）の「解説」である。全集に収録されるにあたって、「第二世界戦におけるわが文学」と改題された（筑摩書房版全集では第二十一巻に収録）。この河出書房版の第五十九巻には、丹羽文雄「海戦」、石川達三「生きてゐる兵隊」、火野葦平「麦と兵隊」、上田広「黄塵」、日比野士朗「呉淞《ウースン》クリーク」が収録されている。

中野はこの巻に収録された作品が、ほぼ昭和十三年に書かれていることに注目し、一部の文学者には執筆禁止の措置がとられ、一方で、排外主義、民族主義のイデオロギーも大きくなってきたことが加わって、実作としてたくさんの戦争作品が出てきた年であると規定している。言い換えれば、日中戦争が日本にとって上り坂として映っていた時の文学作品である。日本側にいくらか余裕があったことから、平野が引用しているように、火野の作品は「人間らしい心と非人間的な戦争の現実とを、何とかして調和させたいという作者の心持によってつらぬかれ」たものになったのである。

火野葦平の場合、人間的なものをこの戦争に求めるという以上、この戦争そのものを否定するものとは、訣れざるをえないという気持ちが内部にひそんでいるはずである。中野に言わせれば、火野には「何かすまなそうな顔いろでわかれて行くという調子」がある。このように捉えたあと、中野は火野について次のように書く。中野らしい委曲を尽くした文章である。

火野は決して、何かはじめから民族主義を「奉じて」いたというものではない。時代の影響もあって、彼の生家が九州若松港の仲仕の親分玉井家であったということと結びついて、半封建的な親分気質をもまじえつつ、それ相応に民主的立場に立っていたものであり、その基本調で文学の道にすでにはいりつつあったものである。(中略)「左翼劇場」が九州へ巡業に行き、土地の右翼暴力団の襲撃をうけたとき、火野は挺身して劇団を保護してたたかったのである。この調子は、「麦と兵隊」その前の「糞尿譚」にすでにあらわれている。金権閥族にたいするやや封建的な正義派のたたかいがその基調にたなびいている。

「やや封建的な正義派のたたかい」という評価は、中野重治らしくて面白い。

除隊と白紙徴用

以後、火野葦平は杭州湾上陸作戦の『土と兵隊』（文藝春秋、昭和十三年十一月号）、広東攻略戦の『花と兵隊』（朝日新聞夕刊、昭和十三年末より）と、のちに兵隊三部作と称される作品を発表する。昭和十四年には海南島作戦に従軍し「海南島記」（文藝春秋四月号）を書く。十一月に現地除隊し、十二月に帰国している。

帰国してからは「朝日新聞」主催で、東京をはじめ国内各地を講演旅行。昭和十五年十二月、菊池寛、吉川英治、中野実、久米正雄と台湾講演旅行。昭和十六年九月、満洲事変十周年記念講演旅行。同行は川端康成、高田保、大宅壮一、山本実彦。その後、大連、旅順、奉天、新京、ハルビン、ハイラル、チチハル、黒河などを廻っている。

日米戦争が勃発すると、昭和十七年二月、「白紙《しろがみ》徴用」されてフィリピンに行き、バタアン作戦に従軍する。白紙徴用とは、召集令状が赤紙であったのにたいして、徴用令書が白紙であったことからきている。フィリピンには先発で、尾崎士郎、石坂洋次郎、今日出海らが行っていた。また、ジャワには武田麟太郎、阿部知二、大宅壮一が、マレーには井伏鱒二、中村地平らが派遣されていた。太宰治は胸部疾患のため白紙徴用を免れた。

火野葦平の自筆年譜をみていると、名のある健康な文学者はほとんどが徴用されていたようである。なお、国内では国家総動員法（昭和十三年四月）により父・金五郎が生涯をかけた事業「玉井組」が解散となり、第一港運株式会社が設立され、親子はただの株主となる。

昭和十八年、日本文学報国会の九州支部幹事長となる。

昭和十九年、インパール作戦に報道班員として死を賭して従軍、苦難の末、九月に帰国、この体験がのちに『青春と泥濘《でいねい》』に結実する。同月、大本営に呼び出されて「インパール作戦とビルマ戦線全般について、率直に、考えたとおりを述べよ」といわれ、実情を報告し「このまま進めば、由々しき結果を将来することを恐れます」と進言したが、受け入れられなかった。

十一月、南京でおこなわれた第三回大東亜文学者大会に出席する。同行は長與善郎、豊島與志雄、高見順、草野心平らである。

十二月、再びフィリピンへ従軍を命ぜられた。今日出海、里村欣三、日比野士郎、火野葦平の四人であった。今と火野が第一陣だったが、火野の仕事の都合がつかず、今と里村が先に出発した。今日出海のフィリピン行きについては第二節で述べた。昭和二十年一月、戦況悪化のため、火野葦平のフィリピン行きは中止となる。生きていたのが不思議なほどの戦場体験であった。

四月、鹿児島の陸軍特攻基地、知覧を視察。七月、白紙徴用で西部軍報道班員（嘱託）となり福岡に滞在する。八月の敗戦後、九月に朝日新聞に「悲しき兵隊」を発表、これを最後にペンを折る決心をしたが、「九州文學」の仲間に支えられて再びペンをとっている。

＊

火野の自筆年譜をみている限り、多くの文学者が従軍し、講演旅行や視察を行っている。川端康成でも鹿児島の鹿屋基地に何日か滞在している。それを考えると、除隊後に特に火野葦平が文学者として目立って「戦争協力」をしたという印象は受けない。

11　敗戦後の火野葦平　『革命前後』と「悲しき兵隊」

昭和二十年八月十五日、火野葦平の戦争は終わった。しかし、文学的闘いは継続された。火野葦平は戦後、文学を通して自ら「戦争責任」を果たそうとしたのではないだろうか。

昭和二十五年三月、火野はインパール作戦従軍記『青春と泥濘』を六興出版社から刊行した。この作品は一旦、昭和二十一年頃から書き始められたが、内容に不満を感じ、はじめから書き直すことになり、雑誌「風雪」（六興出版社発行）に昭和二十三年一月号から連載された。しかし、この間に外部からの圧力や文筆家追放の問題が持ち上がったりして、紆余曲折の末、十二月号で完結に漕ぎ着けたものである。

昭和二十五年十二月には「追放者」を発表、この間に、父・金五郎が七十歳で亡くなっている。昭和二十八年から二十九年にかけては「戦争犯罪人」を完成させている。

西部軍報道班で知った「クーデター計画」

『革命前後』は「中央公論」昭和三十四年五月号から百枚ずつ四カ月という約束で連載が開始されたが、書く以上は力を込めて書きたいと訴えたところ、編集部がそれにこたえ、九月号からは百五十枚ずつでも存分に書くようにとすすめられ十二月号でもって完成した作品である。『革命前後』は、火野葦平が昭和二十年七月七日に西部軍報道班員になってから、敗戦後をいかにくぐったかがわかる作品である。この作品では多少のフィクションがあったとしても、主人公の辻昌介の口をとおして火野葦平の敗戦後の考えが述べられているると考えていい。

ここで「革命」とされているのは、戦局の悪化と本土決戦を目前にして、映画監督の熊谷久虎（小説では虎谷義久）らが構想した「クーデター計画」のことである。九州を独立させ単独に軍政をしき、鈴木内閣と絶縁して戒厳令をしいて革命政府をつくるというものである。熊谷（虎谷）にとって九州革命はそのまま日本革命である。九州独立国による革命の勝利は、日本の米英に対する勝利に止まらず、白色帝国主義からのアジア諸民族の解放、アジア諸国の独立、大東亜共栄圏の確立となる。その第一歩が九州における米軍の撃滅とされていた。

この構想に火野は半信半疑であった。すでに沖縄は陥落していた。米軍の主力は鹿児島の志布志湾、つづいて宮崎平野に上陸してくるだろう。米軍の兵力は合計三十万以上、時期は十一月頃と考えられていた。これを九州全軍で撃滅するために、その精神力を醸成する目的で八月一日に元寇祭を行うという計画が、こちらは実際に西部軍司令部で立てられた。ちなみに映画監督の黒木和雄が自身の戦争体験をもとにした映画『美しい夏キリシマ』（二〇〇二）にも、霧島の麓に日本兵が集結して訓練をする様子が描かれている。

空襲とB29搭乗員処刑

報道班にいた辻昌介には広島、長崎の原爆、ソ連の参戦の情報も入ってきていた。八月八日には数十機のB29の編隊が縦横に福岡を爆撃した。大半が焼け野原となり多くの死傷者が出た。若松も同じように空襲されたが、割合に被害は少なかった。多量の焼夷弾がばらまかれたが、市民の敢闘によって消し止めたのである。この爆撃に対する報復として、それまで日本軍によって撃墜されて捕虜になっていたB29の搭乗員、八名の処刑が行われた。日本刀によるものであった。

これは辻昌介が後から知ったことだが、敗戦が決定してからB29搭乗員の三回目の処刑が行われていた。敵機搭乗員収容所には十四名が残っていたからだ。この処刑は報復のためではなく、それまで二回、B29搭乗員を処刑していたことを隠蔽するためだった。この処刑でも日本刀が使われた。

玉音放送

八月十五日の玉音放送(30)の前には「国民の皆さんに申しあげます。正午から十分間、全国すべての交通機関の停止をいたします。天皇陛下おんみずからの重大放送がございますから、いかなる人も聞いて下さい」というアナウンスがあった。十二時になると、ラジオのガーガーという異様な雑音の中から天皇の声が聞こえ始めたが、言葉は少しも聞き取れなかった。詔書の朗読は長く、倦怠を誘うほどだった。放送の内容は陛下が国民を激励しておられるものではなく、降伏を告げておられるものであることが何となくわかってきた。

敗戦が決まった後、宣伝中隊の伍長が「占領軍が来たら、逮捕されて投獄されるのは目に見えとる。ひょっとしたら銃殺か、絞首刑になるかもしれん」と言って、昌介に逃げることを勧めた。昌介は自分の部屋の扉に鍵をかけて電燈を消し、軍刀を抜いて刃の切先を腹に当ててみた。自分に死ぬ価値があるかどうか逡巡したあと、刀を鞘におさめて電燈をつけた。昌介は、自分に取り柄があったとすれば「祖国のために命を捨ててもかまわないという覚悟」を持っていたことだと思った。

昌介はインパール作戦に従軍したときのことを思い出した。海抜一万フィート（約三千メートル）の山岳地帯は死のジャングルとなり、原野は白骨街道と化した。「数十万の兵隊を殺す無謀な作戦」において軍司令官は「万が一、失敗したならば、立派に割腹してお詫びする」と昂然と言い放った。負けたら自分一人が死ねば済むという軍人のエゴイズムを聞いてゾッとした。昌介は「生きていて見きわめねばならぬことがある。敗戦を契機とする革命の中における歴史と人間とのありかたを」と思い直して、喘ぐようにして生にたどり着いた。

(30) 八月十五日の玉音放送について。
昭和天皇の玉音放送は録音の質が悪く、よく聞こえなかったとされている。そのために放送内容がよく伝わらなかったとも。しかし放送は天皇による詔書朗読だけではなく、全体として約四十分間で、正午から夜九時まで合計五回にわたってくり返し放送された。放送は前日および当日朝から、八月十五日正午より重大放送があると予告されていた。また、当日の新聞朝刊も、放送終了後の午後に配達するという特別措置がとられた。最初の放送は十五日正午に開始された。冒頭に日本放送協会の放送員（アナウンサー）和田信賢によるアナウンスがあり、聴衆に起立を求め、続いて情報局総裁下村宏が天皇自らの勅語朗読であることを説明し、国歌「君が代」の演奏が流された後、昭和天皇による勅語の録音盤が再生された。再度君が代演奏の後、和田放送員が詔書をもう一度朗読し、続いて内閣総理大臣、男爵鈴木貫太郎による「内閣告諭」も代読した。

避難民であふれる街

昌介の宿舎の前は、明日にもアメリカ軍の先遣部隊が博多湾に上陸するという噂で避難民であふれていた。この様子を見て昌介は泣きたい気持がした。こんなにもアメリカ占領軍を恐れるのは、かつて日本軍が占領地でしたことがはね返ってきているからである。日華事変以来、日本の占領軍は勢いあまって、人間の正常心を失った戦場の鬼となって、殺人、暴行、掠奪、放火、強姦を行った。軍は兵隊を戒めたが、殺気だった兵隊の心を鎮めることができなかった。

昌介は「私は軍とは深い関係がある。職業軍人ではないから正規の軍の一員ではないけれども、兵隊として召集され、『麦と兵隊』以来、たいへん軍のお世話になった。かならずしも軍のやり方に賛同していたわけではなく、時にはあからさまに軍と対立したこともあったけれども、とにかく、私が今日あるについては軍を除外しては考えられない。そこで、今、敗北の日を迎えて、軍が壊滅しようとしているなら、私も軍とともに壊滅したい」と考えていた。昌介は逮捕され、投獄され、処刑されることを覚悟していた。

このあたりも、辻昌介の口をとおして敗戦直後の火野自身の考えを語っているところだろう。

朝鮮人、中国人の行動

辻昌介は駅で朝鮮人たちの傍若無人の振る舞いをみる。「こらァ、日本人、降りれ。降りんか」、「負けた日本人、退《と》け」などと言いながら、日本人乗客を満員の列車から引きずりおろし、乗り込むと、「負けた国が腰かけとるなんて、そんな生意気あるか」と喚きながら、坐っている乗客を無理やり立たせ、自分たちが腰かけてしまった。

朝鮮は八月十五日、日本のポツダム宣言受諾とともに日本の統治下を離れていた。火野は、昌介の気持として「朝鮮人の横暴と日本人の卑屈と、どちらも許しがたい気がした」と書いているが、日本人が朝鮮で行ったことを考えればやむを得ないだろう。

中国人の行動もひどかった。九州造船で使っていた中国人の捕虜の二、三十人が街へ出て来て、時計屋に押し込んで時計や指輪をとったり、洋服屋や呉服屋で着るものをとったり、飲食店でただ食いしたり、通りがかりの日本人の頭をぶんなぐったりした。警察も手を出せなかった。しかし、蒋介石が「怨みに報いるに徳を以てす」という訓示をだしたことが伝わると、中国人捕虜のリーダーが日本人に対する乱暴狼藉をやめさせた。

ここも日本が中国でやったことを考えればやむを得ないところである。中国本土に残された日本人も、普通なら生命の危険にさらされるところだったが、負けた日本と和解するという蒋介石の声明が出されたから、無事、帰国できたのである。


「兵隊よ、胸を張れ」


この作品のなかで火野葦平が力を入れて書いているのが、兵隊の姿である。戦争に負けて卑屈になっている兵隊がいる一方で、戦争に協力したとして昌介にまで突っかかってくる兵隊がいた。

汽車の中で一人の兵隊が立っているのに、昌介は気づいた。「彼の態度にはまるで罪をおかしてでもいるような肩身の狭さがあって、かたくなにまわりの人々から孤立しようとしているような卑屈ささえ感じられた。乗客たちの眼も白かった」。

この光景を見て昌介は次のように考えた。

敗戦前後に九州を独立させるという「クーデター計画」を横目に見ながら、火野は兵隊の行末に気を配っていた。上は社会批評社版、2015。

多分、この兵隊も出征するときには、日の丸の旗の波と、万歳の歓呼の声に送られて故郷を出たにちがいない。しかし、今は誰も相手にしないばかりか、ソッポを向いてさえいるのである。敗戦によっておこるあらゆるものの価値転換、そのまっさきは恐らく軍隊と兵隊とであろう。しかし、兵隊に何の罪があるのか。兵隊よ、胸を張れ、と叫びたかった。

この個所は『革命前後』上巻のおわりに近いあたりであるが、「兵隊よ、胸を張れ」というのが、敗戦となって復員して行く兵隊を見ての、火野葦平の感慨であり一番言いたかったことであろう。たとえ敗戦となったとしても個々の兵隊に罪があるわけではない。無謀な戦争に突き進んだ政治家と、高級参謀を中心とする一部軍人の罪であった。戦争に駆り出された側の庶民が、敗戦の結果、一夜にして価値観が転換して、兵士であったことを非難されたのではたまったものではない。

これはそれから二十年後のアメリカの若者にもあてはまる。アメリカはベトナム戦争に敗北した。ベトナム戦争に動員された若者たちは、帰国して白い目でみられねばならなかった。好き好んで行った戦争ではないのに、傷ついて帰ってきた一兵士にまで非難の目がそそがれたのである。

「軍閥の手先」という批判

広島の山奥から若松へ帰る途中、昌介は乗り換えのために広島駅のホームに立っていた。原爆投下の日から二十日余りがたっていたが、荒涼たる廃虚と化している広島の街を実際に見て昌介は慄然とした。街を歩いてみたかったが、列車に乗れる機会を逸してしまうのであきらめた。そうしていると、一人の兵隊に声をかけられた。辻昌介であることがばれてしまったのだった。その兵隊は「辻さん、あなた、敗戦の責任を感じとるでしょうな?」と、突っかかってきた。彼の言い分はこうだった。

もちろん、感じとるでしょう。感じずに居られるわけがない。あんたはわしら兵隊の王様で、あんたほどええ目におうた人はないからね。わしら兵隊は一銭五厘のハガキでなんぼでも集められる消耗品じゃったが、あんたは報道班員とやらで、戦地で文章を書いて大金儲け、『麦と兵隊』の印税で家を建てたとか、山林を買うたとか、大層景気のええ話じゃ。そんなとき、わしら、食うや食わずで泥ンコ生活、わしの弟はレイテ島で戦死してしもうた。あんたが、いつ、『銭と兵隊』を書くかとわしら考えとったんじゃ。

この兵隊はなおも続けた。

辻さん、敗戦についてのあんたの責任は小さくはないですよ。わしら、あんたに騙されて戦うたようなもんじゃ。あんたの書いたものを愛読はしたけんど、今から考えてみりゃあ、ええころかげんのことばっかり書いて、人のええわしら兵隊をペテンにかけとった。あんたが勝つ勝つというもんじゃから、わしらほんとうかと思うて、一所懸命にやって来たんじゃが、ヘン、こんなことになってしもて。あんた、この責任をどうするつもりですか。あんた、兵隊の服を着とったけんど、軍閥の手先じゃったとでしょう。どうですか。

兵隊たちが押しかけて来たので、昌介はあわてて逃げだした。昌介は大きなショックを受けた。戦争中からあのように考えていた兵隊があったかも知れないが、昌介自身は、「あくまでも庶民として、兵隊と同じ位置に立ち、一切の思考や言動の根拠をつねに兵隊の場においていたつもりだった」からだ。

しばらくして、その時の現場にいたというひとりの兵隊からハガキが届いた。「あなたはあのとき、全部の兵隊があなたを嘲笑したと思われたかも知れませんが、そうではありません。むしろ、一部です。多くの兵隊はなおあなたを理解し、支持しています。そのことに自信を持って下さい」という内容であったので、昌介はいくらか慰められた。

「悲しき兵隊」

九月初めに昌介は「悲しき兵隊」いう文章を書き、二回にわたって朝日新聞に掲載された。敗戦の日以後、君子は豹変す、とばかりに振る舞う人々の変貌のすさまじさを非難しながら、「私は確信する。このような道義の頽廃と、節操の欠如こそ、敗北の真の原因であったと。されば、これからの新日本の建設に当たっては、一切このような表現と手法とは排除されなくてはならないのだ」と述べ、次のように書いている。

日本を敗北にみちびく原因となったものが、そのまま戦後もズルズルベッタリに引きつがれるということになれば、いったいどういうことになるか。考えるだに空恐ろしい。景気のよい掛け声や、身ぶりや、すべてを停頓させ、故障させる以外に何の役にも立たなかったさまざまの規則や、組織や、団体や、会議が、これまでと同じ形で行われるとすれば、日本は敗北の尾を更に滅亡の日へと引きずってゆく外はないであろう。

敗戦後の日本に対する憂えを感じながら、辻昌介が一番に目をやるのは復員してきた「悲しき兵隊」の姿である。

私は依然として兵隊の立派さを信じる心に変わりがない。それは軍国主義とか、好戦的であるとかいうこととはまったく無関係である。長年月にわたって、大陸の戦野に、南方の新戦場に転戦した将兵たちは、いたずらに殺戮を目的として馳駆《ちく》したわけではない。むしろ苛酷の戦相に眼を掩い、ただその破壊も建設のためのものであると自覚することによって、わずかに戦場の惨烈さに耐えたのだ。それこそは兵隊の美しき道義であった。（中略）多くの兵隊が散華したが、その尊い死は決して無駄にならず、真の日本人の精神の上に永遠に生き、祖国日本の礎としての力を発揮する時が来るであろう。多くの兵隊が死んだが、実はたれ一人亡びた者はいないのだ。（中略）

荊棘の過程を泣きごとをいわず、雄々しく、勇気凛々と進んでゆく姿のなかにこそ、真の日本人たる道があり、兵隊が生活の上に顕現して来た精神の勝利があるであろう。

辻昌介は、兵隊が軍隊の中で培われた精神に期待した。そこで培われた精神によって以後は国民の支えとなって欲しいと願った。兵隊精神は真におおらかな平和の精神である。朝鮮へ帰る兵隊も、日本の兵隊生活で鍛えられた精神で生活を築き、国のために働きたいといったと言う。

辻昌介は「悲しき兵隊」の最後を「嘆きの日こそ希望の日であることを、もっとも男性的に肯定することから、今日以後の日本の運命が拓かれてゆくことは疑いない」と締めくくった。

二つの「悲しき兵隊」

前掲の「悲しき兵隊」は朝日新聞に掲載された辻昌介の文章とされているが、実際に火野葦平は朝日新聞（昭和二十年九月十二・十三日）に「悲しき兵隊」を発表していた。

私はその「悲しき兵隊」が『革命前後』（「中央公論」昭和三十四年五月〜十二月号に連載）にそのまま引用されたのだと思っていたが、『革命前後』に収録された「悲しき兵隊」の八割は新聞掲載時のままであるが、二割程度が削除され、部分的に改変された語句もあった。この二つの「悲しき兵隊」の間には十四年の歳月が流れていた。そのことを指摘したのが田中艸太郎の『火野葦平論』（五月書房　一九七二）であった。

田中艸太郎によると、「皇国」が「祖国」に、「皇軍」が「国軍」に訂正されている。「ただわれわれ日本人はいかなる現象の氾濫の中にあっても、つねに炬火をかかげて国体の護持にあたらねばならぬが」の傍点の部分が「真実を見つめなくてはならない」と訂正されている。

また、「然しながら今、私の胸には忘れがたい八月十五日の慟哭が、何か新たな形の勇気のようなものを身内に生みつつある気配を感じて来た。（中略）われら草莽はなにごとにも、ただ勅のまにまにである。深遠の聖断は畏《かしこ》く、御軫念《ごしんねん》のほど察し奉れば、われらが一身などものの数ではない」、「畏くも軍人に賜りたる勅諭が単に軍人のみならず、国民全体の仰ぐべき規範であり、常住坐臥《ママ》、国民の生活の基としていささかも誤りのないものであるという私の長い間の信念は、いまも少しも変わらない」等の文章が削除されていた。

この訂正、削除について田中艸太郎は「善意をもって、火野の訂正、削除の意図を推測すれば、十四年の歳月によって変質した火野自身の「国家観」と「天皇観」が、あまりにも生ま生ましい国粋的言語の忠実な復元に堪えなかったのであろう」としているが、結論的には「あえて、第一の「悲しき兵隊」は、一字の訂正も削除もなく「革命前後」の中に挿入れるべきであったのではないか、「革命前後」が戦争協力の体験を忠実に再現した作品としてまれな価値を示したとする評価が現われるようになった現在、協力の体験の最も深い心情の記録たる第一の「悲しき兵隊」はいかなる事情が火野の内部に介在したにしろ、そのままの形で生かされるべきであった」と、強調している。

確かに十四年もたてば言葉は変わる。「皇国」や「皇軍」は、もう『革命前後』を書いていた時には死語になっていたであろう。「炬火をかかげて国体の護持」、「深遠の聖断は畏く、御軫念のほど」という言葉も、通用しなくなっていただろう。しかし、それぞれの言葉や文章は時代的な意味を持つものなので、訂正、削除すべきではなかったと私も思う。ただ、『革命前後』が中央公論社から刊行された直後に火野葦平は他界しているので、体調不良からくる心理的圧迫が、一兵士として生きた当時の心根を揺さぶっていたのかも知れないとも思う。

12　火野葦平の戦争犯罪論

アメリカ軍による事情聴取

『革命前後』の終わりちかくに、アメリカ軍の大尉が、辻昌介を参考人として事情聴取に来る場面がある。ここでも辻昌介を通して火野葦平の心情が語られていると考えていいだろう。

昭和二十一年の五月に東京裁判（極東国際軍事裁判）が始まってしばらくしてから、昌介の家へジープに乗ったアメリカの兵隊がやってきた。昌介は逮捕される覚悟をして出ていったが、そこに立っていた長身のアメリカ兵はニコニコ顔で握手を求めてきた。軍服のアメリカ人将校は大尉の肩章をつけていた。その雰囲気からは逮捕ではなく調査に来たらしく、昌介にいくつか質問を始めた。その中でも軍歴については詳しく聞かれた。

「軍閥についてはどう思っているか」という問いに対しては、太平洋戦争を侵略戦争と考えたことはなかった。祖国が負けては大変だという一念で命を捨ててもかまわないという覚悟で戦いました、と答えている。

「大東亜共栄圏建設というスローガンについてはどう考えていましたか」という問いに対しては、この戦争は日本が窮地に追い込まれてやむなく立ち上がったものだと考えていた。アジア民族の解放、団結という理想への戦いであると考えていた。軍閥の魂胆や野望を見抜く力はなかったが、私なりに戦争に協力したことを後悔していません、と答えた。

「天皇制についての意見は」という問いに対しては、私の胸の中では、祖国のためにということと、陛下のためにという気持ちはひとつのものであった。終戦直後は、陛下が退位なさった方がいいと考えていたが、今ではもう少し研究してみたいと思っている。陛下を東京裁判に喚問するということについては反対である、と答えている。

東京裁判では戦犯として軍人や政治家が起訴されたが、結局、文化人で検挙された者はいなかった。

『革命前後』は最後に、「真実は明快に語れるものではない。（中略）真実は口ごもりながら語るものであり、不明瞭なつぶやきによってしか、あらわすことは出来ないものではないのか」、「真実は文学を通して表現するしか方法はないのだ」と考え、「悲しき兵隊」を書いたときには一日、ペンを折る覚悟をしたが、またもくもくと文学への復帰の心が湧きおこってきたと決意したところで終っている。

この『革命前後』に書かれたアメリカ兵の訪問は実際にあったことらしい。『火野葦平選集』第四巻の火野自身の「解説」によると、彼はアメリカ軍民間情報局（ＣＩＣ）のジャコブ・ホッティンジャー大尉の訪問を受けた。検挙される心構えはしていたが、そんな様子もなく、若い二世の通訳で二時間ほど訊問された。東京裁判についてきかれて「勝った国が負けた国を裁くというのでは、公平が期せられるかどうか」と疑問を呈すると、「アメリカはデモクラシーの国だから、かならず公平な裁判がおこなわれる」と大尉は答えた。

火野は東京裁判に不満だっただけでなく、南方各地で行われた戦犯裁判、いわゆるＢＣ級戦犯裁判は「暗黒裁判」という認識を持っていた。

兵隊の運命

敗戦直後の大混乱のなかで、火野葦平の胸に応えたのは、「軍隊と兵隊とに対するすさまじい罵倒」だった。八年間も戦場で過ごした彼にとって、兵隊がけなされるのは我慢のならないことであった。火野自身、「アカハタ」から文化戦犯第一号に指名されていた。

火野は、徹底して兵隊の側に立っていたのである。そのために日本軍の加害者的側面を過小評価した記述があるが、それにはやむを得ない面があるだろう。火野は先の「解説」で次のように書いている。

戦場の凄絶さが、人間の神経を狂わせ、人間でなくしてしまう現象は見た。しかし、それは兵隊そのものの本質とは別の姿であった。むろん、残忍な兵隊、低劣な兵隊はいた。しかし、それは兵隊の姿を借りた人間像であって、兵隊として象徴されるカテゴリーには入らなかった。私がこういうのは、私が兵隊を礼讃し、戦争を肯定していることではない。人間はけっして戦争をしてはいけないし、軍隊や兵隊なども、いない方がよいのにきまっているのである。しかし、現実に戦争の中に投げこまれた兵隊の問題は、スローガン的な戦争否定や、観念的な反戦思想では、なにごとも解決しないのである。肉体と精神のギリギリの場にかもしだされる兵隊の運命のきびしさは、美しい観念を寄せつけない。したりげな公式論は一切通用しない。ヒューマニズムという巨大な想念すら、影うすらいで見える。

火野の観念においては、「残忍な兵隊、低劣な兵隊」は兵隊ではないである。そもそも戦場に投げ出された兵隊は残忍である。人と人が殺し合うのが戦争であってみれば、そこではヒューマニズムは通用しない。だから火野がここで言う「残忍な兵隊、低劣な兵隊」とは戦場外での兵隊を指していると考えねばならない。

火野は戦後の「反戦的戦争小説」には不満で、梅崎春生の「桜島」、「日の果て」、大岡昇平の「野火」、「俘虜記」も良くできてはいるが「どこかに、一抹、反発するものを感じないでは居られなかった」としている。実際、戦後の反戦小説にどこか甘いところがあるのは、ヒューマニズムに逃げ込んでいるからであろう。

この「解説」で火野は「自分が自殺もしないで生きていたのは、過誤と汚濁との中にありながら、信じがたい外部の声、流行、風潮とは別の場所に、内奥の声に耳傾ける小さな確信があったためである。同時に、なによりも、文学があったためである」と書いている。ここからBC級戦犯の不当性を弾劾する『戦争犯罪人』（河出書房　一九五四）、極限の戦場、インパール作戦従軍記『青春と泥濘《でいねい》』（六興出版社　一九五〇）を書くことになる。

『青春と泥濘』は昭和二十一年から書きはじめられたが、占領軍の干渉もあって、足かけ五年の歳月をかけている。

BC級戦犯の処刑

『戦争犯罪人』は、巣鴨プリズンに収容されたBC級戦犯をあつかった作品である。

巣鴨プリズンは、昭和二十三年十二月二十三日、東條英機、廣田弘毅、土肥原賢二、板垣征四郎、木村兵太郎、松井石根、武藤章のA級戦犯七名の絞首刑が執行された場所として知られているが、同時に多数のBC級戦犯も収容されていた。一時は千人以上が収容され、五十二名が処刑された。火野葦平はこの理不尽な措置に我慢ができず、自身を戦犯の立場に置いて『戦争犯罪人』を書くことになった。

主人公の貞村洋一は「福岡空襲によって、家とともに、最愛の母親と妹とを焼き殺された恨みは骨髄に徹し、B29の搭乗員を処分すると聞いたとき、志願して四人も斬ったのである」。「西部軍の幹部はこの搭乗員虐殺事件と、生体解剖事件とによって横浜裁判にかけられ、その大半が絞首刑の判決を受けた」。当時、貞村は軍司令部付下士官であったのでこれに連座した。彼は死を免れることのできないことを十分覚悟していたが、米軍搭乗員の殺害を決定したのは西部軍の首脳部であって、自分が勝手にこれを斬ったわけではない、責任は首脳部が負うべきだという考えが頭を離れない。しかし、自分が米軍搭乗員を斬ったという事実は消えるわけではなく、悩みは尽きなかった。

教誨師の草川は、無実の可能性のあるBC級戦犯の死刑囚に南無阿弥陀仏を唱えさせて、おとなしく死ぬように説教する役目である。これを死刑囚の方からみれば、死刑をスムーズにするために米軍に協力していることになる。死刑囚が南無阿弥陀仏と唱えて死ねば、彼は殺人鬼という判決を承認してしまうことになる。彼らから見れば草川教誨師こそ戦争犯罪人なのだ。

ＢＣ級戦犯のほとんどは現地裁判で判決を受けたが、巣鴨プリズンに送還されたものも多くいた。現地裁判では、憎まれていた日本兵が捕虜や住民の嘘の証言によって罪をきせられ処刑された者も多かった。また、裁判は英語で行われ、日本兵に十分、反論の機会が与えられなかった。火野はフィリピン、オーストラリア、シンガポール等の現地の裁判の様子も綿密に調べてこの作品を書きあげた。

古山高麗雄の現地裁判

「プレオー8《ユイット》の夜明け」（「文藝」一九七〇年四月号）で芥川賞を取り、その後も『断作戦』、『龍陵会戦』、『フーコン戦記』という中国雲南省からビルマにかけての戦記三部作を書いた古山高麗雄も、戦犯としてベトナムで拘束されている。

古山は雲南で峠道を行軍している時に、田中小実昌同様、落伍することを恐れてガスマスクを谷底に投げ捨てた。雨に濡れた軍用毛布も捨てた。班長からは、被甲（ガスマスク）は軍事機密である、被甲が敵の手にわたれば、敵はその被甲が役にたたなくなるほどの毒ガスを発明するのだ、と咎められた。軍法会議にかけるほどの行為だと言われたがそれは免れ、ラオスの俘虜収容所の監視任務に転属させられた。

古山はそこでフランスの衛生兵から、アメーバ赤痢の患者がいるので薬（エメチン）を分けてくれと頼まれる。日本の衛生兵は「フランスなんかにやれるか」と怒鳴りながらも、薬を分けてくれた。ところがフランスの軍医はオムレツを食っているだけで一向に治療しようとしない。古山が「患者を診てあげなさい」と言うと、軍医は何事かフランス語で喚きだした。それで、軽く一発、ビンタをしたところ、それがフランス人軍医に暴行したとみなされ、敗戦後捕虜虐待としてサイゴンの刑務所に十カ月入れられたのだった。フランスの取調官は古山に、戦犯裁判には報復の意味があるのだと、はっきり言った。つまり、係官の気分次第で刑が決まっていたのである。

「戦争は人間を地獄に落す」

『戦争犯罪人』では、昭和二十五年末、巣鴨プリズンに残されていた死刑囚のうち、貞村洋一を含む十九名が終身に減刑される。より軽い刑の者の多くも釈放される。

事実として昭和二十七年四月二十八日、日米講和条約の結果、巣鴨プリズンは米軍から日本へ移管された。この時点で九百名近くが収容されていたが、その後、昭和二十八年の暮れ、フィリピンの大統領が巣鴨の五十二名の戦犯に赦免令を出して釈放された。その後、個々に仮出所が認められ、昭和三十三年には全員が釈放され、巣鴨プリズンは東京拘置所となった。

い、い、い、戦争犯罪人とされた日本兵は昭和三十三年まで巣鴨プリズンに収容されていたのである。火野葦平は『戦争犯罪人』の最後の方で、仮出所が認められた貞村洋一にこう語らせている。

人間には巨大で怪奇な歴史を批判する能力などはないのだ。戦争を批判する力と資格とを誰が持っているのか。反戦も厭戦も裁判もそれは批判ではない。国の運命にしたがったとか、命令であったとか、どっちが正しかったとか正しくなかったとか、勝ったとか負けたとか、敵とか味方とか、運がよかったとか悪かったとか、そんなことをいくら論じてみてもはじまらない。（中略）人間は絶対に戦争をしてはならぬ。戦争は人間を地獄に落す。人間はそういう愚かで弱いものだ。けれども、一切の罪を戦争のせいにしてはならぬ。また勝敗のせいにしてはならぬ。一番大切なのは人間の問題だ。

このように考えても、火野が貞村洋一として造形した兵隊が、いくら命令であったとしても、捕虜のアメリカ兵を殺したという事実は残るのだった。

13　火野葦平の文学的闘い

文筆家追放

火野葦平は昭和二十三年五月末日、内閣からの書留便を受け取った。「昭和二十二年勅令第一号に基き、同令第四條の覚書該当者と指定」するというものであった。その内容は以下の通りである。

日華事変以来、同人は戦争に取材せる多数の著述を発表し、世に迎えられたるものであるが、その著作に於て、概ねヒューマニズムの態度を離れなかったとは云え、『陸軍』『兵隊の地図』『敵将軍』『ヘイタイノウタ』等に於ては、日本民族の優越性を強調し、戦争、特に太平洋戦争を是認し、戦意の高揚に努めて居り、その影響力は広汎且つ多大であった。以上の理由により、同人は軍国主義に迎合して、その宣伝に協力した者と認めざるを得ない。

火野の「追放者」（「改造」昭和二十五年十二月号）には、この間の経緯が詳しく書かれている。三月、火野は解散した九州書房の跡始末で東京にいた時に、有楽町の日劇屋上の電光ニュースで「文筆家追放仮指定」を知ることになる。電光板には「……本日正午、文筆家追放仮指定ガ発表サレタ、火野アシ平、尾崎士郎、丹羽文雄、上田廣、石川達三、林房雄、岩田豊雄……」とあった。石川達三、丹羽文雄、岩田豊雄（獅子文六）は異議申し立てが認められ追放非該当者となったが、火野葦平の異議申し立ては却下され、五月二十五日、文筆家追放が本決定となる。

「アカハタ」は文筆家の追放は、公職に就くことを禁ずるのみでは意味がない。執筆禁止にすべきだ、と論じた。

火野は追放が決定して、出版を約束して編集が終わっていた選集が保留になり、門司鉄道局からは嘱託として全線二等のパスが発行されることになっていたが、それも沙汰止みになった。新聞小説や映画の話も立ち消えとなり、単行本の出版も見あわせられた。

文筆家追放になると、政治性のある作品、新聞連載、映画、芝居はいけないというような制約はあったが、雑誌は編集者の裁量によって作品を掲載することができた。この間に検閲などで占領軍からの妨害もあった『青春と泥濘』を完結させている。

追放指定解除

昭和二十五年十月十三日、火野の文筆家追放指定は解除となった。この年の六月に勃発した朝鮮戦争の影響であることは明らかであった。

朝鮮戦争の勃発前の六月六日には、共産党中央委員、「アカハタ」編集者が公職追放となった。七月に入ると報道機関、官公庁、教育機関から共産党系とみなされた人々が追放されるようになった。いわゆる「レッドパージ」である。

火野は「追放者」に「英雄の交替する時が来た」と書いて、このレッドパージを突きはなして眺めているようである。というのも、戦中の軍国主義者が敗戦後、戦闘的な共産党員に豹変した例を数多く見ていて、共産党の流行には辟易していたからである。

「追放者」は、火野葦平、中山省三郎、牧野武之助らが実名で出てくる自伝的要素のある作品である。この「追放者」のなかに火野の地元、福岡県の「西日本新聞」の投書欄「読者の声」から、火野を非難する意見と、擁護する意見を転載している。

非難するものとしては「火野氏よ、この際、とやかくいわれぬ先に、兵隊ものでもうけた一切の利潤を、ことごとく戦災者のために投げ出してはどうか。極言すれば火野氏の作家的地位そのものが、立派な戦時利得ではないかと思う」というものがあった。擁護するものとしては

「今度の戦争で国民の大部分は、大詔を奉戴し、政府の指導を信じ、まっしぐらに戦争完遂に挺身してきたのである。火野氏が熱心に兵隊ものを執筆してきたのも、そういう国民の赤心の美しさを、兵隊の心の中に見てきたからだ。（中略）彼が兵隊もので少なからぬ富を蓄積したというが、それを財閥その他の不法な戦時利得と一律に論ずべきではない。それどころか、彼は戦時中はいる印税の大部分を国防献金、傷病兵慰問に散じていたことを筆者は知っているのであって、利潤どころか、現在の彼は筍《マ》の子《マ》生活をしているのである」という意見があった。実際にこの時、火野葦平は無一文であるばかりか、売るものは売りつくし、方々に借金の山をこしらえていた。

インパール作戦従軍記『青春と泥濘』

このような火野葦平が、自殺もせずに生きながらえて文学に全力を注いだのは、正しかろうと悪かろうと、戦争と兵隊の実態を書き残すためであった。それがインパール作戦従軍記『青春と泥濘』である。

周知のように、インパール作戦とは膠着状態に陥っていた中国戦線の打開のために、イギリス軍によるインドからの蒋介石軍への補給路を断つべくビルマ・インド国境のインパール攻略を目指した作戦で、昭和十九年三月から開始された。

日本軍は徒歩で標高数千メートルの崖道を進んだ。補給物資は牛馬に曳かせて、その牛馬が使い物にならなくなったら潰して食糧にするという机上の空論で、「ジンギスカン作戦」ともいわれた。すでに制空権はなく、イギリス軍の攻撃や難路のため、牛馬は崖道から次々と転落していった。それでも、日本軍はインパールが見えるところまで進出したが、食糧、弾薬は皆無にちかい状態であった。

七月三日に正式に作戦中止が決定され、総退却、潰走となった。退却路は日本兵の死骸であふれ「白骨街道」とよばれた。八万六千人が動員されたこの作戦では、辛うじて一万二千人が生還したといわれている。

火野はこの従軍取材に至った経緯を、『火野葦平選集』第四巻の「解説」に書いている。

従軍は火野自身が志願したもので、向井潤吉画伯、作曲家の古関裕而が同行した。向井画伯とは昭和十七年にもフィリピン作戦に従軍し、バタアン半島のジャングル内で生死を

火野葦平『インパール作戦従軍記―葦平「従軍手帖」全文翻刻』集英社、2017。タイトルのとおり、火野の従軍手帳から写生画も含めて収録されている。

共にした仲であった。「そのときの私は、日本が興亡を賭けた最後の戦場に屍をさらすことに、責任のようなものを感じていたのである」。飛行機で、上海、バンコク、サイゴン、シンガポールを経て、ビルマ派遣軍司令部のあるラングーンに四月二十九日に着いている。この日は天長節で、作戦開始にあたって牟田口廉也司令官が、その日までにインパールを陥落させると豪語していた日であった。

総転進命令

五月七日、古関裕而を残し、向井と火野は小型偵察機でラングーンを出発した。トラックを乗り継いで五月二十日、前線基地ティディムに到着、すさまじい雨と、敵の空襲にさらされティディムに釘づけにされた。弓兵団の師団副官が同行を許可してくれ兵団司令部へ徒歩で向かったが、行軍の難渋さは言語に絶した。

六月二十八日、印緬（インド・ビルマ）の国境を越え、七月一日、弓兵団司令部のあるライマナイにたどり着いた。そこにいた兵隊は見るに堪えない状態で敗残兵といってよかった。そこから火野は、はるかインパールを望むことができる、数キロ先にあるコカダンの戦闘指揮所まで歩を進めた。そこで砲弾の落下する中で一夜を過ごし、ライマナイに戻った。

七月八日、全軍に総転進命令が下った。戦線は惨憺たる状態であったにもかかわらず、「退却」といわず「転進」という言葉が使われた。帰り道はもっとひどく、火野はようやく七月二十九日にラングーンに到着した。

火野は、ラングーンから雲南戦線、北ビルマ、フーコン地区へと廻った。フーコンで戦っていたのは火野の杭州湾上陸以来の原隊であった菊兵団（第十八師団）だった。作戦開始時、二万の兵力を有していた菊兵団は千五百人ほどしか残っておらず、しかもそのほとんどが傷病兵であった。このような惨状を見て、火野はもはや日本の勝利はあり得ないことを痛感することになる。

九月九日帰国。同二十四日、火野は大本営に呼び出された。ラングーンからの飛行機で同乗した戦線視察の情報参謀に「忌憚のない意見」を求められ、機中で十一カ条に書いて渡したことかららしい。陸軍大臣から「率直に、考えたとおりを述べよ」と言われ、「地図を広げ、従軍手帳をたよりに、出来るだけ具体的に説明した」。そして「このままで進めば、由々しき結果を将来することを恐れます」と意見具申した。しかし、大本営本部には前線の状況が届いていないらしく、陸軍大臣も「まだ望みは充分ある。肉を斬らしておいて、骨を斬るんじゃ」と、いまだに原始的な精神力で戦争ができると考えているようであった。

水平砲撃・チャーチル給与・米式重慶軍

『青春と泥濘』には、ひどいエピソードがいっぱい書かれている。

敵の砲撃はすさまじく、こちらが一発射てば向こうからは百発のお返しが来た。日本軍の飛行機はほとんど飛んでこないので、敵は高射砲の砲身を水平にして味方陣地に砲撃を浴びせて来た。

制空権を握っていたイギリス軍は、十分な量の食糧、弾薬を航空機によって補給した。ごくまれに、風の向きによってイギリス軍の食糧が日本軍のいるところに流されてくることがあった。日本軍はこれを「チャーチル給与」とよんだが、その食糧の良さに驚いたという。日本側の欠点は、主食が米であったことだ。米は炊飯しなければ食えず、雨季には燃やす木を集めるのに苦労したし、昼間に煙をだせば格好の標的となった。

インパール作戦の敗北によって、インドから中国への補給路が確保されたばかりではなかった。国民党軍はインドで訓練を受けて、中国へもどって戦うようになった。これを日本側は「米式重慶軍」とよんだが、古山高麗雄の戦争三部作にも書かれているように、日本軍はこの米式重慶軍の物量攻撃に押されっぱなしであった。

悪性のマラリアも蔓延していた。ジャングルは蚊が密集していて、蚊の幕の中に人間が入るような状態で、マラリアから身を守ることは不可能であった。また、長い距離を歩いてきた靴は破れて役に立たなくなっていた。器用な兵隊は、竜舌蘭や芭蕉などの葉から繊維を引き出して草鞋《わらじ》を編んで使っていた。現在の感覚では、靴が破れて使い物にならなくなるまで行軍するという苦労は想像できない。

＊

『青春と泥濘』には、田丸兵長という人物が登場する。この男は兵隊の溜まり場から百メートルほど先にある「印度公園」と呼ばれていた平坦地まで日に四回、草鞋を履いて出かけることを日課としていた。何をするのかというと、蟻の動きを観察するのである。実は、この田丸兵長のモデルは火野自身だった。前出の選集の「解説」で、インパールへ向う前線基地ティディムに一カ月、足留めされた時、「毎日、近くの松林の高台に出かけて行って、蟻の生活を観察して暮らした」と書いているからである。

戦場は美しい観念をよせつけない

『青春と泥濘』の「後書」で火野は次のように書いている。

私はこの作品を、私の人間としての、そして、作家としての全責任をもって、力をこめて書いた。私はこの小説の最後の行の筆をおいたとき、涙があふれてきて止まらなかった

ことを、告白する。（中略）

敗北の巨斧を背にうたれた文学者として、特に、或る特種の立場にあった作家として、終戦後の私の心境は、複雑であったが、さまざまの経緯ののち、ふたたびペンをとり得るかも知れないというかすかな灯を発見したとき、まっさきに、私の執筆の衝動をかりたてたのは、インパール作戦、私もその渦中にまきこまれた末期的戦場、戦争の実態をいまこそ書き得るという希望と情熱、そして、私は憑かれたように、『青春と泥濘』の稿をおこしたのであった。（中略）

理想主義はたやすい。平和はたれも望んでいる。反戦思想や、戦争否定の絶叫は、すこしも骨の折れぬ仕事である。ヒューマニズムというものは、たれでも、お題目のように唱えることができる。しかし、戦争のなかに投げこまれた人間そのものの運命と苦痛とは、そういう公式論では、なにごとも解決しない。肉体と精神との実際に置かれている場のぎりぎりの認識は、美しい観念をよせつけないのである。

この「後書」には、実際に戦場を馳《は》せ駆《か》けた火野葦平の実感が滲み出ている。彼は徹底して、戦場の兵士の立場に立って、言葉だけの反戦思想を否定した。

日本人の戦死者たち

敗戦後、日本はヒューマニズムに席捲された。それは日中戦争・日米戦争で三百万人を超える犠牲（軍人・軍属二百三十万人、民間人八十万人）を出したからやむを得ない面もある。日中戦争でもヒューマニズムの観点から、日本の加害者の面が強調されてきた。しかし、その時、忘れ去られたのが、戦争における日本人の死者の問題である。日本人の戦死者を、悪の戦争、侵略戦争で死んだのだからやむを得ないと片付けることが出来るだろうか。

確かに中国大陸で日本兵は「東洋鬼《トンヤンクイ》」といわれ、掠奪、暴行をほしいままにしたこともあったようである。だが中国戦線では五十万人以上が戦死しているのである。普通の兵隊は、好きこのんで中国まで戦争をしに行ったわけではない。文字通り、一銭五厘の赤紙で召集されたのである。インパール作戦でも、司令官は後方におり、前線の状況もわからず、無理な突撃命令を出して多大の犠牲者を出した。南方の島々では、兵士は補給もなく島に遺棄されたも同然で、多くが病気や飢えで死んでいった。

日本の戦後思想は、これらの日本人の戦死者たちを見ないふりをして形成されたのではないか。

火野は「戦争文学について」と題した小論で次のような言葉を残している。

「まったく戦争はもうこりごりだ。しかし、そんな結果論からは戦場に叩き込まれた人間の現実は解決できないのである」（「文學界」一九五二年十一月号）。

加藤典洋『敗戦後論』の提起

この問題をようやく取り上げたのが加藤典洋の『敗戦後論』（講談社　一九九七）であった。

そこで加藤は次のように問題を提起している。

> 悪い戦争にかりだされて死んだ死者を、無意味のまま、深く哀悼するとはどういうことか。
> そしてその自国の死者への深い哀悼が、例えばわたし達を二千万のアジアの死者の前に立たせる。
> そのようなあり方が果たして可能なのか。
> ここではっきりしていることは、ここでも、この死者とわたし達の間の「ねじれ」の関係を生ききることがわたし達に不可能なら、あの、敗戦者としてのわたし達の人格分裂は最終的に克服されないということだ。

加藤典洋『敗戦後論』講談社、1997

火野葦平の死後、三十七年たって、ようやく日本の戦後世代に、火野の提起した問題が正面から受けとめられたということではないか。

戦後、火野葦平のペンに書く勇気を与えたのは、トーマス・マン『トニオ・クレーゲル』の次の言葉であったという（選集第四巻「解説」前出）。

「いいですか。文学は職業ではありませんよ。呪いですよ」

火野葦平の「戦死」

火野葦平は昭和三十五年一月二十四日、自宅で死去した[31]。五十三歳であった。当初、死因は心筋梗塞と発表されたが、数日後に「ヘルス・メモ」と題したノートが親族によって発見された。遺書であった。そこには血圧が一七〇の一〇〇であること、心臓がドキドキし、嫌な気持ちになり、血圧と心臓のことばかり考えているという健康上の不安が書かれていた。「ヘルス・メモ」は高齢の母と病気がちの妻への配慮から息子たちの判断で秘匿された。そして、昭和四十七年の十三回忌に睡眠薬自殺であったことが明かされた。

昭和三十五年八月一日、火野の文学碑が若松市の洞海湾を一望する高塔山南側の台地に建てられた。方形の浮金石の裏面には劉寒吉（本名・濱田隆一、一九〇六―八六年）による撰文がある。

生涯を文学に徹して庶民の心を綴った火野葦平はこの町若松に生れた。『糞尿譚』をもってあらわれた葦平はさらに『麦と兵隊』において文学不動の精神を確立し、それは『革命前後』に至るまで終生かわることがなかった。
時に硝煙の荒野に身をさらし時に世界の風物に夢をえがき時に市井の人情に思いを沈め文学とふるさとと友人と河童とラッパ節とを信じ愛した葦平は永遠に讃えられるであろう。
火野葦平は昭和三十五年一月二十四日、高塔山に斑雪の光る未明、山手通河伯洞の書斎で逝った。享年五十三であった。

碑の正面には、

泥によごれし背嚢に
さす一輪の菊の香や
異国の道を行く兵の

眼にしむ空の青の色

という火野の四行詩から、前の二行がとられて彫られている。

火野葦平の死は、戦後十五年たってからの、壮烈な戦死であった。

（31）一九九九年一月、火野葦平死後四十年たって『葦平曼陀羅―河伯洞余滴―』と題された本が、息子さんたち三人の手によって「玉井家私版」として出版された。火野葦平選集全八巻の自作解説、自筆年譜、「革命前後」あとがき、遺書（ヘルスメモ）、そして火野葦平の往時の写真八十余枚が収録されている。巻末に三人がそれぞれ短い文章を寄せておられる。その中で、三男の玉井史太郎さんの「『土と兵隊』戦後版補筆」と題した文章に注目すべきことが書かれていた。

「つい先日」史太郎さんが、「三十数年」ぶりに段ボール三箱分の父・葦平の遺品を整理していると、その中に「一九三九年（昭和十四年）に出された改造社版新日本文学全集第一回配本の火野葦平集から、「わが戦記」部分を、製本をバラし、それをゲラ替りにして、〇〇部隊など戦前出版の削除部分を朱で校正し」たものがあったという。その頁を繰っていると「土と兵隊」の部分に、原稿用紙の切れ端が貼り付けられていた。

そこには火野葦平の豆粒のような文字がびっしり書き込まれ、矢印で挿入個所も示されていた。

「この書き込み部分は戦前の出版では許可になるはずはなく、削除されたのではなく」戦後になって書き加えられたものだろうと、史太郎さんは推定している。参考までにその補筆部分を、全文引用しておく。この補筆は、新旧の漢字や仮名づかいに異同があるが、現在、手に入る新潮文庫版にそのまま収録されている。

横になった途端に、眠くなった。少し寝た。寒さで眼がさめて、表に出た。すると、先刻まで、電線で数珠つなぎにされてゐた捕虜の姿が見えない。どうしたのかと、そこに居た兵隊に訊ねると、皆、殺しましたと云った。

見ると、散兵壕のなかに、支那兵の屍骸が投げこまれてある。壕は狭いので重なりあひ、泥水のなかに半分は浸って居た。三十六人、皆、殺したのだらうか。私は暗然とした思ひで、又も、胸の中に、怒りの感情の渦巻くのを覚えた。嘔吐を感じ、気が滅入って来て、そこを立ち去らうとすると、ふと、妙なものに気づいた。屍骸が動いてゐるのだった。そこへ行って見ると、重なりあった屍の下積きに《ママ》なって、半死の支那兵が血塗れになって、蠢いて居た。彼は靴音に気附いたか、不自由な姿勢で、渾身の勇を揮ふやうに、顔をあげて私を見た。その苦しげな表情に私はぞっとした。彼は懇願するやうな目附きで、私と自分の胸とを交互に示した。射ってくれと云って居ることに微塵の疑ひもない。私は躊躇しなかった。急いで、瀕死の支那兵の胸に照準を附けると、引鐵《ひきがね》を引いた。支那兵は動かなくなった。山崎小隊長が走って来て、どうして、敵中で無意味な発砲するのかと云った。どうして、こんな無惨なことをするのかと云ひたかったが、それは云へなかった。重い気持で、私はそこを離れた。

最後に史太郎さんはこの「補筆」にふれて、次のように書いておられる。

どうしても書き残したかった事実であったろう。「どうしてこんな無惨なことをするのかと云ひたかった」父が「麦と兵隊」の最後の部分、三人の中国兵の斬殺から眼を反らし、悪魔になっていなかった自分に安堵する場面と重なってくる。

なお、この校正本では、その「麦と兵隊」の最後の、三人の中国兵斬殺部分は削除されたまま、珍妙な締めくくりとなっている。

玉井史太郎さんは二〇二一年一月五日に八十三歳で亡くなられた。生前、電話ではあったが、一度話したことがある。私がこの本の出版にあたり火野葦平の写真の掲載の許可をお願いすると、こころよく引き受けてくださった。記して追悼の念にかえさせていただきたい。

あとがき

『「昭和」に挑んだ文学』と題したこの本は、『「現在」に挑む文学』（響文社　二〇一七）に続く私の二冊目の評論集である。

二〇二二年は明治維新から百五十四年、ロシア革命から百五年、そして戦後七十七年となる。「平成」も二〇一九年で終わり、「昭和」はいまや懐かしい響きをもった言葉となった。

書き終えて考えてみれば、今なお日本は『アメリカの影』（加藤典洋）から脱しきれていないという事実であった。

戦争の呼称でさえアメリカ占領軍によって名付けられた「太平洋戦争」のままである。いい、悪いは別として、当時使われていた「大東亜戦争」はほぼ死語となり、「アジア・太平洋戦争」、「十五年戦争」あるいは「昭和の戦争」という言葉も使われている。「戦後も遠くなりにけり」とも言われるが、私達の社会はあの戦争、そして「戦後」の問題を置き去りにしたまま「経済成長」を追い求め、そしてバブル崩壊後の長い停滞を経験してきたのではないだろうか。

そんななかで今から十一年前、二〇一一年三月十一日に東北地方太平洋沖地震（東日本大震災）が発生し、それに伴う福島第一原発の事故が起こった。アメリカや旧ソ連ならばともかく、

「技術大国」日本では起こるはずがないと吹聴されてきた放射能漏れ事故が現実に起こってしまったのである。事故の後処理（廃炉、除染、復旧）の目処は今も全く立っていない。

戦後の日本の経済成長を支えてきたのは電力である。水力、火力では不足し、安定的でより安価であるという触れこみで原子力発電の導入がアメリカの後押しのもと進められてきた。福島第一原子力発電所の事故は、直接的にはマグニチュード9の巨大地震による大津波が原因とされている（津波の前の地震で原発本体が致命的な損傷を受けたという説も一部にある）。しかし事故調査委員会の報告で、原発安全神話を過信したあまり、重大事故が起った場合の備えがほとんどなされていなかったことが明らかになった。たとえば、全電源が喪失した場合の非常用発電装置は山側の高い場所に置くべきなのに、ＧＥ（アメリカのプラントメーカー）の仕様を変更する権能が日本側になく、海側に設置されて津波をかぶって使用不能になってしまった。

さらに、使用済み核燃料などの核のゴミをどのように処理するかを曖昧にしたまま原子力発電が行われてきたことも明らかになってきている。青森県六ヶ所村に建設された再処理工場は多額の費用を投入しながら二十数回の稼動延期を繰り返している状態である。一説には「核燃料サイクル」という神話を継続することによって、核のゴミの処理問題を先送りするための工場ともいわれている。また、高速増殖炉「もんじゅ」が事故で破綻したにもかかわらず、もはや経済的な意味のまったくない核燃サイクル事業になおも政府が固執するのは、プルトニウムを「発電用」と偽装して蓄積することで潜在的な核兵器開発能力を保持しておきたいという思惑から、という指摘もなされている。

福島第一原発の事故は、巨大地震による想定外の津波による偶発事故とされているが、私には過去、原発大国のアメリカやソ連で破局につながるような事故があったように、日本でも津波がなくとも、いつか三・一一のような重大事故が起こっていたのではないかという気がしてならない。

戦後の日本の原発政策はアメリカの後押しで進められてきた。それは戦後の日本の再軍備がアメリカの管理下で行われてきたのと同じ構図である。

カーチス・ルメイというアメリカ空軍の指揮官がいたが、彼は日本に対する焼夷弾攻撃を戦術化したことで知られている。この人物の指揮のもと、アメリカ空軍は昭和二十年三月十日深夜の東京大空襲をはじめとしてB29による低空からの焼夷弾攻撃で日本本土の都市部を焼き払った。

焼夷弾はガソリンやナフサに増粘剤を混ぜてゼリー状にしたもので、簡単に製造できる。落下と同時に油脂が飛び散って炎上する。木と紙で出来た日本の家屋を焼き払うために開発されたものである。この焼夷弾の燃料は火炎放射器にも使われ、それまでの液体燃料の火炎放射器より射程が三倍以上の七十メートルに伸び、硫黄島や沖縄戦で広く使用され、洞窟に立てこもる日本兵に多大の被害を与えた。焼夷弾はさらに改良され、ベトナム戦争ではナパーム弾として猛威をふるった。

このカーチス・ルメイが日本の航空自衛隊の育成に尽力したということで、日本政府（佐藤内閣）が一九六四年に「勲一等旭日大綬章」を授与したという事実は記憶されるべきである。この叙勲の推薦人は当時の防衛庁長官・小泉純也（元首相・小泉純一郎の父）と外務大臣・椎名悦三郎であった。叙勲に反対する意見には「功績と戦時の事情は別」と答えたという。なお、「勲一等」は天皇が親授するという慣例があったが、さすがに昭和天皇は親授せず航空幕僚長から授与された。

一九五一年、サンフランシスコ講和条約によって日本は独立を回復したが、同時にアメリカと安全保障条約を締結した。この安保条約は問題があったため、吉田茂首相の単独署名であった。安保条約の影になってよく知られていないが、この一年後に日米行政協定も結ばれ、安保条約と同時に発効した。この日米行政協定は、一九六〇年安保条約の改定に伴い日米地位協定として存続していたが、矢部宏治らの努力によって日米地位協定と、それに伴う「密約」の存在が明らかにされつつある。

矢部の『日本はなぜ、「基地」と「原発」を止められないのか』（集英社インターナショナル二〇一四）によると、日米地位協定によってアメリカ軍による日本国内の基地の自由使用が認められ、有事の際には、日本の自衛隊がアメリカ軍の指揮下に入ることになっているという。現在でもアメリカ軍は沖縄だけでなく、関東圏の横田基地上空の巨大な空域を専有している。またアメリカ軍関係者は横田基地を経由すれば、日本にフリーパスで出入国できる。問題となっているオスプレイの訓練飛行も、アメリカの法律では民間住宅地の上空を飛行できないが、日本では制限なく飛行できることになっている。日本国憲法や日本の法律より、日米安保条約、地位協定のほうが優先するのである。

白井聡の『国体論』（集英社新書　二〇一八）、『永続敗戦論』（太田出版　二〇一三）、笠井潔の『日本劣化論』（ちくま新書　二〇一四）も、日本が如何にアメリカに軍事的に従属しているかを問題にしている。ただ彼らは、日本のアメリカに対する軍事的従属体制だけを問題にして、日本とアメリカの国家間の利害や経済的対抗関係については踏み込めていない。

この本の底に流れているのは、かつて日本には国家による「検閲」があったという事実である。あの横光利一でさえ戦後、『旅愁』の復刊にあたって書き換えを余儀なくされた。火野葦平も戦争中は日本の、戦後はアメリカの検閲を受けなければならなかった。このアメリカの検閲の実態を明らかにしたのは江藤淳の功績である。しかし、江藤はこの検閲体制を固定化して捉えて、戦後派文学の批判に向かってしまった。

私は、この三人の文学者から文学と表現について多くのことを学んだ。この本では昭和期の文学表現を外部から規制していた検閲にも着目して、文学者たちがどう創作活動をおこなっていったか、時代の課題にどう向き合っていったのかを追ってみた。

敗戦によって形の上では自由な表現ができるようになったが、それから七十余年が過ぎた今でも私たちの周りには解明されなければならない多くの闇が存在している。これからも日本の戦中、戦後について文学の立場から考えを深めていきたいと思っている。

本書をまとめるにあたって、不知火書房の米本慎一氏からは多くの助言を頂いた。制作では青雲印刷の竹田登氏にお世話になった。また、この本に収めた論文の執筆過程では「異土」の同人各位から貴重な意見を寄せて頂いた。記して感謝にかえたい。

私に様々な問題意識を与えてくれた文芸評論家の加藤典洋氏が二〇一九年五月十六日に、急性骨髄性白血病にともなう肺炎のため亡くなった。冥福を祈るばかりである。

二〇二二年三月

松山愼介

初出一覧

横光利一とその時代　「異土」9号（二〇一四年六月）
江藤淳と戦後派文学　―明治へ回帰した批評家―　「異土」7号（二〇一三年六月）
甦る火野葦平の戦争と文学　「異土」14号（二〇一七年六月）
（いずれも本書収録にあたって改題、大幅に改稿した）

近年の論考

『海辺のカフカ』は処刑小説か　―小森陽一『村上春樹論』批判―　「異土」13号（二〇一六年十月）
論争する吉本隆明と埴谷雄高　「異土」16号（二〇一八年九月）
「上海そんなに遠くない」　―林京子の上海―　「異土」17号（二〇一九年六月）
加藤典洋の戦後論　「異土」19号（二〇二一年三月）
小さな反乱　「異土」20号（二〇二二年一月）